ステリ文庫
〈HM㊸⓪-1〉

ブラウン神父の無垢なる事件簿

G・K・チェスタートン
田口俊樹訳

早川書房
7747

THE INNOCENCE OF FATHER BROWN

by

Gilbert Keith Chesterton

1911

目次

青い十字架……7
秘密の庭園……47
奇妙な足音……89
飛ぶ星……127
透明人間……157
イズレイル・ガウの誉れ……191
まちがった形……221
サラディン公爵の罪……257
神の鉄槌……293
アポロの眼……325

折れた剣の看板……357
三つの凶器……391
解説／新保博久……419

ブラウン神父の無垢なる事件簿

青い十字架

The Blue Cross

朝空の銀色のリボンと緑に輝く海のリボンの合間、一隻の船がイギリス南東部のハリッジの港に到着し、人の群れをハエのように吐き出した。その人々の中にひとりの男がいた。このあとわれわれがその足跡をたどることになる男である。しかし、これがなんともめだたないご仁で、本人もめだつことを望んでおらず、これといった特徴がない。ただ、休日向きの派手な服装とその顔の役人風のしかつめらしさ——これだけはいささか対照的だったが。その服装とは、淡いグレーのジャケットに白いヴェスト、青みがかったグレーのリボンを巻いた銀色の麦わら帽というもので、骨ばった細長い顔は着ているものの明るさとは好対照に浅黒く、スペイン人のような、あるいはエリザベス女王時代に流行った襞襟《ひだえり》を思わせるような、顎ひげを生やしていた。そんな風体で、暇人の生真面目さを発揮して、忙しげに煙草を吸っているのだが、この男、グレーのジャケットの下には弾丸《たま》を装塡したリヴォルヴァーを隠し持ち、白いヴェストには警察官の身分証をひそかに携えていた。また、麦わら帽が包むこの男の頭脳には、ヨーロッパでも有数の知性が秘されていた。そんな事実はどこからもうかがえないのだが、この男こそヴァランタンその人なのだ。パリ警察の長《ちょう》にして、世界で最も有名なこの捜査官は今、ブリュッセルからやってきて、ロンドンに向かうところだった。今世紀最大の逮捕劇を演じるために。

あの大泥棒、フランボーがイギリスにいるのである。まずはフランボーがベルギーのヘントからブリュッセル、ブリュッセルからオランダのフーク・ファン・ホラント港に向かったことを三ヵ国の警察が突き止めたのだ。その事実から推測されるのは、彼が現在開かれているカソリックの聖体大会がもたらす混乱と集まる人々の不案内に乗じて、大会関係者の下っ端事務員か書記になりすまし、ロンドンに潜入するのではないかということだった。といって、もちろんヴァランタンにも確信があるわけではなかったが。ことフランボーに関するかぎり、確信など誰にも持てるものではない。

犯罪世界のこの巨人が世間を騒がすのをぱたりとやめたのは、すでに何年もまえのことだ。彼がそんなふうに鳴りをひそめると、この世に大いなる静寂が訪れた。フランスの伝説的な英雄ローランが死んだときもそうだったと言われているが、それはとりもなおさず、フランボーが全盛のときには（すなわち、それは言うまでもなく世間にとっては最悪のときということだが）ドイツ皇帝ほどにも堂々たる国際的な人物だったということである。

実際、その頃には日刊紙が毎朝のように、彼が途方もない犯罪に臨んで、またしても途方もない犯罪をやり遂げたというニュースを報じたものだった。巨人のような体で、身の危険を顧みないガスコーニュ人。それがフランボーという男で、そんな彼の強壮な気質のほとばしりにまつわる法外な逸話はいくつも語り継がれている。〝ちゃんとした判断がくだせるよう〟予審判事をひっくり返して、頭で逆立ちをさせたとか、左右の腕に警察官を抱えてパリのリヴォリ通りを駆け抜けたとか。しかし、これはフランボーのために言っておかなければならないが、彼のそうした図抜けた体力が発揮されるのは、だいたいのところ、相手にとっては不面目であっても、血なまぐさい場面においてではなかった。巧妙無類にして大規模な窃盗が主たる彼の実際の犯罪だった。それでも、彼の犯す犯罪はどれもが前代未聞で、それ自体が物語になりそうなものばかりだ。たとえば、数千の顧客を擁しながら、搾乳場も乳牛も荷車も持たないロンドンの大企業〈チロル乳業〉を経営していたのが彼である。その仕組みは単純そのもので、人の家の玄関に配られた牛乳の缶を自分の顧客の家の玄関に移し替えることで、需要に応えていたのである。また、来る手紙をすべて盗み見られてしまうある若い女性と不可解ながら親密な文通をしていたのも彼だ。自分の手紙を写真に撮って極度に縮小し、顕微鏡でそれを読ませるという、桁はずれのトリックを用いたのだ。しかしながら、彼の実験的な犯罪には、きわめて単純なものも少なくなく、こんな逸話も伝わっている。あるひとりの旅行者をただ単に混乱させるためだけに、ひとつの通りの番地表示を真夜中にすべて書き直したというものだ。また、移動式郵便ポストを発明したのも彼であり、これはまちがいない。不慣れな人間がまちがえて郵便為替を投函するやもしれぬということで、閑静な郊外の街角にそのポストを置いたのだ。最後にひとつ、彼は驚くべき軽業師としてもよく知られている。その巨体にもかかわらず、バッタのような跳躍をして、サルのように木のてっぺんに身を隠すことが彼にはできた。だから、偉大なるヴァランタンにしても、たとえフランボーを見つけることができても、それで自分の冒険が終わるわけではないことは百も承知だった。

しかし、そもそもどうすれば彼を見つけられるのか。それについては偉大なるヴァランタンの計画もいまだ定まってはいなかった。

フランボーは変装の名人だったが、そんなフランボーにしてもひとつ隠しきれないものがあった。図抜けて背が高いのである。だから、ヴァランタンのすばしこい眼が背の高いリンゴ売りの女や、背の高い近衛兵や、そこそこ背の高い伯爵夫人をとらえていたら、かかる相手を即座に逮捕していたかもしれない。が、これまでのところ、いかなる捜査の場においても、フランボーの変装を疑わせる人物はひとりも姿を見せていなかった。キリンを猫と見まちがうこともあるというなら話は別だが。同じ船に乗っていた人々についてはすでに確認済みだった。ハリッジか途中の駅から乗ってきた乗客はまちがいなく六人で、ひとりは終点まで乗っていく背の低い鉄道員、ふたつあとの駅から乗ってきたのはどれも大変小柄な三人の農夫、エセックス州の小さな町から乗ってきたのはとても小柄な未亡人、さらにエセックス州の小さな村から乗ってきたのはこれまた短軀のカソリック神父。この最後のご仁などまったくの論外で、ヴァランタンは思わず噴き出しそうになったほどだった。まさに東部のヌケ作の典型みたいな人物だったのである。まずノーフォークの茹で団子みたいに見栄えのしない丸い顔をしていた。眼は北海みたいにうつろだった。茶色の紙包みをいくつか持っているのだが、それをきちんとまとめ置くこともできないという始末。聖体大会が、こうした右も左もわからない、土の中から掘り出されたもぐらみたいな情けない生きものを、停滞した田舎から吸い寄せているのは明らかだった。ヴァランタンはいわゆるフランスの流儀で、徹底した懐疑論者だった。だから、聖職者に対する愛着などかけらも持ち合わせていなかったが、それでも憐れみを持つことぐらいはできたし、そもそもこの神父は誰の心にも憐憫の情を催させるような人物だった。大きなみすぼらしい傘を持っているのだが、それを始終床に倒していた。また、往復切符のどちらが復路の切符なのかもわかっていないようだった。さらに馬鹿正直に同じ車両の全員に言い聞かせていた。自分は茶色の紙袋のひとつに〝青い宝石付きの〟本物の銀器を持っているので、よくよく注意深くしていなければならないのだ、と。エセックスのヌケ作ぶりと聖人のような単純さが入り交じったこの男の言動は、男がすべての紙包みとともに（どうにか）トッテナムにたどり着き、下車したあとまた傘を取りに戻ってくるまで、何度もヴァランタンを面白がらせた。男が傘を取りに戻ってきたときには、ヴァランタンも親切心を覚えて、銀製品を大切にしたいのなら、そういうことはみんなに触れまわったりしないほうがいいと忠告さえしてやった。もちろん、誰を相手に話していようと、彼は常にほかの者への注意を怠らなかったが。常に誰かに眼を配っていた。金持ちであれ貧乏人であれ、男であれ女であれ、その相手の背丈が充分六フィートはあった場合は誰であれ。フランボーの背丈はそれよりさらに四インチも超えていた。

ともあれ、リヴァプール・ストリート駅で降りたときには、これまでのところ、いかなる犯罪者も見過ごしていないと心から確信できた。そこから彼はロンドン警視庁に出向き、イギリスでの自らの立場を公的なものとし、必要とあらば、ロンドン警視庁の応援が得られるよう手続きをすませた。そして、煙草に火をつけると、ロンドンの通りをぶらぶらする長い散策に出た。ヴィクトリア駅も越えて、さまざまな通りや広場を歩いて、ふと立ち止まった。そこは典型的なロンドンの広場で、いかにも趣きがあり、今は偶《たま》さかの静寂に包まれていた。高いアパートメントハウスは富裕さをうかがわせると同時に、また誰も住んでいないようにも見えた。広場の中央の四角い植え込みは太平洋に浮かぶ人跡未踏の小島を思わせる。広場を囲む四面のうち一面だけが壇上に建っているかのようにほかよりはるかに高く、その一面の線だけロンドン特有の誉《ほ》むべき偶然によって壊されていた。まるでソーホー地区から迷い込んできたようなレストランが建っていたのである。理由はわからないが、盆栽の鉢が並び、黄色と白の縞々の日よけの掛かったそのレストランがヴァランタンには、不思議と魅力的に見えた。通りよりひときわ高いところに建ち、通りから店の玄関まではいかにもロンドンらしい間に合わせの流儀で階段が設えてあったが、それが二階の窓まで伸びている非常階段のようだった。その店の日よけのまえに立って煙草をふかし、彼はその黄色と白の日よけをとくと眺めた。

　奇蹟に関してなにより信じられないのは、それが実際に起こるということである。蒼穹のいくつかの雲が集まって、それらの雲がじっと見つめるひとりの人間の眼の形になることがある。道行きを思案していると、眼のまえの風景の中で、一本の木が見まごうかたなき疑問符の形になって見えることがある。これはどちらも著者自身がこの数日のうちに体験したことだ。ネルソン提督は海戦に大勝利したまさにそのときに命を落とした。はたまた、ウィリアムズという名の男がどこまでも偶さかにウィリアムソンという男を殺すこともある。まるで息子を殺すみたいに（〝ウィリアムソン〟という姓はそもそも〝ウィリアムの息子〟の意）。つまるところ、人生には──想像力に欠ける人間はえてして見逃しがちだが──妖精のいたずらのような偶然があるということだ。これについてはエドガー・アラン・ポーが逆説的に巧みに言いあてている、英知は未知に頼らねばならない、と。

　アリスティド・ヴァランタンはどこまでもフランス人であり、フランスの知性というのは、これまたどこまでも特別にして単独のものである。だから、彼は〝思考機械〟ではなかった。そもそもそんな言いまわしは近代の運命論と唯物論のたわごとである。機械は自ら考えられないがゆえに単なる機械なのである。ヴァランタンは考える人間であり、同時に平凡な男でもあった。彼のすばらしい成功は、たとえそれが魔法か何かに頼ったもののように見えても、そのすべてが地道な推理――明快でむしろ凡庸なるフランス的な思考――によって得られたものだった。フランス人は逆説を語ることによってではなく、自明の理を実践することで世界を驚愕させるのである。彼らは自明の理をどこまでも貫く――フランス革命のように。しかし、ヴァランタンは論理というものを正確に理解しているがゆえに、論理の持つ限界も過《あやま》たず理解していた。自動車のことなど何も知らない者だけが、ガソリンをともなわない自動車の話をするのである。論理のことなど何も知らない者だけが、反駁不能の揺るぎない第一原理を無視した論理を語るのである。その揺るぎない第一原理が今のヴァランタンにはなかった。フランボーをハリッジで見つけることはできなかった。フランボーはもうロンドンにいるのだとすれば、それはウィンブルドン緑地にいる背の高い浮浪者であってもおかしくなかった。メトロポール・ホテルで乾杯の音頭を取っている背の高い紳士であっても。しかし、そのように何もわからない状態に置かれたら、独自の考えと独自の方法を編み出すのが、これまたヴァランタンという男だった。

そうしたときこそ未知のものに頼るのである。そのような場合――すじみちだった論理を追えないときには――むしろ彼は冷静に慎重に非論理の道をたどった。だから今回も適切な場所――銀行、警察署、打ち合わせの場――へは出向かず、わざと誤った場所に行った。あらゆる空き家のドアをノックし、あらゆる袋小路にわざわざはいり、ゴミに埋もれたあらゆる小径を抜け、無駄に遠まわりさせられるだけのあらゆる迂回路を歩いた。いかにも妙なコースながら、これには彼なりのちゃんとした理屈があった。もしなんらかの手がかりがあるのなら、このやり方は最悪である。しかし、何も手がかりがない場合、彼に言わせれば、これが最善策なのだ。なぜなら、追う者の眼にとまる奇妙な出来事は追われる者の眼にもとまった可能性が大いにあるからである。それに、どこかから始めなければならないとすれば、相手が立ち止まったところから始めるに如《し》くはない。そんなわけで、その店の入口に上がる階段の何かが、そのレストランの静かさと古趣のあるところが、珍しくヴァランタンの非現実的な思いを掻き立て、試しにはいってみようという気にさせたのである。彼は階段を上がると、窓辺のテーブルについてブラックコーヒーを注文した。

午前も半ばを過ぎていたが、まだ朝食を食べておらず、ほかの客が朝食をとった跡がテーブルに残っているのを見て、空腹を覚えた彼はコーヒーの注文にポーチトエッグを加えた。そして、砂糖入れから白砂糖をカップに降り注ぎながら、むっつりと考えた。片時もおくことなく、フランボーのことを考えつづけた。すると、フランボーがあるときは爪切りばさみを使って、あるときはよその家に火を放って逃げ、またあるときは切手未添付状の料金を払わねばならないことを利用して、さらにあるときはこの世を破壊するかもしれない彗星を望遠鏡で人々に見させることで、巧みに逃亡したときのことが思い出された。ヴァランタンは、警察官としての自分の頭がこの犯罪者に負けず劣らず優秀であると思っていたが、同時に、自らが抱える不利な点も理解していた。「それは犯罪者が創造的なアーティストだとすれば、警察官はただの批評家にすぎないからだ」苦笑まじりにそうつぶやくと、彼はゆっくりとコーヒーカップを口に持っていった。そして、そこで慌ててカップをまたもとに戻した。塩を入れてしまっていたのだ。

彼は改めて白い粉のはいった容器を見た。どう見ても砂糖入れだった。シャンパンのボトルにシャンパンがはいっているくらい見まがいようのない砂糖入れだった。そんなものの中にどうして塩がはいっていたのか。ほかにもこのような容器がないかどうか見てみた。あった。目一杯詰め込んだ塩入れがふたつあった。その塩入れにはおそらく何か特別な調味料がはいっているのだろうと思い、舐めてみた。砂糖だった。彼は新たに興味を覚えてレストランの店内を見まわした。ほかにもこのような――砂糖入れの中に塩を入れ、塩入れの中に砂糖を入れるような――風変わった遊び心が見られそうなものはないかどうか。白い壁紙を張った壁のひとつに、何か黒っぽい液体が撥ねたような跡があることを除くと、全体に清潔で、明るくてごくごく普通のレストランの店内だった。彼はベルを鳴らしてウェイターを呼んだ。

まだ朝早いせいか、くしゃくしゃの髪にどこかしらとろんとした眼をしたウェイターが飛んでやってくると、ヴァランタンは（彼はもっと単純なユーモアを解さぬ男でもなかったので）砂糖入れの砂糖を味わってみるように言った。それがこのホテルの高い名声に恥じないものかどうか。それを舐めるなり、ウェイターは口をあんぐりと開けた。一気に眼が覚めたようだった。

「きみのこの店はこういった微妙なジョークを毎朝お客にしかけているのかね？」とヴァランタンは尋ねた。「砂糖と塩を入れ替えるなんてね。ジョークにしろ、そんなことをしていて、飽きることはないのかね？」

ヴァランタンの皮肉が通じると、ウェイターはしどろもどろになりながらも請け合った。手前どもは断じてそんなことはやっておりません、これはありえないほど奇妙な手ちがいにちがいありません、と。そう言って、砂糖入れを取り上げて見た。さらに塩入れも取り上げて見た。見れば見るほど、その顔がさらにまごついたものになり、最後にいきなり辞去を申し出ると、走り去り、そのあとすぐに店主を連れて戻ってきた。店主も砂糖入れと塩入れを点検したが、ウェイター同様、戸惑い顔をするばかりだった。

そこでウェイターがいきなりまくし立てはじめた。ことばの奔流に舌がついていっていなかった。

「私、思いますに」と息せき切って言った。「思いますに、あのふたりづれのお坊さんです」

「お坊さん?」

「ふたりづれの」とウェイターは言った。「壁にスープを投げつけたお坊さんです」

「壁にスープを投げつけた?」とヴァランタンはおうむ返しに言った。きっとこれは何かイタリア語の特別な比喩にちがいないと内心思いながら。

「さようで、さようでございます!」とウェイターは興奮気味に言い、白い壁紙に浮いて見える黒っぽいしみを指差した。「壁のあそこにぶちまけたんです」

ヴァランタンはもの問いたげに店主を見た。店主はより詳しい説明をして、ウェイターに助け舟を出した。

「そうなんでございます、お客さま。今、この者が申し上げたとおりなんでございます。もっとも、そのことがこの塩と砂糖と何か関係があるとも思えませんが。まだ朝早い時分のことでした。店を開けてすぐにお坊さんがおふたり見えまして、スープを注文なさいました。おふたりともとてももの静かで、礼儀正しいお方でした。お支払いはおひとりがされて、出ていかれました。もうおひとりはあまりてきぱきとおできにならない方のようで、身支度をするのにしばらくお時間を要されました。それでも、最後には店を出ていかれました。ただ、通りに足を踏み出される直前、それまで飲んでいたスープのカップを取り上げると――そのカップにはまだスープが半分ほど残っておりました――中身を壁にぶちまけられたのです。そのとき私は奥の部屋におりました。このウェイターもそうです。ですから、慌てて出ていったときにはもうそのお坊さんは店におらず、壁にスープが飛び散っているのがわかっただけでした。それほどの損傷ではないものの、放ってはおけない所業です。私はふたりを捕まえようと、通りに飛び出しました。でも、そのときにはふたりともかなり遠くまで行っておられ、角を曲がってカーステアーズ通りにはいられたのが見えただけでした」

ヴァランタンはもう帽子をかぶり、手にステッキを持って立っていた。茫洋たる心の闇の中にいる以上、最初に現われた奇妙な指標が指し示すとおりに進むしかない。すでにそう決めていたのだが、その指標はあまりに奇妙だった。勘定を払い、勢いよくガラスのドアから飛び出すと、彼はやがて角を曲がって、もうひとつの通りにはいった。

そのように慌てたときにあっても、彼の眼は幸いにも冷静ですばしこかった。その店のまえを通りかかったときに彼の眼をとらえたのはまさに閃光のようなものだった。それでも、彼は引き返し、改めてそれを見た。そこは青果店で、名前と値段を書いた札が商品に簡素につけられ、それが一列に戸外に並べられていた。そんな中でもオレンジとナッツが盛られた箱がそれぞれやけにめだっていたのだ。ナッツの山の上には、よくめだつ青いチョークで〝特上マンダリンオレンジ　二個一ペニー〟と書かれたボール紙の切れ端がのせられ、一方、オレンジの山の上にもまったく同じような明快な記述――〝特選ブラジル・ナッツ　一ポンド四ペニー〟――のあるボール紙の札がのっていたのである。ヴァランタンはそのふたつの札を見て、同じような類いの繊細なユーモアにはこれまでにも出くわしたことがあることを思った、それもついさっき。そんなことを思いながら、なにやら不機嫌そうに通りの左右を睨んでいる赤ら顔の店主に、その札のまちがいを教えてやった。店主は何も言わず、ただぶっきらぼうにそれぞれの札を正しい売りものの箱に置き直した。ヴァランタンはステッキに優雅にもたれながら、青果店を観察しつづけた。そうして最後に言った。「妙なことを訊くようですまないが、ご主人、実験心理学と観念連合に関する質問をひとつさせてもらえまいか？」

赤ら顔の店主はむしろ威嚇するような眼でヴァランタンを見た。それでも、かまわずヴァランタンはステッキを振りながら陽気に続けた。「青果屋さんがまちがえてつけた二枚の札が、休暇でロンドンにやってきた、シャベル帽をかぶった坊さんを思わせるのは、いったいどうしてなんだろう？　いや、それだけではわかりにくければ、こう言えばいいだろうか。オレンジという札がつけられたナッツと、ひとりは背が高くもうひとりは背が低いふたりの坊さんとを結びつけるその不可解な関連とはいったいなんだろう？」

店主の眼玉がカタツムリのそれのように飛び出した。一瞬、店主は眼のまえの見知らぬ男に飛びかかりそうに見えた。そのあと、怒りにことばをつまらせながら言った。「あんたにどういう関係があるのかは知らないが、あんたがあの連中の友達なら、伝えといてくれ。坊さんだろうとなんだろうと、今度またおれの果物をひっくり返したら、そのいかれた頭を叩き落としてやるってな」

「ほんとうにそんなことを？」とヴァランタンは深く同情して言った。「その坊さんたちはあんたの売りものの果物をほんとうにひっくり返したのか？」

「ふたりのうちのひとりがな」とまだ熱くなっている店主は言った。「通りに全部ぶちまけやがったのさ。とっ捕まえてやりたかったが、こっちは果物を拾わなきゃならなかったんでね。あの馬鹿たれ」

「その坊さんたちはどっちへ向かった？」とヴァランタンは尋ねた。

「あの左手の二番目の道まで行って、そのあとは広場を突っ切ったみたいだ」と店主は即座に答えた。

「ありがとう」とヴァランタンは礼を言うと、妖精のようにその場から姿を消した。そして、二番目の広場の反対側で警察官を見つけると尋ねた。「急を要することだ、お巡りさん。シャベル帽をかぶったふたりの坊さんを見なかったかね？」

警察官はさも可笑しそうにくすくすと笑いだした。「見ましたとも。ついでに言うと、ひとりは酔っぱらってました。通りの真ん中に突っ立って、まごついてるその様子ときたら――」

「ふたりはどっちへ行った？」とヴァランタンは相手が言いおえるのを待たずに言った。

「あそこに停まってるあの黄色いバスに乗りました」と警察官は答えた。「ハムステッド行きのバスです」

ヴァランタンは身分証を取り出すとてきぱきと言った。「署に連絡して、ふたり寄越してくれ。私と一緒に追跡してほしい」そう言うと、すばやく勢いよく通りを渡った。彼のその勢いとすばやさがうつったかのように、警察官も迅速に指示に従った。それで、一分半も経った頃には、警部ひとりと私服警官ひとりが通りの反対側の歩道で、このフランスの捜査官に合流した。

「さて、捜査官――」と警部が笑みを浮かべながらも尊大な態度で言いかけた。「いったいどういう――？」

ヴァランタンはそのことばをさえぎり、いきなりステッキで指し示した。「話はあのバスの二階の席でしよう」そう言うと、通行人の波を掻き分け、走りだした。三人が息を切らせて黄色いバスの二階席に着くと、また警部が言った。「タクシーなら四倍は早く移動できますが」

「確かに」とふたりを従えたヴァランタンは言った。「どこに向かっているのか、われわれにわかってさえいればね」

「どこに向かってるんです？」と私服警官のほうがヴァランタンをまじまじと見ながら尋ねた。

ヴァランタンはしかめっ面をして、しばらく煙草をふかしてから、煙草を口から離すと言った。「相手が何をしているのかわかっているなら、さきまわりすればいい。しかし、相手が何をしているか想像しなければならないときには、そのあとをついていくしかない。相手が道に迷えばこちらも迷い、相手が立ち止まればこちらも立ち止まる。そして、相手に合わせてゆっくりと進む。そうしていれば、相手が見たことをこちらも見るかもしれない。相手がしたことをこちらもするかもしれない。だから、そういうときには何か奇妙なものに眼を光らせているしかないんだよ」

「何か奇妙なものというと？」と警部が尋ねた。

「どんな奇妙なものもだよ」とヴァランタンは答え、そのあとは頑なな沈黙の殻の中に戻ってしまった。

黄色いバスは北の道路を何時間とも思われるくらい延々と走った。偉大なる捜査官はそれ以上何も説明しようとしなかった。彼の助手に就かされたふたりとしては、口にこそ出さなかったものの、自らの任務にそろそろ疑問を覚えはじめていた。また、これも口にこそ出さなかったものの、昼食を食べたくもなっていたことだろう。通常の昼食の時間を過ぎて、時間はさらに延々と過ぎた。北ロンドン郊外の道が地獄の望遠鏡さながら、どこまでもどこまでも先に延びているように思えた。長々とした時間が過ぎ、ようやく世界の果てにたどり着いたと思ったら、そこはまだタフネル・パークのとば口であることがわかる。そんな道ゆきだった。薄汚い酒場や侘しい雑木の向こうに、ロンドンが姿を消したかと思うと、どういうわけか忽然と人通りの多い通りとけばけばしいホテルの中に甦る。それはそれぞれ独立しながらも、互いに接し合った十三の卑俗な市《まち》を通り過ぎるようなものだった。にもかかわらず、さらに通りのゆくてには冬のたそがれが迫ろうとしているのに、このパリジャンの捜査官はじっと押し黙って座席に坐り、両脇を過ぎゆく街並みに注意深い視線を送るのを片時もやめなかった。カムデン・タウンをあとにする頃になると、警察官はふたりともうつらうつらしていたのだろう。ヴァランタンがいきなり立ち上がり、ふたりの肩に手を置いて、バスの運転手に停車するよう叫んだときには、ふたりともびくっと体を震わせた。

そして、どうして降ろされたのかもわからないまま、転がるようにバスのステップを降りて道路に躍り出た。何か納得できるものはないかとあたりを見まわすと、ヴァランタンが通りの左側にある建物の窓のひとつを指差していた。勝ち誇ったように。それは金ぴかの堂々たるホテルの窓で、〝レストラン〟と銘打たれた立派な食堂の窓でもあった。通りに面したほかのすべての窓同様、その窓も模様のある曇りガラスだったが、ただ氷の中にできた星型のような黒い穴が真ん中にできていた。

「ようやく手がかりが見つかった」とヴァランタンがステッキを振りながら言った。「窓が壊れている。あそこだ」

「窓がどうしたっていうんです？」と地位の高いほうのヴァランタンのにわか助手が言っ

た。「どうして――いや、あの窓が坊さんたちと何か関係があるという証拠はなんなんです？」

ヴァランタンは怒りのあまりもう少しでステッキを折りそうになって叫んだ。

「証拠！　何を言うかと思ったら。このお方は証拠を探しておられたとは！　そりゃ、なんの関係もないという可能性のほうが二十倍は高いよ、もちろん。しかし、ほかにわれわれに何ができる？　われわれとしちゃ、大穴狙いに出るか、それともう家に帰って寝るしかないということがわからんのかね？」そう言うと、彼はどかどかとそのレストランにはいっていった。ふたりの警察官もそれに従わざるをえず、三人は遅い昼食の小さなテーブルについて、件《くだん》の星型――割れたガラスを中から見た。そうやって中から見たからと言って、何かがわかるものでもなかったが。

「どうやら窓が割れているようだが」とヴァランタンはウェイターに勘定を払いながら言った。

「そうなんですよ、お客さま」ウェイターはそう答えはしたものの、背中を丸め、小銭を数えるのに忙しくしていた。ヴァランタンはそれ以上は何も言わず、出した金に気前のいいチップを加えた。ウェイターはいくらかにしろ明らかに気をよくしたようで、上体をすっくと起こすと言った。

「はい、そうなんでございます、お客さま。なんとも妙なことなんですが」

「妙なこと？　ひとつ聞かせてもらえないか？」とヴァランタンは屈託のない好奇心を示して言った。

「そう、黒服を着たおふたりの紳士が見えまして」とウェイターは言った。「このところよくあちこちで見かける外国のお坊さんです。廉価な昼食を静かにお召し上がりになり、おひとりがお勘定をすまされ、出ていかれ、そのあともうおひとりも出ていかれました。私はそのとき受け取ったお金を数え直していたのですが、それでお客さまが三倍も多く払っておられるのがわかったものですから、まだ戸口におられたもうおひとりの方に〝お待ちください〟と声をかけたんです。〝お支払いが多すぎます〟って。〝ほう〟とその方はいたって冷静におっしゃいました。〝ほんとうに？〟と。私は〝さようで〟と申し上げ、勘定書きを取り上げて見せてさしあげました。でも、そう、驚いたのなんのって」

「どうして？」とヴァランタンは尋ねた。

「七冊の聖書にかけても誓えますが、私は勘定書きにしっかり四シリングと書きました。なのに改めて見直したら、それが十四シリングになってるじゃありませんか。まるでペンキで書いたみたいにはっきりと」

「ほう？」とヴァランタンは声を発し、ゆっくりと、しかし、眼を爛々と輝かせて体を動かした。「それで？」

「そうしたら、戸口にいたそのお坊さんはいたって落ち着いた様子で、こんなことをおっしゃったのです、〝勘定をややこしくしてしまったのはすまないが、それは窓のぶんです〟ってね。〝窓のぶん？〟と私は訊き返しました。〝私がこれから割る窓のぶんです〟とそのお坊さんは言うと、持っていた傘であの忌々しい窓を割ってしまったんです」

これにはヴァランタンとふたりの警察官も驚きの声をあげ、警部が声をひそめて言った。

「ひょっとして、われわれが追っているのは病院から逃げ出した精神異常者とか？」ウェイターは自らも愉しむようにこの馬鹿げた話のさきを続けた。「それはもう愚かなくらいびっくりいたしまして、いっとき何もできませんでした。その男はここから出ると、すぐ近くでさきに出た男と合流しました。そのあとはふたりともかなりの急ぎ足でブロック・ストリートを歩きはじめましたので、捕まえることはできませんでした。カウンターから飛び出すことだけはしましたが」

「ブロック・ストリートか」とヴァランタンは言うと、彼が追っている奇妙なふたりづれにも引けを取らないすばやさでその通りを走った。

そんな彼らが今、進んでいるのがトンネルみたいな剝き出しのレンガ造りの家並が続く通りだった。明かりも乏しく、窓も少ない、どこもかしこも何もかものっぺりとした〝裏面〟でできているような通りが続いた。そんな場所に宵の闇が深まると、ロンドンの警察官でさえ、自分たちがどこを歩いているのか判然としなくなる。ただ、フランスの捜査官だけは、最後には自然公園〈ハムステッド・ヒース〉のどこかに出ると確信していた。そこでガス灯のともされた張り出し窓がいきなり青い夕闇の中から飛び出して見えた。角灯のように。ヴァランタンはその窓のある小さな菓子屋のまえで立ち止まった。そして、一瞬ためらったものの、その店にはいると、派手なさまざまな色の砂糖菓子に囲まれ、いたって真面目な顔つきで、十三本のシガー・チョコレートを慎重に選んで買った。彼が店員に話しかけるきっかけを探しているのは明らかだった。が、その必要はなかった。

店番をしていたのは、老けて見える痩せぎすの若い女だった。ヴァランタンの上品な服装を条件反射的に訝しげに見ていたが、ヴァランタンの背後、店の戸口を警部の青い制服がふさいでいるのを見るなり、すべてを理解したようだった。

「あらま」と女は言った。「あの小包のことで見えたのなら、もう送りましたよ」

「小包?」とヴァランタンは訊き返した。今度は彼が訝しげな顔をする番だった。

「さっきお客さんが忘れていった小包のことです——お坊さんのお客さんが」

「なんとなんと」ヴァランタンはそこで初めて関心をはっきりと示し、身を乗り出して言った。「いったい何があったのか。正確なところを話してくれ」

「まあ」と女は疑わしげに切り出した。「お坊さんがふたり三十分ほどまえに見えたんです。で、ペパーミントをお買いになって、しばらく話をしました。それから〈ヒース〉のほうに向かわれたんだけど、おひとりが慌てて戻ってこられて、こんなことをお訊きになりました、〝小包を忘れていかなかったかな?〟って。わたしは店の隅から隅まで探しましたけど、でも、見つかりませんでした。すると、そのお坊さんは〝気にしなくていい。ただ、もし見つかったら、このの住所のところにどうか郵送してほしい〟っておっしゃいました。そうおっしゃって、わたしにその住所を教えて、わたしの駄賃に何シリングか置いていかれました。これは絶対確かなことだけど、わたしは店の隅から隅まで探したんです。でも、あとからその小包が出てきたんです。だから、お坊さんに言われた住所に送りました。正確な住所はもう忘れちゃったけど、ウェストミンスター区のどこかでした。でも、なんかすごく大切なものみたいに思ったから、だから、やっぱり警察の方が見えたんだって思ったんです」

「そう、そのとおり」とヴァランタンは即座に答え、そのあと尋ねた。「〈ハムステッド・ヒース〉はここから近いんだろうか？」

「ここからまっすぐ行って十五分」と女は言った。「そうしたら、もうそこは広い原っぱです」ヴァランタンは店を飛び出すと、走りだした。ふたりの警察官も不承不承小走りになってそのあとに続いた。

彼らが走り抜けたのはとても狭くて、建物の影に閉じ込められたような道だったので、思いがけず、空が広く見える開けた共有地に出たときには、三人とも夕暮れがまだ明るく、空気も澄んでいるのに驚いた。クジャクの羽のような緑の完璧な空が丸天井を成し、黒みを増す木々と暗い紫色の遠景の中、沈む太陽が金色に輝いていた。明るい緑を帯びた空も星の水晶のような輝きをひとつふたつとらえる程度には暗かった。昼の明るさの名残りのすべてがまだ〈ハムステッド〉のへりと〝健康の谷〟として人気のある窪地にあった。このあたりをぶらついて休暇を愉しむ人たちも、まだすっかり引き上げたわけではなく、ベンチに坐っているカップルの姿がぼんやりと見え、ブランコに乗ってまだ遊んでいる女の子の叫び声が遠くのあちこちから聞こえていた。そんなどこまでも卑俗な人間世界のまわりでは、天の輝きが深まり、同時に暗さも増していた。ヴァランタンは斜面に立って窪地を見渡し、ようやく探しているものを見つけた。

それぞれのグループを離れてばらばらになる黒い人影に交じって、ただひとつ別々にならないことさら黒い人影があった――僧衣をまとったふたりづれである。虫けらほどにも小さな人影ながら、そのうちのひとりがもうひとりよりはるかに背が低いことが見て取れた。もうひとりのほうは学者のような猫背で、所作もめだたなかったが、その身長は六フィートを優に超えていることもわかった。ヴァランタンはじれったそうにステッキを振りまわし、歯を食いしばりながらまえに向かって距離を詰めた。ふたつの人影が巨大な顕微鏡をのぞいたみたいに大きくなった。そこで、ヴァランタンはあることに気づいた。それは驚きだった。と同時に、心のどこかで予期していたことでもあった。背の高い坊さんのほうは誰にしろ、背の低いほうについては疑いようがなかったからだ。ハリッジの列車で一緒になったあのご仁だった。茶色の紙包みについてヴァランタンが注意をしてやった、エセックスのあのずんぐりした小柄な神父だった。

　これまでのなりゆきから思うに、これですべてがようやく収まるべきところに収まったような気がした。実のところ、ヴァランタンはその朝訊き込んだことから、エセックスのブラウン神父なる人物が大会に集まる坊さんたちに見せるために、サファイアがちりばめられた銀の十字架――相当値打ちのある聖遺物――を持ってくることになっているという情報を得ていたのである。それが例の〝青い宝石付きの銀器〟であることはまちがいなかった。あの列車の世間知らずの男がこの小柄なブラウン神父であることも。ヴァランタンが知りえた情報をフランボーも知っていたという事実は、不思議でもなんでもない。フランボーという男はどんなことでも嗅ぎつけるのだから。そんなフランボーがサファイア付き十字架のことを聞きつけ、それを盗もうとしたとしても、なんの不思議もなかった。それはもうあらゆる自然史の中でもなにより自然なことである。加えて、相手はこの傘と紙包みのご仁のような愚かきわまる男なのである。フランボーがすべて思いどおりにことを進めたとしてもなんの不思議もなかった。実際のところ、この神父はひもをつけたら誰でも北極までさえ引っぱっていけそうな人物だった。だから、もうひとりの坊さんに扮して、この坊さんを〈ハムステッド・ヒース〉まで連れてくることなど、フランボーのような役者にとっては、それこそ赤子の手をひねるようなものだっただろう。いずれにしろ、犯罪がおこなわれたことは明白だった。ヴァランタンはこの情けない坊さんに同情を覚えつつ、これほどのお人好しを食いものにするまで落ちぶれたフランボーには、軽蔑に近い感情を覚えた。とはいえ、これまでに起きたもろもろのことを思うと、そのすべてがフランボーを勝利に導きながらも、その中にもっともな道理のかけらでもあったかどうか、その点については、ヴァランタンとしても首をひねらないわけにはいかなかった。エセックスの坊さんからサファイア付きの銀の十字架を盗むことと壁紙にスープをぶちまけることには、どんな関係があるのか？　さらにオレンジをナッツと呼ぶこととどんな関係があるのか？　あまつさえ、まず窓代を弁償してからそのあと窓を割ることとどんな関係があるのか？　追跡も最後という段になって、ヴァランタンには肝心なことがまるでわかっていなかった。彼が失敗するのは（それはいたって珍しいことだが）たいてい手がかりはつかめても犯人を取り逃がす場合だ。それが今回は犯人を捕まえながら、手がかりがつかめていなかった。

ヴァランタンたちがここまで追ってきたふたつの人影は今、緑の丘の広大な斜面を這っていた。黒い二匹のハエのように。ともに会話に深くのめり込んでいるらしく、自分たちがどこへ向かっているのかもわかっていないようだった。ただ、ふたりが〈ヒース〉の中でもより自然豊かな、より人気《ひとけ》のない高台をめざしているのは明らかだった。追っ手のほうは距離が縮まるにつれ、鹿猟師のように、威厳も何もない恰好をしなければならなかった。小藪の背後でしゃがんだり、ひれ伏したように深い草の中を這ったりさえしなければならなかった。それでも、そうしたぶざまな工夫のおかげで、獲物の声が聞こえるところまでどうにか近づくことができた。ふたりはなにやらぼそぼそと言い合っていた。ただ、はっきりとは聞き取れない。聞き取れたのは、ほとんど子供のような甲高い声で何度も繰り返される〝道理〟ということばだけだった。一度、灌木が鬱蒼と茂る斜面の急な窪地にはいり、先を行くふたつの人影を見失ってしまったときには、ふたりが行った跡を見つけられず、焦りもしたが、十分後に大きな丸い丘をまわってみると、てっぺんまで向かった跡が見つかった。そこからは夕陽を浴びた円形競技場のような、豊かで、同時にうら侘しい景色を見はるかすことができた。そこは眺望はよくても誰からも忘れられたような場所で、木が一本生えていて、その下に壊れかけた古い木のベンチがあった。ふたりの坊さんはそのベンチに坐り、なおも真剣な様子でなにやら話し込んでいた。ゴージャスな緑と黄金色が黒ずむ地平線にまだとどまっていたが、頭上の空の色はゆっくりとクジャクの羽の緑からクジャクの羽の青へと移ろい、星は自らを解き放って、見る見るうちに広がり、びっしりと撒かれた宝石のようだった。ヴァランタンはふたりの助手に無言で合図をしながら、どうにかうまく枝を張った木の背後に忍び寄って佇むと、まさに死んだような静けさの中、この奇妙な坊さんたちのことばを初めて聞いた。

そして、一分半ほど耳を傾けたところで、恐ろしいばかりの疑念にとらわれた。自分はアザミの茂みの中にイチジクを探すような、正気の沙汰とは思えない捜索のために、ふたりのイギリスの警察官を宵のこんな荒地までわざわざ連れてきてしまったのではないだろうか。というのも、ふたりの坊さんはまさに坊さんのように敬虔に、学識と余裕を感じさせる雰囲気をかもして、神学の霊妙なる神秘について語り合っていたからである。輝きを増す星にその丸顔を向けて、エセックスの小柄な坊さんのほうがより明瞭に話していた。もうひとりのほうは、まるで自分には星を見上げる資格すらないとでもいったふうに頭を垂れて話していた。が、いずれにしろ、これほど純粋ないかにも聖職者らしいやりとりを聞くことは、イタリアの白い修道院でもスペインの黒い礼拝堂でもできないだろう。

最初にヴァランタンの耳に飛び込んできたのは、次のことばで終わるブラウン神父の声だった。「……中世の人々が天は不滅と言ったのはそういう意味だったのです」

背の高いほうの神父はうつむいたままうなずいて言った。「なるほど。一方、現代の不信心者は自分の道理に頼ろうとします。しかし、あれら何百万もの星を眺めて、感じないでいられる者などいるものでしょうか？　道理がまるで道理的ではない不思議な世界が天上にあってもおかしくないと感じないでいられる者など」

「いや」ともうひとりの神父は言った。「道理は常に道理的なものです。たとえ地獄に一番近い辺土にあっても、どっちつかずの境界地にあっても。道理を貶めたということで人々が教会を咎めているのは、私も知っています。しかし、事実はまったくその反対です。地上にあって唯一教会だけが道理を真に至高のものにしているのです。地上にあって、唯一教会だけが神ご自身もまた道理に縛られていることを支持しているのです」

もうひとりの神父もその陰鬱な顔を起こして、星のきらめく夜空に向けると言った。

「しかし、あの無限の宇宙にはひょっとしたらそういう世界も——？」

「無限というのはただ物理的なことです」と小柄な神父はベンチの上ですばやく振り向いて言った。「真理の法則から逃れられないという意味においては、無限でもなんでもありません」

ヴァランタンは木の背後に突っ立ち、苛立ちながら無言で爪を嚙んだ。今にもイギリスの警察官の忍び笑いが聞こえてきそうだった。彼らはこのふたりの老神父のおだやかなおしゃべりをただ聞くために、こんなに遠くまで連れてこられたのである。それも突飛な当て推量を頼りに。ヴァランタンは苛立ちのあまり、小柄な神父に引けを取らない背の高い神父の用意周到な答を聞き逃し、再度耳を傾けたときにはまたブラウン神父が話していた。

「どれほど離れた孤独な星さえ道理と正義に支配されているのです。あの星をご覧なさい。ひとつひとつがまるでダイアモンドやサファイアのように見えませんか？　そう、なんでもかまいません。どれほど突拍子もない植物や鉱物でもかまいません。ブリリアントカットされた宝石という葉を持つ植物が茂る金剛石の林でもかまいません。青い月でも。ゾウほども巨大なサファイアでも。といって、そんな狂った天文学さえ道理と行動の正義にはいささかの影響も及ぼしません。そんなことは夢にも思わないことです。オパールの平原であろうと、真珠でできた崖の下であろうと、そこにもやはり同じ立て札が立っているのです、〝汝、盗むなかれ〟という立て札が」

ヴァランタンは一生の不覚とも言うべきこの失態に打ちのめされて、じっと身をひそめた姿勢から上体を起こすと、できるかぎりそっと立ち去りかけた。が、背の高いほうの神父の沈黙の何かに引き止められ、とにかくその神父が何か話すまでは待つことにした。その背の高いほうの神父がようやく口を開いた。両手を膝に置き、頭を垂れたまま、神父は言った。「それでも、われわれの道理をおそらくは超えるほかの世界というものがあると私は思います。天の神秘は計り知れないものです。そのことを思えば、私はひとりの人間としてはただ頭を垂れることしかできません」

そこでなおも頭を垂れたまま、声音も態度もいささかも変えることなく、神父はつけ加えた。「ただあんたが持ってるサファイアの十字架を渡してもらえませんかね？　ここにはわれわれしかいやしない。なんならおれはあんたを藁人形みたいにずたずたにすることだってできるんですよ」

声音も態度もまるで変わっていないことがかえって彼のことばに異様な威力を与えていた。なのに、聖遺物を守っているほうの神父は羅針盤の一番小さな目盛りひとつぶんほど頭を動かしただけだった。相変わらずどこかしら間の抜けた顔を星に向けたままだった。もしかしたら、もうひとりの神父が言ったことが理解できなかったのか。あるいは、理解できても恐怖のあまりその場に凍りついてしまったのか。

「そう」と背の高い神父がそれまでと同じ低い声で、それまでと同じ落ち着いた居ずまいで言った。「そう、おれがフランボーだ」

いっとき間を置いて、フランボーはさらに続けた。「さあ、その十字架を渡してもらおうか？」

「駄目です」ともうひとりは答えた。その短い答には奇妙な響きがあった。

フランボーはそれまでの司教のような態度をかなぐり捨てた。そして、この大泥棒はベンチの背にもたれると、低い声で長々と笑ってから大きな声をあげた。

「駄目だと？　渡さないだと？　この高慢ちきなクソ坊主が。渡さないだと？　この女房も持てない、チビ坊主が。だったら、なんで渡さないのか教えてやろうか？　それはもうその十字架はおれの胸のポケットにはいってるからだ」

エセックスの小柄な神父は、暗がりの中でもその驚きがうかがい知れる顔を相手に向けると、〝私設秘書〟のようにおずおずとしながらも熱心な口調で尋ねた。「それは――それはまちがいのないことですか？」

フランボーはいかにも嬉しそうな声をあげた。

「まったくもって、あんたってのは三幕物の道化みたいな男だな。まちがいのないことだよ、このヌケ作。どこまでもな。つまり、おれには十字架を入れたあんたの紙包みそっくりの紙包みをこしらえる頭があったということだ。で、わが友よ、今、あんたはおれのその紙包みを持っていて、おれのほうがあんたの宝石を持ってるというわけだ。古い手だよ、ブラウン神父、そりゃもう古い手だよ」

「確かに」とブラウン神父は言って、相変わらずあいまいな仕種で髪を手で梳いた。「確かに。私も以前聞いたことがあります」

犯罪の巨人は急に興味を覚えたかのように、田舎者の小柄な神父の上に身を乗り出して尋ねた。

「聞いたことがある？　どこで聞いた？」

「もちろん、その人の名前は言えませんが」と小柄な神父はなんの気負いもなく言った。「その後、罪を悔い改めた人でしてね。いずれにしろ、その人は茶色の紙包みの替え玉をつくることだけで、ほぼ二十年裕福に暮らしていました。もうおわかりですね、あなたのことを不審に思うなり、私はすぐにその哀れな男の手口を思い出したのです」

「おれのことを不審に思った？」と無法者は語気を強めておうむ返しに言った。「あんたにはおれのことを不審に思う才覚があったと言ってるのか？　おれがただこんな荒れ地にあんたを連れてきたというだけで？」

「いえいえ」とブラウン神父はむしろ弁解するような口調で言った。「おわかりいただけますでしょうか、私はあなたに初めて会ったときからあなたのことを不審に思っていたのです。あなたの服の袖がちょっとばかりふくらんでいたからです。鋲付きの腕輪をするとどうしてもそんなふうになるものです」

「いったいぜんたい」とフランボーは大きな声をあげた。「なんであんたは鋲付き腕輪のことなんか知ってるんだ？」

「それは信徒というものがいるからですよ！」とブラウン神父はむしろ無表情に眉を吊り上げて言った。「ハートルプールで助任司祭をしていたときにも、鋲付き腕輪をしていた信徒が三人いました。だから、わかりませんか、あなたのことを怪しいと思うや、ことさら十字架の安全には心を配りました。申しわけないことですが、そう、あなたを監視させてもらったのです。そして、ついにあなたが紙包みをすり替えるところを見ました。もうおわかりですね、そう、そのあとまた取り替えたのです。その本物の包みはあとに置いてきました」

「あとに置いてきた？」とフランボーは訊き返した。彼の勝ち誇った声音にそこで初めて何か別の響きが加わった。

「そう、こういうことです」と小柄な神父は相変わらず飾らない口調で言った。「あの菓子屋に戻って頼んだのです、もし私が紙包みを忘れていて、それがもし見つかるようなことがあったら、送ってほしいと。そう言って、特定の住所を伝えたのです。まあ、最初は忘れものなどしなかったのですが、二度目にあの店に行ったときにしたわけです。だから、あの店の人はあの大切な紙包みを持って、私を慌てて追いかけるかわりに、ウェストミンスターにいる私の友人のところにすぐさま送ってくれたというわけです」彼はそのあとむしろ悲しげに言いさした。「それもまたハートルプールのあの哀れな男から教わったことです。その男は鉄道の駅で盗んだハンドバッグにそういう手口を使っていたようですが、今は修道院にいます。まあ、人間、生きていればいろいろなことを知るものです」彼は心から申しわけなさそうに言い、また妙な仕種で髪を手で撫でた。「だから、私たちは聖職を辞めるわけにはいかないのです。いろいろな人がいろいろな話をしにやってきますから」

フランボーは胸のポケットから紙包みを取り出すと、紙を乱暴に破いた。紙に包まれていたのはただの鉛の棒だった。フランボーは大仰に、弾かれたように立ち上がるとわめいた。「信じないぞ。おまえみたいな田舎坊主にそんな真似ができるなんておれは信じないぞ。おまえはまだ十字架を持ってる。そうにちがいない。それを渡さないなら、ここにはおれたちしかいない。力ずくでも奪い取るぞ」

「いやいや」とブラウン神父はこともなげに言い、彼もまた立ち上がった。「力ずくで奪い取るなどあなたにはできません。まず第一に私は十字架を持っていないのですから。次にここにはわれわれしかいないわけではないからです」

フランボーはまえに出しかけた足を止めた。

「あの木の陰には」とブラウン神父は指差して言った。「屈強な警察官がふたりと当代きっての名捜査官がいます。どうやって彼らはここまでやってきたのか、知りたいですか？　それはもちろん私が連れてきたからです！　そんな芸当がどうやって私にできたのか？　まあ、お知りになりたいのなら、お教えしましょう！　私たちは犯罪者の相手もしなければなりません。こういう仕事をしていると、それはもうその手のことをあれこれ知るようになるものです！　実のところ、私にしてもあなたは盗っ人だと最初から確信があったわけではありませんでした。同じ聖職者仲間をただ中傷誹謗するなど論外です。だから何か起これば、あなたも正体をさらすのではないかと思って、テストをさせてもらったのです。コーヒーに塩がはいっていたら、普通、人は少しは騒ぎ立てたりするものです。なのに何もしないというのは、それはその人にめだちたくない理由があるからです。塩と砂糖をすり替えてもあなたは静かなものでした。また、人は勘定が普通の三倍にもなっていたら、それに異を唱えるものです。にもかかわらず、その金額を誰かが払ったとなれば、それはその人物には、金額に気づかなかった振りをしなければならない理由があったからです。それで私が勘定を書き換えても、あなたはその金額を黙って払ったのです」

フランボーがトラのように飛びかかるのを世界が固唾を飲んで待っている。そんな雰囲気だった。ところが、フランボーはまるで呪文に縛られたかのように、自らを抑えつけていた。自らの好奇心にただただ圧倒されていた。

「さて」とブラウン神父は重々しくも明快に続けた。「あなたは警察に手がかりを残したりはしませんでした。となると当然、誰かが残さなければなりません。それで、私は行く先々で、その日のあいだぐらいは自分たちが噂の種になるようなことをしようと心がけたのです。と言って、あまり迷惑になるようなことはしていません——壁を汚したり、果物をぶちまけたり、窓ガラスを割ったりする程度のことでです。でも、十字架は守りました。あの十字架はこのあとも無事でしょう。今頃はもうウェストミンスターに届いているはずです。しかし、振り返って思えば、あなたが〝ロバの笛《ドンキーズ・ホイッスル》〟で邪魔をしようとなさらなかったことが私には不思議でなりません」

「ロバのなんだって？」とフランボーは訊き返した。

「お聞きになったことがないとはけっこうなことです」と神父はしかめっつらをして言った。「ろくでもない代物ですから。でも、これはつまりあなたは笛吹きになるような大悪人ではないということです。あなたにあれを使われていたら、私のほうは〝ブチ《スポッツ》〟が何匹いても太刀打ちできなかったでしょう。足にはとんと自信がありませんので」

「いったいぜんたいなんの話をしてるんだ？」

「〝スポッツ〟ぐらいはご存知かと思いましたが」とブラウン神父は意外そうに、と同時に陽気に言った。「ということは、そう、あなたはそこまで悪には染まってないということです！」

「いったいどうしてあんたはそんな恐ろしいことをなんでも知ってるんだ？」とフランボーは大声をあげた。

神父の丸い朴訥な顔に笑みが浮かんだ。

「それは女房も持てない坊主だからです」とブラウン神父は言った。「あなたはこんなふうに思ったことはありませんか？　人間の現実の罪悪について告白される以外にはほとんど何もしていないような者が、人間の邪悪さに無頓着でいられるなどおよそ考えられないことだ、と。しかし、実際のところ、あなたが聖職者でないことがはっきりとわかったのは、私の職業の別の面のおかげでもあるのです」

「職業の別の面？」と大泥棒はほとんど喘ぐようにして尋ねた。

「あなたは道理というものを貶めようとしました」とブラウン神父は言った。「それは愚かな神学です」

神父が所持品をまとめようとフランボーに背を向けたところで、夕闇の木立の中から三人の警察官が飛び出してきた。フランボーはアーティストであると同時に、アスリートでもあった。すばやくあとずさると、大仰にヴァランタンに一礼してみせた。

「私にお辞儀することはないよ、わが友《モナミ》」とヴァランタンは銀のように澄んだ声で言った。「ともにわれらが師に一礼しようじゃないか」

ふたりはともに帽子を取ってブラウン神父に敬意を示した。一方、ブラウン神父と言えば、眼をぱちくりさせて自分の傘を探しているのだった。

秘密の庭園

The Secret Garden

パリ警視庁の警視総監、アリスティド・ヴァランタンは晩餐会の時間に遅れていた。すでに招待客のほうがホストの彼よりまえに何人か到着していた。それでも、頼りになる召使い、イヴァンがうまく応対していたので、ヴァランタンの遅れを心配する客はひとりもいなかった。イヴァンというのは、その口ひげの色とほとんど変わらない灰色の顔に傷痕のある老人で、いつも玄関広間――武器をずらりと掛けて飾った広間――のテーブルについて坐っていた。ヴァランタン邸はその家《や》の主《あるじ》と同じくらい風変わりで、同じくらいよく知られた家だった。古い屋敷で、高い塀に囲まれ、セーヌ川の上にかかりそうなほどこれまた背の高いポプラの木が何本か生えている。しかし、なによりこの屋敷が奇抜なのは――これにはおそらく警備上の意味もあるのだろうが――イヴァンと武器に守られている正面玄関以外に出入口がひとつもないことだろう。広い庭園は手の込んだ造りで、屋敷から庭園に出る出口はいくつもあるのだが、庭園から敷地の外の世界へ出る出口はひとつもないのである。つるつるすべってよじ登ることのできない高い塀に敷地全体が囲まれており、おまけにその塀のてっぺんには忍び返しまで設えられている。まあ、よくできた庭園なのだろう、百人もの犯罪者から恨みを――それも殺されかねない恨みを――買う男が思索にふけって散策するには。

イヴァンが招待客に伝えたとおり、ヴァランタンは十分ばかり遅れると電話で伝えていた。実のところ、それは死刑執行に関する最後の手続きや、その類いの不快な仕事のためだった。彼本人はそうした職務を心底嫌っていたが、それでもいつも几帳面にこなしていた。犯罪者を追及することについては容赦がなかったが、処罰に関してはしごく寛大な男で、フランス――ひいてはヨーロッパ全土――の警察組織のトップという地位にあって、その少なからぬ影響力を巧みに利用し、刑罰の軽減と刑務所の浄化に努めていた。まさに人道主義的なフランスの偉大なる自由思想家のひとりと言える。ただ、そんな彼を含めて、かかる自由思想家にはひとつだけ欠点がある。それは彼らの求める正義があまりに人に温かく、そのため慈悲が正義よりむしろずっと冷たいものになってしまうところだ。

帰宅したときには彼はもう黒い服を着ており、赤いバラの飾りもつけていた――黒い顎ひげにはちらほらと白いものが交ざる、粋な身なりの紳士は屋敷の中を通り抜けると、書斎に直行した。書斎からは奥の庭園に出られ、庭園に出るドアは開いていた。持ち帰った箱をしかるべき場所にしっかりとしまって鍵をかけると、開かれた戸口に立って、いっとき庭園を眺めた。空では細い三日月が強い風を受けて乱れ飛ぶぼろきれのような雲と闘っていた。彼のような科学者的な気質の持ち主には珍しいことながら、ヴァランタンはその自然のさまをものうげに眺めた。もしかしたら、科学者的な気質の持ち主には、自らの人生における最大級の問題を予見する心霊的な能力が備わっているのかもしれない。それでも——そんなオカルト的な気分になっても——われに返るのに時間はかからなかった。自分が晩餐会の時間に遅れていることも、招待客がすでにやってきていることもよくわかっていた。客間にはいって部屋の中をざっと見まわした。主賓がまだ来ていないことは一瞥すればそれでわかったが、その日のささやかなパーティを彩るほかの出席者たちは全員そろっていた。まずイギリス大使のギャロウェイ卿——リンゴのような赤ら顔の癇癪持ちの老人で、ガーター勲章の青い飾りひもをつけていた。ギャロウェイ卿夫人もいた。糸のようにほっそりとした銀髪の女性で、いかにも神経過敏そうな高慢な顔をしていた。彼らの娘もいた。マーガレット・グレアム。色白の可愛い娘で、銅色の髪に小妖精のような顔をしていた。それにモン・サン・ミッシェル侯爵夫人。黒い眼をしたふくよかな女性で、彼女のふたりの令嬢もいたが、これまた黒い眼で、これまたふくよかな体つきの娘だった。シモン博士もいた。茶色の顎ひげの先をとがらせ、眼鏡をかけた典型的なフランス人の科学者。始終眉を吊り上げるせいで、額にはその横柄さの報いのような皺《しわ》が平行に何本か走っていた。最近ヴァランタンが知り合ったばかりのエセックス州コボウルの聖職者、ブラウン神父もいた。が、ヴァランタンがおそらくほかの誰より関心を持って眺めたのは軍服姿の背の高い男だった。その男はギャロウェイ卿夫妻と令嬢に一礼したものの、心のこもった返礼は得られず、今は晩餐会のホストに敬意を表わそうと、ひとりでヴァランタンのほうにやってきていた。この男こそフランス外人部隊のオブライエン司令官で、ほっそりした体型ながら、どこかしらふんぞり返っているようなところがあった。髪は黒で、眼はブルー、ひげはきれいに剃っていた。栄光ある敗退と戦果を挙げた玉砕で知られる彼《か》の部隊の将校としては自然なことながら、勇ましさと同時にどこか憂いを帯びた雰囲気をかもしていた。生まれはアイルランドの郷紳で、ギャロウェイ家のことは――特にマーガレット・グレアムのことは――子供の頃から知っていた。借金で一悶着起こして故郷を出たあと、サーベルに拍車付きの軍服姿で闊歩することで、今はイギリス風の礼儀作法からはまったく自由になったことを示していた。実際、彼が大使家族に一礼したときには、ギャロウェイ卿夫妻はこわばったお辞儀を返し、マーガレット嬢など顔をそむけさえした。

しかし、こうした人々がどのようないきさつで互いに関心を抱いていようと、著名な彼らのホストは、彼らにはことさら関心を持っていなかった。彼の眼から見れば、少なくとも彼らは今宵の主賓ではなかった。いくつかの特別な理由から、ヴァランタンが待ち望んでいたのは、彼が警察の仕事でアメリカをめぐり、成功を収めたときに知遇を得た、世界に名を馳せる男だった。その名はジュリアス・K・ブレイン。億万長者で、さまざまな小さな宗教団体に途方もない巨額の寄付をすることで、アメリカとイギリスの新聞双方に、安直な冷やかし記事とより安易な真面目くさった記事のネタを提供している人物だった。そんなミスター・ブレインが無神論者なのか、モルモン教徒なのか、はたまたクリスチャン・サイエンス（信仰の力で万病が治ることを謳うアメリカの新興宗教）の信者なのかは、誰にもはっきりとしたところはわからなかったが、氏はまた誰もまだ手をつけていない知的な器であれば、どんな器にでも大金を注ぎ込んでもいた。それというのも、氏の趣味のひとつが——釣りより気長な趣味とはいえ——シェイクスピアが今日《こんにち》のアメリカに出現するのを待つことだったからである。アメリカの詩人、ウォルト・ホイットマンを敬愛してはいたが、ホイットマンよりペンシルヴェニア州パリスのルーク・P・タナーのほうがどう見てもホイットマンより〝進歩的〟だと思っていた。なんでも〝進歩的〟と思えるものが好きなのだ。それで、ヴァランタンのことも〝進歩的〟と思っていた。しかし、それは不当にして、はなはだしい誤解だった。

　そんなジュリアス・K・ブレインが堂々とその姿を現わすと、まるで晩餐を知らせるベルが鳴ったかのように、座の雰囲気が一変した。いてもいなくてもその存在感を示せる男だった。そういう芸当は並みの人間にできることではない。そもそも大男で、背も高ければ横幅もあり、非の打ちどころのない黒い夜会服をまとっていたが、懐中時計の鎖や指輪のようなアクセサリーはいっさい身につけていなかった。髪は白く、その髪をドイツ人のようにうしろにござっぱりと撫でつけていた。顔は赤くて、いかつくても天使のようなあどけなさがあり、下唇の下に黒い顎ひげを生やしていた。ひげがなければ子供っぽく見える顔に、その黒い顎ひげがメフィストフェレス的とも言える芝居がかった雰囲気を与えていた。それほどの人物とはいえ、このサロンの面々はこの著名なアメリカ人をただ見てばかりはいなかった。彼が遅れたことですでに晩餐会は支障をきたしていたので、彼はギャロウェイ夫人のエスコートを言いつかると、大急ぎでダイニングルームに案内された。

ギャロウェイ家の面々は充分愛想よく、充分気さくに振る舞っていた。ある一点を除けば。マーガレット嬢が冒険家、オブライエンの腕を取ったりしなければ。実際には、彼女はそんな真似などすることなく、礼儀をわきまえ、シモン博士とダイニングルームにはいっていた。それで彼女の父親は至極満足のはずなのに、徐々に落ち着きをなくし、ほとんど無作法にさえなった。晩餐をとっているあいだはそれでも外交官ぶりを発揮していたものの、食後の葉巻の時間となり、彼より若い三人の男――シモン博士に、ブラウン神父、それに外人部隊の制服を着た異郷生活者、好ましからざるオブライエン――全員が女性グループに加わろうと、それぞれ部屋を出て、サンルームで一服しはじめると、このイギリスの外交官は実に非外交的になりはじめた。あのやくざ者のオブライエンはなんらかの方法で娘に合図を送っているのではないか。実のところ、そんな思いに六十秒おきに胸を突き刺されているのだった。それがどんな方法かなど想像したくもない。そんな彼とともにあとに残ったのは、どんな宗教も信じている白髪のアメリカ人、ブレイン、それにどんな宗教も信じていない白髪交じりのヴァランタンで、このふたりはコーヒーを飲みながら、互いに議論を戦わせることができた。一方、ギャロウェイ卿にとっては、どちらの意見もなんの魅力もないもので、しばらくしてこのふたりの〝進歩的〟な論争が退屈の極致に達すると、席を立って客間を探した。長い廊下がいくつもあって、六分から八分もうろうろしていると、そのうち博士の学者ぶった甲高い声が聞こえ、それに神父の冴えない声が続き、そのあとどっと笑い声がした。彼らもまた〝科学と宗教〟の話をしているのだろう、と卿は忌々しく思った。ところが、客間のドアを開けるなり、彼がそこに見たのはただひとつのことだった――そこに欠けているものだった。オブライエン指揮官がいないということだった。それにマーガレットも。

卿はダイニングルームを出たときと同じくらい苛立たしげに客間を離れると、足を踏み鳴らすようにしてまた廊下を歩いた。あのアイルランド系アルジェリア人から娘を守らなければならないという思いがなにより心の中心を占め、さらにその思いは狂気めいたものにさえなっていた。そうしてヴァランタンの書斎のある屋敷の奥に向かっていると、思いがけず娘と出くわした。娘は血の気の失せた嘲りの表情を浮かべており、そのまま通り過ぎていったが、それまた新たな謎だった。娘がオブライエンと一緒にいたのなら、オブライエンは今どこにいるのか。オブライエンと一緒でなかったのなら、いったい娘はどこにいたのか。老人特有の気短な疑念に突き動かされ、卿は暗い屋敷の奥へと手探りで進み、庭園に出る召使い用の通用口に最後にたどり着いた。空では月が自らの三日月刀で、大風に煽られた雲をすっかり切り払っていたので、銀色の月光が庭園の四隅を隈なく照らしていた。青い服を着た丈のある人影が芝生を横切り、書斎のドアのほうに向かっていくのが見えた。銀色の襟章が月影に光り、その人影がオブライエン司令官であることがわかった。

司令官はそのままフレンチ・ドアから屋敷の中にはいっていき、ギャロウェイ卿はその場に敵意とあいまいな気持ちが同居する、曰く言いがたい苛立ちとともに残された。青と銀の庭園が舞台の背景さながら、専制的なまでのやさしさのかぎりを尽くして、彼を嘲っているかのようだった。それに対して、彼のほうはまるで世俗的な権威を総動員して戦っているかのようだった。あのアイルランド人の歩幅もその歩きっぷりの優雅さも腹立たしかった。まるで自分が父親ではなく、恋敵にでもなったかのように。畢竟、月影に狂わせられたのである。魔法をかけられ、吟遊詩人の庭園に、画家のワトーが描くおとぎの国に、囚われたかのようになったのである。そんな艶めいた愚かしさをことばの力で払拭しようと、彼は速足で敵のあとを追った。ところが、追いながら芝生の上で、木か石につまずいてしまった。最初は苛立ちから、続いて好奇心から下を見た。その次の瞬間にはもう、月にしろ、丈のあるポプラの木にしろ、みんなそろって珍しいものを見ていた——年配のイギリスの外交官が死にもの狂いで走るところである。走りながら、外交官はわめき、吠えていた。

しゃがれたその叫び声に応えてまず青白い顔が書斎の戸口に現われた。その青白い顔にかけられた眼鏡が光り、眉がひそめられた。シモン博士である。卿のことばを誰よりさきにはっきりと聞きつけたのだろう。ギャロウェイ卿は叫んでいた。「死体がある、芝生に。血まみれの」卿の心からはオブライエンのことなどもうすっかり消し飛んでいた。

「すぐにヴァランタンに知らせなくては」知りえたことをギャロウェイ卿がとぎれとぎれに説明すると、博士が言った。「あの人がここにいるというのは返す返すも運がよかった」博士がそう言ったそばから、騒ぎを聞きつけた偉大なる捜査官その人が書斎にはいってきた。いかにも捜査官らしい彼の変身ぶりは見ていて面白いほどだった。彼はホストとして、客か召使いの誰かがどこか具合を悪くしたのかと、心配してやってきたようだが、むごたらしい事実を知らされると、重々しい威厳はそのままに、生き生きとし、一気に仕事モードになったのである。どれほど突然でどれほど恐ろしい事件であろうと、これこそ彼の仕事だった。

「なんとも奇妙なことです」とヴァランタンはほかのふたりと急ぎ足で庭園に出ながら言った。「私は謎を追いかけて世界じゅうをめぐってきた人間です。それが今度は謎のほうから私の家の裏庭にやってきたとは。場所はどこです？」川から薄い靄《もや》が立ち昇りはじめていたので、それほどすばやく芝生を横切ることはできなかったが、それでも震えおののくギャロウェイ卿の案内で、彼らは芝生に深く沈み込んだ死体を見つけた。とても背が高く、肩幅の広い男の死体だった。うつ伏せになって倒れていたので、その広い肩が黒い布で覆われていることと、大きな頭が禿げていて、茶色の髪が一房か二房、濡れた海藻のようにその頭にへばりついていることしかわからなかった。うつ伏せになった顔の下からは血が赤いヘビのように這っていた。

「少なくとも」と博士が深くて奇妙な抑揚をつけて言った。「今夜のお客ではない」

「よく調べてください、博士」とヴァランタンがいささか鋭い口調で言った。「まだ生きているかもしれない」

博士はしゃがみ込んで言った。「まだいくらか温かいが、気の毒に、もう亡くなっています。体を起こすのを手伝ってください」

彼らは慎重に死体を地面から一インチばかり持ち上げた。そこで男がまだ生きているのではないかという疑念は恐ろしい形で吹き飛んだ。首がごろりと取れたのである。胴体から完全に切り離されていた。男の咽喉を掻き切ったのが誰であれ、そいつは男の首の骨まで断ち切っていた。これにはヴァランタンでさえいささかショックを受けたようにつぶやいた。「これはゴリラみたいに力の強い者の仕業にちがいない」

シモン博士は解剖学的な奇形には慣れていたが、それでも身震いしながら男の頭を持ち上げた。首と顎にいくらか切り傷があったが、顔はだいたいのところ無傷だった。凹凸の激しい重々しく黄色い顔で、ワシのような鼻にぶ厚いまぶたをしていた——どこかしら中国の皇帝を思わせる邪悪なローマの皇帝の顔だった。その場にいた者で、その男を知っている者はひとりもいないようだった。みな冷ややかな眼で見ていた。体を持ち上げたとき、その男に関してみんなにわかったのは、男が着ているシャツの前身頃が真っ赤な血に染まっているということだけだった。シモン博士の言うとおり、晩餐に呼ばれた者のひとりではなかった。ただ、その男はその夜の集まりに加わろうとしていたのではないか、ということは考えられた。そういう場にふさわしい服装をしているところを見ると。

ヴァランタンは四つん這いになり、死体のまわり二十ヤード四方の芝生と地面を職業柄きわめて注意深く観察した。それには博士も加わったが、さして役には立たなかった。イギリスの貴族はもっと役立たずだった。そうしてみんなであたりを這いずりまわっても得られたのは、折るか切られるかして落ちていた数本の短い小枝だけだった。ヴァランタンはそれを取り上げて、いっときじっと見つめたものの、やがて放り捨ててむっつりと言った。

「小枝。小枝に頭を切断されたまったく見知らぬ男。ここにあるのはそれだけだ」

あたりは不気味なまでの静寂に支配されていた。が、そこですっかり動転してしまっているギャロウェィ卿が素っ頓狂な大声をあげた。「誰だ、あれは?!　あの塀のそばにいるのは、誰だ？」

まぬけなほど大きな頭をした小さな人影が月影に洗われた靄の中をひょろひょろとやってきた。一瞬、小鬼《ゴブリン》のようにも見えたが、居間にひとり置いていかれた人畜無害な小柄な坊さんだとわかった。

「思いますに」と神父はひかえめに言った。「ご存知かと思いますが、この庭には門がありません」

ヴァランタンはその黒い眉をどこか不機嫌そうにひそめた。主義主張から法衣を眼にすると、どうしてもそうなってしまうのである。とはいえ、ヴァランタンは公正な男だった。だから、適切な発言を否定するようなことはなかった。「そのとおりです」と彼は言った。「この男はどのようにして殺されたのかを考えるまえに、そもそもどうしてここにいるのか、そのことを考えたほうがいいかもしれません。さて、みなさん、ひとつお聞きいただきたい。私の立場と義務を損なうことなく、ことがすまされるようなら、著名な方々のお名前は伏せた形にしたいと思います。それにはみなさんご異存ありますまい。ここにおられるのはみなさん紳士と淑女の方々です。外国の大使もおられる。これが犯罪となれば、もちろん犯罪として扱わなければなりませんが、それがはっきりするまではすべて私の自由裁量のもとにあります。私は警察の長《ちょう》です。どこまでも公的な人間です。しかし、そのためにこそ逆にプライヴァシーを守ることもできるわけです。願わくは、今夜招待させていただいたみなさん全員への疑いを晴らしたのちに部下をここに呼んで、真犯人を突き止めようと思います。ですから、みなさん、ご自分の名誉にかけて、明日の正午まではこの屋敷から出ないでください。寝室はみなさんにお泊まりいただけるだけありますので。シモン博士、私の召使いのイヴァンがどこにいるかはご存知ですよね？　玄関ホールです。彼は信頼のおける男です。門番はほかの者に任せて、今すぐ私のところに来るよう、彼を呼んできてもらえませんか？　ギャロウェイ卿、パニックを起こしたりしないようご婦人たちにこのことを伝えるのに、あなたほどの適任者はほかにいません。もちろん、ご婦人方にも今日は泊まっていただきます。ブラウン神父と私はここに死体とともに残ります」

ヴァランタンの内なる指揮官がこうしてしゃべりだすと、誰もがまるで軍隊の喇叭《らっぱ》でも聞いたかのようにそのことばに従った。シモン博士は武器庫まで行って、公的な捜査官の私的な捜査官、イヴァンを引っぱってきた。ギャロウェイは客間に行くと、女性陣にこの恐ろしい知らせをことば巧みに伝えた。そのため全員が集まったときには、すでに彼女たちはびっくり仰天し、なだめられたあとだった。その間、善き神父と善き無神論者は身動きすることもなく、それぞれ死んだ男の頭と足のところに立っていた。そのさまはまるで死に関するふたりの哲学を象徴する彫像のようだった。

傷痕と口ひげのある信頼できる男、イヴァンはまるで砲弾のように屋敷の中から飛び出してくると、飼い主に駆け寄る犬さながら芝生の上を走ってきた。その鉛色の顔はこの

〝家庭内の探偵小説〟に生き生きと輝き、見ていて不快なほどの熱心さで、死体検分の許可を主《あるじ》に求めた。

「いいとも。見たけりゃ見たまえ、イヴァン」とヴァランタンは言った。「だけど、あまり時間はないぞ。早いところこれを屋敷の中に運び込まなきゃならない」

イヴァンは死体の頭を持ち上げ、そのあとはほとんど放り出すように地面に戻して、喘いで言った。

「いやはや――いや、ありえない。ご主人さまはこの男をご存知で？」

「いや」とヴァランタンはつっけんどんに言った。「これを中に入れなければ」

三人で死体を書斎のソファまで運んだあとは全員が客間に集まった。

偉大なる捜査官は黙ったまま机について坐った。どこかためらっているようだった。それでも、その眼は巡回裁判の判事の鉄の眼だった。眼のまえですばやくなにやら走り書きをすると、ぶっきらぼうに言った。「みなさんおそろいですか？」

「ミスター・ブレインがいらっしゃらないけど」とモン・サン・ミッシェル侯爵夫人がまわりを見まわして言った。

「ああ」とギャロウェイ卿が耳ざわりなしゃがれた声で言った。「それにミスター・オブライエンもいない。私は死体がまだ温かいうちにあの男が庭を歩いてるのを見たのだがね」

「イヴァン」と偉大なる捜査官が言った。「オブライエン指揮官とミスター・ブレインを連れてきてくれ。ミスター・ブレインはまだダイニングルームで葉巻を吸っておられるんじゃないかと思うが、そろそろ吸いおえる頃だろう。オブライエン指揮官はたぶんサンルームをぶらぶらしてるんだろう。もしかしたら」

忠実な下僕はすぐに部屋を出ていった。ヴァランタンは誰にも身動きをする隙も口を利く間も与えず、話を続けた。

「ここにいるどなたもおわかりのとおり、死んでいた男は芝生の上で頭を胴体からきれいに切断された形で発見されました。シモン博士、あなたは死体を検分なさった。あんなふうに人間の咽喉を切るには大変な力が要るものでしょうか？　それとも、そう、鋭利なナイフでもできるものでしょうか？」

「ナイフなんかじゃとてもできないと思いますね、私は」と青白い顔をした博士は言った。

「だったら」とヴァランタンは続けた。「どんな道具なら可能だと思われます？」

「この現代にあって手にはいるようなものでは何も思いつきません」と博士は顔をしかめ、眉を吊り上げて言った。「あとさきを考えずにむやみにやるにしても、首を切断するというのは簡単なことじゃありません。なのに、この死体の切断面は実にきれいなものです。こういうことができるのは、昔の戦斧《せんぷ》か、昔の首切り役人の斧か、両手で持たなければならないような昔の大きな剣ぐらいのものでしょう」

「でも、そんなもの！」と侯爵夫人が声をあげた。ほとんどヒステリー状態になっていた。「そんな大きな剣も戦斧もここにはひとつもないじゃありませんか」

ヴァランタンは今もまだ眼のまえの走り書きを続けていたが、すばやく動くその手を止めることなく言った。「教えてください。フランス騎兵の長いサーベルだったら可能でしょうか？」

ドアをノックする低い音がして、その音がどういうわけか芝居の『マクベス』で扉を叩く音さながら、みんなの血を凝《こご》らせた。その凍りついたような沈黙を破って、シモン博士がどうにか答えた。「サーベルですか――ええ、サーベルならできそうです」

「ありがとう」とヴァランタンは言った。「はいってくれ、イヴァン」

信頼のおけるイヴァンがドアを開け、中にはいってきた。ニール・オブライエン司令官を連れていた。イヴァンは司令官がまた庭園をぶらぶら歩いているところをようやく見つけたのだった。

アイルランド人の将校、オブライエンは取り乱し、どこか挑むような態度で戸口に立ったまま怒鳴るように言った。「私になんの用です？」

「まずはお坐りください」とヴァランタンは愛想はよくてもあまり抑揚のない声音で言った。「おや。サーベルをお持ちではありませんね。どこに置かれました？」

「図書室のテーブルに置いてきました」とオブライエンは言った。取り乱しているせいで、訛りが強く出ていた。「邪魔になってきたものだから。だんだんあれが――」

「イヴァン」とヴァランタンは言った。「図書室に行って、司令官のサーベルを持ってきてくれ」そう言って、召使いがいなくなると、さらに続けた。「ギャロウェイ卿は死体を見つける直前、あなたが庭から離れるのを見たと言っておられる。あなたは庭で何をしてたんです？」

司令官は身を投げ出すようにして、乱暴に椅子に坐ると言った。もうまぎれもないアイルランド訛りになっていた。「なあに、月を愛でてたんですよ。自然と語り合ってたんです。まったく」

部屋全体が重い沈黙に包まれ、それがしばらく居坐った。その沈黙を破って、また小さな音ながらおぞましいノックの音がした。イヴァンがまた姿を現わした。鋼鉄製の鞘を持っていた。が、中身はなかった。「これしか見つかりませんでした」とイヴァンは言った。

「テーブルの上に置いてくれ」とヴァランタンは顔を起こしもせずに言った。

無慈悲な静寂が部屋を満たした。有罪判決を受けた殺人犯が坐る被告人席のまわりに沈黙の海ができるように。侯爵夫人の弱々しい驚きの声もとっくに消えていた。ギャロウェイ卿のふくれ上がった敵意もこの結果に満足したように今は静められていた。そんな中、思いがけないところから声があがった。

「わたしが説明できると思います」とマーガレット嬢がだしぬけに言ったのだ。震えながらも勇気を持って人前で話そうとする女性特有の澄んだ声で。「ミスター・オブライエンが庭で何をなさっていたのか、それはわたしが説明できます。ミスター・オブライエンの口からは言いづらいでしょうから。彼はわたしに結婚の申し込みをなさっていたのです。わたしはお断わりしました。彼はわたしには尊敬の念しかお返しできないと言いました。家族の事情でわたしには尊敬の念しかお返しできないと言いました。ミスター・オブライエンはいくらかお怒りになりました。ミスター・オブライエンにとってわたしの尊敬の念などその程度のものなのでしょう。もっとも」と彼女は力のない笑みを浮かべてつけ加えた。「今はわたしのその尊敬の念を意味あるものに思ってくださっているかもしれませんが。なぜって、わたしは今ミスター・オブライエンに対する尊敬の念から申し上げているからです。どこに出ようと、誓って申し上げます、ミスター・オブライエンがこんなことをなさったのではありません」

ギャロウェイ卿が娘のそばまでにじり寄り、本人としては声を落としたつもりだったのだろうが、はっきりと娘を脅しつけた。「口を閉じていなさい、マギー」と囁き声で怒鳴ったのだ。「どうしてこんなやつをかばう？　こいつの剣はどこにある？　いったいどこにこの騎兵隊の――」

そこで彼は自分に向けられた娘の視線にただならぬものを感じて、ことばを切った。実のところ、その眼つきは部屋にいる全員の注意を惹いた。毒々しい磁石のように。

「どこまでお父さまは愚かなの！」と彼女は親に対する見せかけの敬虔ささえなくして低

い声で言った。「それで何を証明しているつもりなの？　ここにおられる男性はわたしと一緒にいたあいだは何もしていなかった。わたしはそう言ってるんです。でも、たとえ何かしていたとしても、わたしと一緒にいたことに変わりはありません。彼があの庭の男の人を殺したのだとしたら、それを見ていた人――少なくとも、そのことを知っているにちがいない人――はどこの誰なの？　お父さまはニールが憎いものだから、それで自分の娘に嘘を――」

そこでギャロウェイ夫人が悲鳴をあげた。恋する者たちにまつわるおぞましい悲劇というのはいくらもあるものである。ほかの者は全員これまでに見聞きしたそういう類いを思って、疼きのようなものを覚えていた。スコットランド貴族の娘の誇り高い青ざめた顔と彼女を愛するアイルランド人の冒険家を、誰もがまるで薄暗い屋敷に飾られた古い肖像画を眺めるように見ていた。殺された夫と悪意に満ちた情婦に関するとりとめのない記憶が長い沈黙を満たしていた。

そんな病的な沈黙のさなか、屈託のない声がした。「それはとても長い葉巻だったのでしょうか？」

あまりに唐突なことばだったので、誰が口を開いたのかと誰もがまわりを見まわした。

「つまり」と小柄な神父が部屋の隅から言った。「ミスター・ブレインが吸っていた葉巻のことです。それはどうやらステッキほどもある長い葉巻のようですが」

なんの関連も見いだせない発言ながら、ヴァランタンは苛立ちとともに同意も示して顔を起こすと、語気も鋭く言った。

「そのとおりです。イヴァン、もう一度ミスター・ブレインの様子を見にいって、すぐにここに連れてきてくれ」

ヴァランタン家の召使い頭がドアを閉めるなり、ヴァランタンはそれまでとは打って変わった真摯な態度でマーガレットに話しかけた。

「お嬢さん、あなたがつまらない体面を捨てて、司令官の振る舞いをきちんと説明してくださったことについては、ここにいる全員が感謝もし、敬服もしているはずです。それでもまだ欠けている点があります。ギャロウェイ卿は書斎から客間に向かうあなたとすれちがった。そのあと卿はほんの数分後に庭に出られたわけだが、そのときには司令官はまだ庭を散策していた」

「お忘れにならないでください」とマーガレットはその声音にいくらか皮肉を込めて言った。「わたしが彼のプロポーズを拒否したことを。そんなことがあったのに、お互い腕を組んで戻るわけにはいきません。なんといってもあの方は紳士ですから。だから、しばらくあとにお残りになり、それがため殺人の嫌疑をかけられることになったのです」

「そのわずかのあいだに」とヴァランタンは重々しく言った。「彼がほんとうに――」

そこでまたドアをノックする音がして、イヴァンが傷痕のある顔を見せた。

「お邪魔して申しわけありません」とイヴァンは言った。「どうやらブレインさまはもうお帰りになられたようでございます」

「帰った?!」とヴァランタンは大声をあげて、そこで初めて立ち上がった。

「大急ぎで姿を消され、蒸発なさいました」とイヴァンはユーモラスなフランス語で答えた。「ミスター・ブレインの帽子もコートもなくなっておりました。しかし、まだ続きがございます。外に飛び出してミスター・ブレインの行方を示す何か手がかりはないかと探したところ、見つかったのでございます。それも大変な手がかりが」

「どういうことだ?」とヴァランタンは尋ねた。

「お見せいたしましょう」イヴァンはいったん引き下がると、光り輝く抜き身の騎兵用サーベルを手に戻ってきた。そのサーベルの切っ先と刃にはすじになった血糊がついていた。部屋にいる誰もがそれを稲妻か何かのように見た。しかし、海千山千のイヴァンはどこまでも落ち着いた声音で続けた。「道路をパリの方角に五十ヤードほど行った藪に捨ててありました。言い換えますと、名望高いミスター・ブレインが逃げる途中、そこにお捨てになったということになりましょうか」

部屋はまた沈黙に包まれた。が、今度はまた別の種類の沈黙だった。ヴァランタンはサーベルを受け取ると、仔細に調べ、まわりを気にすることもなくいっとき考えてから、敬意を忘れることのない顔をオブライエンに向けて言った。「司令官、警察の捜査において必要となったら、あなたはこの武器を進んで提供してくださるものとわれわれは信じております。それまでは」そこまで言うと、彼は涼しい音をたててサーベルを鞘に収めた。

「この剣はあなたにひとまずお返しいたしましょう」

彼のこのいかにも武人を思わせる振る舞いには、誰もが称賛を禁じえなかった。

実際、このヴァランタンの行為はニール・オブライエンの人生を変える転機となった。朝のさまざまな色彩に包まれて、謎を含んだ庭園をまた散策する頃には、それまでの彼の物腰に常につきまとっていた痛ましさと空虚さが跡形もなく消えていた。むしろ幸せになれる理由を山ほど抱えた男に変身していたのである。ギャロウェイ卿もさすがに紳士であり、オブライエンにすでに謝罪の意を表していたのである。加えて、マーガレット嬢もただの淑女を超える存在、少なくとも真の女だった。だから、彼女のほうはおそらく謝罪以上のものをオブライエンにすでに与えたのだろう、朝食前にふたりが連れ添って花壇を歩いていたところを見ると。実際、屋敷にいる全員が前夜より明るくなり、心に余裕のある人たちになっていた。死の謎はまだ残されていたものの、全員が疑惑という重荷から解放されたからである。前夜の疑惑は朝のうちに奇妙な億万長者――誰もよく知らない男――とともにパリのほうへ吹き飛ばされていた。悪魔は屋敷から放り出されていた。自らを放り出していた。

それでも謎は残った。だから、どこまでも科学的な人物、シモン博士は自分が坐っている庭園の椅子の横にオブライエンも腰をおろすと、すぐにその話題を蒸し返した。もっとも、オブライエンから多くのことばを引き出すことはできなかったが。オブライエンの心はもっと愉しいことに向かっていた。

「私にはあまり興味はありません」とこのアイルランド人は率直に言った。「すべてが明らかになった今となってはことさら。ブレインがこの見知らぬ被害者になんらかの理由で敵意を抱いていたことは明白です。で、庭におびき寄せて、私の剣で殺したのでしょう。そうしてパリに逃げ、その途中私の剣を捨てた。そうそう、イヴァンから聞いたんですが、殺された男のポケットにはアメリカドルがはいっていたそうですね。ということは、被害者もブレインと同じ国の人間だった可能性が高く、それですべて説明がつきます。だから、問題は何もないように私には思えますが」

「いやいや、大変な問題が五つあります」と博士はおだやかな口調で言った。「塀の中にさらに高い塀が立っているようなものです。でも、どうか誤解しないでください。私もブレインがやったことを疑っているわけではありません。思うに、逃げたことがその証拠です。しかし、それではどのようにしてやったのか。その点がまず最初の疑問です。人を殺すのにどうしてかさばるサーベルを使わなければならなかったのか。ポケットナイフで殺して、そのあとはそのナイフをポケットにしまっておけばすむのに。第二の疑問は、どうして物音も悲鳴も聞こえなかったのかということです。偃月刀《えんげつとう》みたいなものを振りかざした相手にやってこられて、何も言わず黙っているような人がいるでしょうか？　三番目の疑問は、玄関の門は召使いが夜じゅうずっと番をしていて、外からはまさにネズミ一匹はいれない状態だったということです。なのに、殺された男はどうやって庭にはいり込んだのか。四番目の疑問は、そうした同じ条件でブレインはどうやってここから出ていったのか？」

「五番目の謎は――」庭園の小径をやってくるイギリス人の神父をじっと見ながら、オブライエンが言いかけた。

「些細なことだとは思いますが」と博士は言った。「それでもなんとも奇妙なことです。切断された首を最初に見たとき、私はまず思いました、犯人は一度ならず切りつけて切断したのだとね。しかし、仔細に検分してみると、首のまわりにではなく、切断面そのものにいくつもの切り傷ができていたのです。つまりこういうことです、首が切断されたあと、何度も傷つけられたということです。月明かりのもと、ブレインはそこまで激しく犠牲者を憎んでいたのでしょうか？」

「いやはや恐ろしい！」とオブライエンは言って、身を震わせた。

小柄な神父、ブラウンはふたりが話し合っているあいだにそばまでやってきていた。が、持ちまえの慎み深さから話が終わるのを待っていて、そこでようやくぎこちなく口をはさんだ。「すみません、お邪魔してすみません。しかし、おふたりにも知らせを伝えるように言われたもので」

「知らせ？」とシモンがおうむ返しに言い、眼鏡越しにいささか苦々しげに神父を見つめた。

「はい、残念ながら」とブラウン神父はおだやかに言った。「実はまた殺人があったのです」

ふたりが弾かれたように立ち上がったので、椅子がぐらぐらと揺れた。

「しかもいよいよもって奇妙なのが」と神父はそのとろんとした眼をツツジに向けて続けた。「また同じような胸が悪くなるような殺人なのです。またしても首切り殺人なのです。実際のところ、そのふたつ目の首は川の中で血を流していました。ブレインがパリに向かったと見られる道を二、三ヤード行ったところで。というわけで、みなさんは彼が逃げる途中――」

「なんてことだ！」とオブライエンが大きな声をあげた。「ブレインは偏執狂だったんですか？」

「アメリカ流の敵討ちというものがありますからね」と神父はむしろ事務的に言って、そのあとつけ加えた。「おふたりにも図書室に来て見ていただきたいと、みなさん、言っておられます」

オブライエン司令官はふたりのあとに続いて検死に向かいながらも、深い嫌悪を覚えていた。このように秘密めいた殺人には軍人としてとことん胸がむかつく。この尋常ならざる人体切断はいったいどこまで行ったら終わるのか。首がひとつ切断されたと思ったら、さらにまたもうひとつ切断されるとは。このような場合には（彼は苦々しく胸につぶやいた）ひとつ頭よりふたつ頭のほうが知恵に勝る、というふうにはならない。彼は書斎のまえを通り過ぎた。そこで衝撃的なまでの偶然に出くわし、実際によろけそうになった。血を流した三番目の首の絵がヴァランタンのテーブルの上に置かれていたのである。そして、それはほかでもないヴァランタンその人の首だった。改めて見ると、断頭されて、眼を剝き、苦悶にゆがむ政敵の顔を毎週載せている、〈ギロチン〉という名の国粋主義の新聞の挿し絵だった。ヴァランタンが標的になったのは、彼が聖職者の政治権力に反対する論客としてよく知られているからだが、オブライエンはアイルランド人だった。罪を犯すにしてもどこかしらつつましさがともなう男だった。だから、フランス人特有の知的な残忍性というものには、我慢がならない性質《たち》だったので、ゴシック建築の教会のグロテスクな装飾から新聞の下品な風刺にいたるまで、そういうものにはおしなべてパリというものを感じないわけにはいかなかった。フランス革命のあのとてつもなく大仰な振る舞いが忘れられない彼には、パリという市《まち》全体が醜いエネルギーの塊のようにしか見えないのだった。ヴァランタンのテーブルの上に置かれた血なまぐさい挿し絵もしかり。ノートルダム寺院を彩る八百万《やおよろず》のガーゴイルの頭上から、悪魔が寺院を見下ろしてにんまりと笑っているところもしかり。

ヴァランタン邸の図書室は天井が低くて細長く、光は低い鎧戸の下から射し込む赤みがかった朝の明るさしかない、ほの暗い部屋だった。ヴァランタンと召使いのイヴァンがわずかに傾いでいる長テーブルの向こうで待っていた。長テーブルには遺骸がのっており、それが薄暗がりの中、やけに巨大に見えた。やってきた三人は、庭園で発見された黒服の男の胴体と黄ばんだ顔に迎えられた。その朝、川に生えるアシのあいだから発見された二番目の首がその横に置かれていた。その首からは水がまだ滴っていた。今もまだ川のどこかに浮いていると思われる死体のそれ以外の部分については、回収するためヴァランタンの部下が目下捜索中だった。オブライエンのような繊細さを持ち合わせないブラウン神父が眼をぱちくりさせながら、二番目の首を仔細に検分していた。それは白髪のモップと言ってもよさそうな代物で、横から射す赤みがかった朝の光の中、銀色の炎に縁どられていた。紫に変色している顔は醜く、どちらかと言えば悪人づらだった。水の中を流れて木や岩にぶつかったようで、傷だらけだった。

「おはよう、オブライエン司令官」とヴァランタンが親しみを込めた低い声で言った。「ブレインがまた惨殺実験をしたことはもうお聞き及びと思いますが」

白髪頭に覆いかぶさった姿勢のまま、ブラウン神父が顔を起こすこともなく言った。

「確かにこの首もブレインが切ったように見えます」

「まあ、常識みたいなものです」とヴァランタンはポケットを手に入れたまま言った。「犯人がそれまでと同じ手口でまた人を殺すというのは。おまけに、もうひとつの首とほんの数ヤードと離れていないところから見つかったんですからね。同じ凶器です。それはどうやら持ち去られたようだが」

「確かに、確かに」とブラウン神父はヴァランタンのことばを素直に認めて言った。「確かにそうです。ただ、私としてはほんとうにブレインにこの首を切ることができたかどうか、いささか疑問を覚えるわけです」

「それはまたどうして？」とシモン博士が理性の眼をブラウン神父に向けて言った。

「それはですね、博士」と神父は相変わらず眼をぱちくりさせながら顔を起こして言った。「そう、自分の首を切り落とすことが果たして人にできるでしょうか？　私にはそこのところがよくわからないのです」

オブライエンは狂った宇宙が耳元で崩れ去る音を聞いたような気がした。博士のほうは性急な実際主義からまえに慌てて飛び出すと、切断された首の濡れた白髪を搔き上げた。

「そう、これがミスター・ブレインの首であることはまちがいありません」とブラウン神父はぼそっと言った。「あの人にも左の耳にまったく同じ傷がありました」

それまでぎらついた眼で神父をじっと見すえていたヴァランタンが引き結んだ口を開いて、鋭く指摘した。「ブラウン神父、彼のことをよくご存知なんですね」

「はい」と神父はことともなげに言った。「彼とは何週間も一緒にいましたから。ミスター・ブレインはわれわれの教会の信徒になることを考えておられたのです」

狂信的なまでに反宗教主義のヴァランタンは眼に鋭い光を宿し、両手を拳にして神父に詰め寄ると、これ見よがしの冷笑を浮かべて怒鳴りつけるように言った。「ということは、もしかしたら彼はあなたの教会に全財産を遺贈することを考えていたかもしれないということですか」

「もしかしたら」とブラウン神父はヴァランタンの大声にも動じることなく言った。「それは大いに考えられます」

「そういうことなら」とヴァランタンは気味の悪い笑みを消すことなく、なおも怒鳴りつけるように言った。「あなたはほんとうによくご存知だったんでしょう、彼の人生についても彼の――」

オブライエン司令官がヴァランタンの腕に手を置いて言った。「いい加減なあてこすりはやめたらどうです、ヴァランタン。さもないと、また刃傷沙汰にならないともかぎらない」

ヴァランタンは（神父の謙虚な眼にじっと見つめられ）すでに落ち着きを取り戻していたので、こんなことを言った。「まあ、個人的な意見の表明はあとからでもできますからな。いずれにしろ、みなさんにはまだここに残っていただかなければなりません。そういう約束でした。この約束については、自分で守るだけでなく、互いに守り合うこともよく心に銘じておいてください。何かお知りになりたいことがあるようなら、ここにいるイヴァンがなんなりとお答えします。私には仕事があります。関係当局にまわす書類を書かなければなりません。もはやこの事件を伏せておくことはできません。さらに何か新たな知らせがはいったら、私は書斎にいますから」

「まだ何か新たな知らせがあるのかね、イヴァン？」ヴァランタンが部屋を出ていくと、シモン博士が尋ねた。

「ひとつだけあるかと思います、博士」とイヴァンは年老いた灰色がかった顔に皺《しわ》を寄せて言った。「でも、それはそれなりに重要なことです。芝生で見つかったその老いぼれのことです」イヴァンは死者への敬意のかけらさえ見せることなく、黒い服に包まれた大きな胴体と黄色い顔を示した。「何はともあれ、男の身元がわかったんです」

「ほんとうに！」と博士は驚いて叫んだ。「何者なんだ？」

「アーノルド・ベッカーという名の男です」と捜査官助手は言った。「もっとも、ほかにもあれこれ偽名を使っていましたが。あちこちを渡り歩いていた流れ者で、アメリカにいたこともわかっています。ですから、おそらく彼《か》の地でブレインの恨みを買ったのでしょう。私どもはあまり関わりはありませんでした。ベッカーが仕事をしていたのはだいたいのところ、ドイツでしたんで。もちろん、ドイツの警察と連絡は取り合っていましたが。

ただ、面白いことに、こいつは双子でしてね、その双子の片割れ、ルイス・ベッカーとはわれわれも大いに関わりがあったのです。いや、実を言いますと、つい昨日のことです。そのルイスをギロチンにかけることになったんです。だから、変な話ですが、みなさん、こいつが芝生に横たわっているのを見たときには、私は腰が抜けそうになりました。ルイス・ベッカーがギロチンの刑に処されるところをこの眼で見ていなかったら、芝生の上に横たわっているのは、まちがいなくルイス・ベッカーだと断言していたでしょう。ただ、そこでルイスには双子の兄弟がドイツにいたことを思い出したのです、ええ、もちろん。で、あれこれ手がかりをたどっていって、アーノルドに——」

イヴァンはそこで説明をやめた。それにはもっともな理由があった。誰も聞いていなかったのである。司令官も博士も、ふたりともブラウン神父をじっと見ていた。当の神父は弾かれたように体をこわばらせて立ち上がると、ひどい頭痛に急に襲われた人のように両手でこめかみを押さえつけていた。が、そこでいきなり大声をあげた。

「やめて、やめて、やめてくれませんか！　ちょっとだけしゃべるのをやめてください。半分ほどわかってきました。神は私に力を与え給うだろうか？　あとひとっ跳びして、すべてを見きわめることが私の頭にできるだろうか？　神よ、われを救い給え！　私も以前は考えることがいたって得意でした。アクィナス（中世のイタリアの神学者・哲学者）の著作のどのページもしっかり説明できました。そんな私の頭も今は割れてしまうのでしょうか——それともすべてを見抜いてくれるのでしょうか。半分はわかっているのに——いや、まだ半分しかわからないのか、私には」

そう言って、ブラウン神父は顔を両手に埋めたまま、何かを考えるか祈るかするかのように身をこわばらせて立ち尽くした。ほかの三人には、この十二時間のあいだに起きた奇妙な出来事の最後の一幕をただただ見守ることしかできなかった。

ブラウン神父の手がおろされると、そこに現われたのは子供のように瑞々しく真剣な顔だった。大きなため息をついて彼は言った。「このことはできるだけ早くことばにして終わらせましょう。そう、みなさんに真実を理解していただくにはそれが一番の近道でしょう」そう言って、彼は博士のほうを向いた。「シモン博士、あなたは実に頭脳明晰なお方です。そんなあなたは今度の事件についても今朝、五つの疑問を呈しておられました。さて、その疑問をもう一度言ってみてください。そのすべてに私がお答えしましょう」

シモンは疑わしく思った。しかし、驚きもして、驚いた拍子に鼻眼鏡がずり落ちた。それでもすぐに答えた。「最初の疑問は、そう、短剣でも殺せるのに犯人はどうして扱いにくいサーベルを使わなければならなかったのか？」

「それは短剣では頭を切り落とすことができないからです」とブラウン神父はこともなげに答えた。「そして、この殺人では頭を切り落とすことが不可欠でした」

「どうして？」とオブライエンがいかにも興味深そうに横から訊いた。

「次の疑問は？」とブラウン神父はその質問を無視して言った。

「どうして殺された男は悲鳴をあげるなりなんなりしなかったのか？」と博士は続けた。「庭でサーベルに出くわすというのはそうそうあることじゃありませんよ」

「小枝については」と神父はむっつりと言い、犯行現場に面した窓のほうを向いた。「小枝については誰も関心を示しませんでしたが、いったいどうして小枝が（見てください）まわりには一本の木も生えていない芝生のあの場所に落ちていたのか。しかもあれは手で折られた枝ではありません。何かで断ち切られた枝です。犯人はおそらくサーベルを使って何か芸のようなものをしてみせて、被害者の注意を惹いたのでしょう。宙に放った枝を切ってみせるとか、何かそんなことをしたのでしょう。そうして、被害者がその結果を見届けようとしゃがみ込んだときに、そのサーベルで相手の首を叩き切ったのです」

「なるほど」と博士はおもむろに言った。「それで確かに理屈は通る。しかし、次の私のふたつの疑問には誰も答えられますまい」

　神父はなおも窓の外を眺めながら、待った。

「ご存知のように」と博士は続けた。「この邸の庭はまるで気密室のように外から遮断されています。あの見知らぬ男はいったいそんな庭にどうやってはいったのか？」

　小柄な神父は振り返ることもなく答えた。「見知らぬ男などそもそも庭にはいなかったのです」

誰もが神父のそのことばに押し黙った。が、そこでいきなりイヴァンの子供っぽい甲高い笑い声があがり、部屋の緊張が解けた。ブラウン神父が言ったことがあまりにもばかばかしかったので、イヴァンとしては嘲りを禁じえなかったのである。

「ほう！」と彼は言った。「ということは、われわれはあの肥った大きな死体をゆうベソファまで運ばなかったことになりますが。そもそもあの男が庭にいたのでないとすれば。そういうことになりますよね？」

「庭にいた？」とブラウン神父は考え深げに繰り返した。「いや、完全にはいませんでした」

「ばかばかしい」とシモンが大声をあげた。「庭にいるかいないか、そのどっちかしかないでしょうが」

「そうとはかぎりません」と神父はかすかに笑みを浮かべて言った。「次の疑問はなんです、博士？」

「あなたはどうやらお加減が悪いようだが」とシモン博士は遠慮なく言った。「それでもお望みなら次の質問だけは申し上げましょう。ブレインはどうやって庭から出たのか？」

「ミスター・ブレインは庭から出たりしていません」とブラウン神父はなおも窓の外を眺めながら言った。

「庭から出てないですと?!」とシモンは怒鳴った。

「完全には」とブラウン神父は答えた。

シモンはフランス式ロジックを爆発させ、拳を振りまわして叫んだ。「庭から出るか出ないか、そのどっちかしかないでしょうが！」

「必ずしもそうとはかぎりません」とブラウン神父は言った。

シモン博士は苛立たしげに立ち上がると、腹立ちもあらわに怒鳴った。「こんなばかばかしい話につき合っている時間は私にはないよ。人は塀のどちらかにいるものだ。そんな理屈がわからないようなら、これ以上話を伺おうとは思わない」

「博士」と神父はどこまでもおだやかに言った。「これまで私たちはずっと愉しくやってきたじゃありませんか。そのこれまでの私たちの仲に免じて、ここは苛立ちを収めていただき、あなたの五番目の疑問を言ってくれませんか？」

シモンはさも腹立たしげにドアのそばの椅子に沈み込むと、簡潔に言った。「首にも肩にもきわめて奇妙な傷痕が残っていました。まるで死んだあとからつけられたような」

「まさしく」と神父はじっとしたまま言った。「それはあなたがまさに誤解なさったように、きわめて自然な思いちがいを人にさせるためのものでした。そう、切り落とされた首と胴体は同一人物のものだと人に思わせるための」

脳の周辺――あらゆる怪物が創られる場所――がケルト人のオブライエンの中で恐ろしいまでに蠢きだした。彼には、人間の変態的な妄想が生み出してきたケンタウロスや人魚といった生きもののすべてが、あたりに混沌と存在しているかのような気がした。自分の始祖よりさらに昔の誰かの声が耳元で囁いているようにも思えた。〝双子の実がなる木が生えているような化物庭《ばけものにわ》にははいるべからず。双頭の男が死んだ邪悪な庭は避けるべし〟。しかしながら、これらの恥ずべき象徴的なものたちが彼のアイルランド魂の古代の鏡をよぎると同時に、彼のフランス化された知性もぬかりなくしっかりと働いていた。彼もまたほかの者と同じように、変わり者の神父を不信の眼で、しかと見ていた。

そこでブラウン神父もようやく振り返り、窓を背にした。その顔は濃い影の中にあったが、そんな影の中でも彼の顔が灰のように青ざめているのは、誰の眼にも明らかだった。彼は実に理路整然と話しはじめた、神秘的なケルト魂などこの世に存在しないかのように。

「みなさん」と彼は言った。「みなさんはどんな見知らぬ男の死体も見つけてはいないのです。シモン博士の合理主義には反しますが、ベッカーなどという見知らぬ男の死体を庭で見つけてはいません。みなさんはどんな見知らぬ男の死体も見つけてはいないのです。シモン博士の合理主義には反しますが、ベッカーは部分的にしか庭にいなかったと私は改めて断言します。これを見てください！（彼はそう言って、黒い服をまとった謎めいた大きな死体を指差した）みなさんはあの男などまるで見たことがない。では、こちらの男は見たことがありますか？」

彼は黄色い顔をした見知らぬ男の禿げ頭をすばやくどけると、それがあった場所に白髪頭の首を置いた。すると、そこにはまぎれもないジュリアス・K・ブレインその人が現われた。完璧に一体となって横たわっていた。

「犯人は」とブラウン神父は落ち着いた声で続けた。「自らの敵の首を断ち切ると、剣を塀越しに遠くへ放り投げました。しかし、犯人は賢い男でした。だから剣だけを放り投げたりはしなかった。断ち切った首もまた塀越しに放り投げたのです。あとはもうひとつの首を胴体にくっつければよかった。それでもって、みなさんは（犯人が仮の検死の際に主張したとおり）まったく別人の死体だと思い込んでしまったのです」

「もうひとつの首をくっつけた?!」とオブライエンが眼を見張って言った。「そのもうひとつの首というのはなんなんです？　人の首は藪の中に生えてたりしません。ちがいますか？」

「いえ、ちがいません」とブラウン神父はしわがれた声で言い、自分のブーツを見下ろした。「しかし、ただ一個所、人の首が生えている場所があります。ギロチン台の籠の中です。警察の長、アリスティド・ヴァランタンは殺人が起こる一時間たらずまえにそのそばに立っていました。まあ、まあ、みなさん、私を八つ裂きにするまえに、あと一分だけ聞いてください。ヴァランタンは正直な人です。大いに議論の余地のある運動の熱狂的な支持者であることも正直の証しとするならば。しかし、みなさんは彼のあの冷たい灰色の眼を見て、彼の狂気にほんとうに気づかなかったのですか！　彼は彼の呼ぶところの〝十字架の迷信〟を打破するためなら、なんでも、どんなことでもする男です。彼はそのためにこそ戦い、そのためにこそ飢《かつ》え、そのためにこそ人を殺したのです。ブレインの資産はこれまで狂ったように実にさまざまな宗派に注ぎ込まれてきました。だからといって、そのせいで現在の世の中のバランスが変わるようなことは起こりませんでしたが、ヴァランタンはある噂を耳にしてしまったのです。軽薄な懐疑論者の常として、ブレインは私どもの教会の信徒になろうとしている。そんな噂です。それがほんとうなら、事情はまったく異なってきます。ミスター・ブレインが現在貧窮している好戦的なフランス教会にも資金を注ぎ込むことが大いに考えられます。『ギロチン』のような国粋主義の新聞を六紙ぐらい援助することも。戦いはもはやどっちに転んでもおかしくない状態になっていました。そのため、この狂信家は危険を承知で、火をつけてしまったのです。億万長者を亡き者にすることを心に決めたのです。偉大なる捜査官は人生ただ一度の犯罪を犯すのに、誰もが期待するような方法を採ったのです。何か犯罪学的な理由をでっち上げて、ベッカーの首を刑場から持ち出し、公の箱に入れて家に持ち帰ると、ミスター・ブレインとは最後まで議論を試みました。ギャロウェイ卿が最後まで聞こうとはしなかったあの議論です。しかし、それに失敗すると、外から遮断された庭にブレインを誘い出して、剣術の話をしました。そして、サーベルと小枝を使って、実際に技《わざ》も示してみせ――」

顔に傷のあるイヴァンが飛び上がって大声をあげた。「あんたは狂ってる。今すぐ私の主人のところへ行くんだ。行かなければ私があんたの腕を――」

「ええ、どっちみち行こうと思っていました」とブラウン神父は重々しい口調で言った。

「彼には自白をしてもらわないといけません。あれやこれやほかにもありますし」

みんなは暗い顔をしたブラウン神父を人質か生贄のようにまえに押し出し、ヴァランタンの書斎に全員一緒になって、勢い込んで向かった。書斎だけがひっそりとしていた。

偉大なる捜査官は机について坐り、何かに没頭している様子で、みんながどかどかとはいってきたのにも気づかないようだった。全員が戸口で足を止めた。が、背すじを伸ばし、優雅に坐っているヴァランタンのそのうしろ姿に、何かを感じた博士がいきなり飛び出した。手を触れ、一目見ただけで博士にはわかった。ヴァランタンの肘のそばに錠剤を入れた小箱がひとつ置かれていた。ヴァランタンは椅子に坐ったまま息絶えていた。もはや何も見えていなかった。それでもなおその自殺者の顔には、古代ローマの大軍人カトーをもしのぐ矜持がありありと浮かんでいたのだった。

奇妙な足音

The Queer Feet

会員厳選クラブ『十二人の真の漁師』の会員が年次晩餐会に出席するために、ヴァーノン・ホテルにやってきて、コートを脱ぐ場面にたまたま居合わせたら、あなたはその会員がコートの下に着ている夜会服が黒ではなく、緑であることに気づくだろう。そこで（そういう人物に話しかけるほどあなたが超弩級の肝っ玉人間とすればの話だが）そのわけをその会員に尋ねたら、たぶん給仕とまちがわれないためだと答えるだろう。あなたとしては、それだけでもう二の句が継げず、引き下がるしかないだろう。しかし、それでは謎は解かれぬまま残ってしまう。そればかりか傾聴に値する話を聞き逃すことにもなる。

そこで（さらにありえない仮定を続けると）ブラウン神父という温和で働き者の小柄な神父に出会ったとする。そして、今までの人生で一番の幸運はなんだと思うかと訊いたとする。すると、神父はおそらくこう答えるだろう、全体として一番のヒットはヴァーノン

・ホテルでの一件だろう、と。なにしろ廊下の足音に耳をすましていただけで、犯罪を未然に防ぎ、人ひとりの魂をおそらく救ったのだから、と。神父はたぶんこのときの大胆なすばらしい推理をいくらかは自慢に思っているだろうから、もしかしたら、そのときのことを話してくれるかもしれない。しかし、あなたが『十二人の真の漁師』と出くわすほど社会の高みに登りつめることも、逆に落ちぶれてスラム街に住んで犯罪常習者の仲間入りをすることもあまり考えられないことだろうから、残念ながら、あなたがこの話を聞くことはないだろう、私があなたに話さないかぎり。

『十二人の真の漁師』が年次晩餐会を開くヴァーノン・ホテルというのは、礼儀作法に関するかぎり、もうほとんど狂気の域に達してしまうような少数独裁社会でしか存在しえない、いわゆる逆転の産物――〝排他的〟な商業施設――である。すなわち、人を惹きつけるのではなく、文字どおり人を追い払うことで営利をあげているホテルだった。金権社会の中心地では、商売人のほうがずる賢くも客以上に選り好みをするようになり、意図的に障害を設け、退屈しきった金持ちがその障害を突破するために、金と権謀術数を使うようしむけるのである。仮にロンドンに身長六フィート以下の者ははいれないというファッショナブルなホテルがあったら、上流社会の連中は言われるがまま、身長六フィート以上の者を集めてそこで晩餐会を開くだろう。あるいは、経営者のただの気まぐれから木曜日の午後しか開店しないレストランがあったら、そのレストランは木曜日の午後には大繁盛することだろう。そんな中、件《くだん》のヴァーノン・ホテルはまるで事故か何かのように、高級住宅地ベルグレイヴィアの広場の一角に建っていた。小さなホテルで、おまけに大層不便なホテルだった。しかし、その不便さこそ特定の階級を守る防壁のように考えられていたのである。その不便さの中でも、あるひとつの不便さがとりわけ重要な不便さとして維持されていた。その不便さとは、そのホテルでは事実上一度に二十四人の客しか夕食がとれなかったことだ。ディナー・テーブルはただひとつしかなく、それは有名なテラス・テーブルで、ヴェランダと呼べそうな場所に外気にさらされて置かれ、そこからはロンドンでも最高の部類の見事な庭園が見渡せた。だから、当然のことながら、そのテーブルの二十四席は暖かい時期にしか使うことができず、そこでの食事の愉しみは、より得がたいがゆえにより人に求められるものとなったのである。ホテルの現在のオーナーはリーヴァーというユダヤ人で、門戸を狭めることで百万近い利益をあげていたが、言うまでもなく、このように商売の規模を抑える一方で、ホテルのサーヴィスについては細心の注意を払って、磨きをかけていた。酒も料理もヨーロッパのいかなるホテルにもひけを取らず、接客係の態度はイギリス上流社会のお定まりの雰囲気を正確に映していた。さらに、リーヴァーは給仕全員をわが手の指のごとく知り尽くしていた。給仕は全部で十五人、このホテルの給仕になるより下院議員になるほうがはるかに簡単だった。加えて、そのひとりひとりが紳士の従者のようにどこまでもおとなしく、なめらかな立ち居振る舞いをするための訓練を受けた者ばかりだった。また、実際のところ、食事の際にはひとりの紳士に少なくともひとりの給仕がつくのが常だった。

『十二人の真の漁師』のほうは、このような場所以外では決して晩餐会を開かなかっただろう。というのも、彼らのこの会は贅沢なまでのプライヴァシーを必要とする集まりだったからである。だから、同じ建物の中でほかのどこかの会も晩餐会を開いているなどということは、彼らにしてみれば考えただけでも身の毛のよだつことだった。そんな彼らの年次晩餐会では、誰かの私邸にいるかのように、会の宝物をすべてさらけ出すのが習わしで、いわば会の象徴である魚料理用のナイフとフォークのセットはことさら重要だった。そのセットは精巧な銀製品で、ひとつひとつが魚の形をしており、一本一本の柄に大粒の真珠が嵌められていて、魚料理が出るときには必ずそのセットがテーブルに並べられた。魚料理自体、常に豪勢な料理の中でもとりわけ豪勢なもので、会の儀式やしきたりは山ほどあったが、歴史や目的のようなものは何もなく、そこがこの会のなんとも貴族的なところだった。『十二人の真の漁師』の会そのものは、何者かにならなければ会員になれないというものでもなかったが、すでに何者かになっていなければ、この会の噂すら耳にすることはないだろう。設立されて十二年、会長はミスター・オードリー、副会長はチェスター公爵が務めていた。

ここまでこの驚嘆すべきホテルの雰囲気をいくらかでも伝えられているとすれば、読者諸賢は私のような人間がどうしてそんなホテルを知るようになったのか、さらには私の友人ブラウン神父のような普通の人間が、どうしてそんな黄金の観客席のようなところに居合わせたのか、疑問に思われるかもしれない。そのことに関して言えば、私の話はしごく簡単で、むしろ月並みなものだ。この世には大層歳を取った扇動家のデマゴーグなる者がいて、そういう輩はどこまでも洗練された隠れ家のようなところにも土足ではいっていくものである。人類はみな兄弟などというおぞましい情報を引っさげて。こうした平等論者（死に神のこと）が青白き馬にまたがって向かうところには、職業柄、どこへでもついていくのがブラウン神父なのである。今回も給仕のひとりのイタリア人がその日の午後に中風の発作を起こしたのがきっかけだった。オーナーであるユダヤ人のリーヴァーは、そのような迷信にいささか驚きながらも、それでも近場にいるカソリックの神父を呼ぶことには同意したのである。給仕がブラウン神父にどのような懺悔をしたのかは、ブラウン神父が決して明かさないので、われわれの関知するところではないが、いずれにしろ、ブラウン神父はなんらかのメッセージを伝えるにしろ、過ちを正すにしろ、そのことを手紙か文書にしなければならなくなったらしく、ひかえめに、しかし遠慮なく、部屋と筆記具を借りたいと申し出た。たとえそこがバッキンガム宮殿であっても、彼は同じことをしただろう。ミスター・リーヴァーは困り果てた。彼は親切な男ではあったが、親切心のまがいものも有していた。すなわち、とにかくにも面倒や悶着を嫌う性向である。そんな彼にしてみれば、その夜自分のホテルに見知らぬよそ者がいるということは、磨き上げたばかりの何かに泥が一点こびりついているようなものだった。ヴァーノン・ホテルには用途のあいまいな場所も控えの間のような部屋もない。客がロビーで待つようなこともなければ、予約なしにやってくるような宿泊客などいなかったからである。給仕は十五人、その夜の客は十二人、そんなホテルに新たな客がひとり増えるというのは、自分の家に見知らぬ兄弟がやってきて、勝手に朝食を食べたり、紅茶を飲んだりしているのと同じくらいありえないことだった。加えて、この神父は風采は上がらないし、着ているものは薄汚いときた。誰かが遠くからその姿をちらりと見ただけで、晩餐会の危機を招いてもおかしくない。そこで、ミスター・リーヴァーはついにこの不体裁をごまかす手だてを思いついたのだ。いくら不体裁でも取り除くことはできかねたからだ。ヴァーノン・ホテルは中にはいると（あなたがはいることはまずないだろうが）最初に短い廊下――煤けたようでいて、ほんとうは値打ちものの絵が飾られている――を通り、その先が玄関ホール兼ラウンジになっている。その右手に客室に通じる廊下が何本かあり、左手にも同じような廊下が一本あって、そっちは厨房とホテルのオフィスに続いている。ガラス張りのオフィスはそのすぐ左手で、ラウンジに接している。そのオフィスはいわば建物の中の建物で、古いホテルのバーに似ている。実際、昔はたぶんバーだったのだろう。

そこにミスター・リーヴァーの代理人が坐っていた（このホテルではよほどのことがな

いかぎり、そういう人物が人前に出てくるということはない)。そのオフィスのすぐ奥——従業員用の部屋の手前——が紳士用クロークで、そこがいわば紳士の領土のさいはてだった。そのクロークルームとオフィスのあいだに、ほかに出入口のない小さな私室があり、ミスター・リーヴァーはその部屋を繊細にして大切な用件を処理するのに使っていた。たとえば、(公爵に千ポンド用立てするとか、六ペンス貸すことさえ渋るとか、その手の類いの用件を処理する部屋だ。紙にただ走り書きをするためにそのような神聖な場所を三十分汚すことを一介の神父に許したのは、ミスター・リーヴァーの並々ならぬ包容力の賜物である。ブラウン神父がそのとき書いたことはこの話よりはるかに面白い話だったかもしれないが、ただその話が公にされることはない。私に言えるのは、それがこの話とほぼ同じ長さの話であり、最後の二、三パラグラフだけに関しては、面白みのない退屈なものだったにちがいないということだけだ。

というのも、その最後の段になると、ブラウン神父は集中力をなくしてしまったからである。そうなると、彼の思いはあらぬところをさまよい、普段から鋭敏な動物的感覚が冴えてくる。暗闇と夕食の時間が近づいていたが、彼のいる忘れられた部屋には明かりがなく、よくあることだが、深まる闇が彼の聴覚を敏感にしたのだろう、文書の最後のあまり面白くない段を書き進めながら、彼は自分が外から聞こえてくる音に合わせて文字を書いていることに気づいた。人がときにガタゴトという列車のリズムに合わせて考えごとをするように。その音に意識を向けると、それがなんの音かわかった。ドアのまえを通り過ぎてしまうと、なんの変哲もない足音であることがわかる、ホテルではことさら珍しい音でもなんでもない。それでも、神父は暗くなった天井をじっと見上げて、耳をすました。数秒のあいだ、夢を見ているような顔つきで聞いていたが、不意に立ち上がると、小首を傾げて真剣に耳を傾けだした。それからまた椅子に坐ると、両手に額を埋めた。今度はただ聞いているのではなく、聞きながら考えていた。

一瞬一瞬を切り取ると、それはどこのホテルででも聞こえてきそうな足音だった。が、全体として聞くと、いたって奇妙な何かがあった。ほかにはどんな足音も聞こえなかった。いつもはきわめて静かなホテルである。数少ない宿泊客はすぐに各々の部屋に向かうし、訓練された給仕は呼ばれるまでできるかぎり姿を見せないように命じられている。異常なことが起きる恐れがこれほど少ない場所もほかに考えられない。ところが、その足音は実に奇妙で、それを正常と呼ぶべきか、異常と呼ぶべきかも判然としないところすらあった。ブラウン神父はその足音に合わせて、ピアノ曲を覚えようとしている人のように指でこつこつとテーブルの端を叩きはじめた。

最初は身軽な人間が競歩の試合に勝とうとしているかのような小刻みな足音で、それがしばらく続き、あるところまで来ると止まり、ゆったりと体を揺らしながら歩くような歩き方に変わり、歩数は最初の四分の一ほどになった。が、かかる時間はほぼ変わらなかった。その重い足音の最後の一歩のこだまが消えると、すぐにまたさざ波のような軽い急ぎ足の音が聞こえ、やがてまた重い足取りになる。それが同じ靴であることはまちがいなかった。なぜなら（さきほど言ったとおり）そのあたりを歩く者などほかには誰もおらず、またその靴がたてるキュッキュッという音は小さくても聞きちがえようがなかったからだ。ブラウン神父は疑問を覚えたら問い質さずにはいられない頭脳の持ち主だったので、一見些細なこんな疑問にさえ頭が割れそうになった。跳躍するのに走る人というのは彼も見たことがある。すべるために走る人も見たことがある。しかし、いったい歩くためにどうして走らなければならないのか。あるいは、いったいぜんたい走るためにどうして歩かなければならないのか。しかし、見えざるこの二本の脚の奇妙な動きは、ほかに表現のしようがない。この人物は廊下の半分をできるかぎり速く歩きたくて、あとの半分だけ大急ぎで歩いているのか。さもなければ、一方で速く歩く無上の喜びを得るためにもう一方ではゆっくり歩いているのか。いずれにしろ、なんの意味もなさない。神父の頭は部屋が暗くなるのと同じようにますます暗くなった。

それでも、気を落ち着けて考えてみると、まさに部屋の暗さそのものが彼の思考をより活性化させているところもあった。奇妙な脚が不自然な、あるいは何かを象徴するような動きで、廊下を跳ねまわる様子がある種、幻覚のように脳裏に彷彿としてきたのだ。これはもしかしたら異教徒の踊りなのか？　はたまたまったく新しい科学に基づく体操なのだろうか？　ブラウン神父はその足取りが暗示するものについて、さらに厳密に自問した。まずはゆっくりとした足取り。これがホテルの経営者のものでないことは明らかだ。あの手の輩はちょこまかと足早に歩くか、ただ坐っているかのどちらかである。指示を待っている召使いか、使いの者の足音とも考えられない。そういう足音ではない。貧しい階級の者たちは（少数独裁社会においては）ときに酒に酔って千鳥足になることもあるだろうが、こういった豪勢な場所では、たいていしゃちほこばって突っ立っているか、ただ坐っているかのどちらかである。やはりちがう。この重たくて、しかし弾むような歩き方――勢いのつけ方も無頓着なら、ことさらうるさくはなくても、自分がどんな音をたてているのか少しも気にしていない歩き方――をする動物はこの地球上にただ一種類しか存在しない。すなわち、西ヨーロッパの紳士、おそらくは生活のために働いたことなど一度もないような連中、そんな輩の歩き方だ。

ブラウン神父がそこまで確信したまさにそのとき、足取りのペースが変わった。より速くなり、ネズミのごとくドアのまえをあたふたと走り過ぎた。その足音は速かったものの、逆にそれと同じくらい静かなものでもあった。まるで爪先立ちして早歩きしているかのようだったのだ。しかし、神父の心の中では、その忍び足は秘めごととは結びつかなかった。何か別のものが連想された。が、それがなんなのかすぐには思い出せない。思い出せそうで思い出せないことがあると、人は自分が薄ら馬鹿にでもなったような気分になる。ブラウン神父もそんな気分になり、そのじれったさに悶々となった。あの奇妙さもあのすばやさもどこかで聞いたことがある足音なのに。そこでふと新たな考えがひらめき、神父はいきなり立ち上がると、ドアまで歩み寄った。その部屋には廊下に出る出口はなく、一方はガラス張りのオフィスに、もう一方は奥のクロークルームに通じていた。彼はまずオフィスのほうのドアを開けようとした。が、鍵がかかっていた。ついで窓を見た。青黒い夕陽に引き裂かれたような紫色の雲が四角い窓一面に広がっていた。神父は瞬時にして犬がネズミのにおいを嗅ぎつけるように、悪事のにおいを嗅ぎ取った。

神父の理性的な部分（それがより賢い部分かどうかはさておき）がまた優位に立った。ミスター・リーヴァーが言っていたことを思い出したのだ。氏はドアにはいったん鍵をかけるが、あとで開錠しに戻ってくると言っていた。ブラウン神父は自分に言い聞かせた。外の奇妙な音の説明で、まだ自分が思いついていないものなど二十はあるだろう。彼は書きものの仕事を終えるのに必要な光が残り少ないことも自分に言い聞かせると、嵐を孕んだ夕空の残光を受けるために、紙を窓辺まで持っていった。そして、気を取り直し、ほとんど完成している記録の執筆に改めて取りかかった。徐々に光が弱まる中、二十分ほど書いただろうか、神父は徐々にまるまってきていた上体をいきなり起こした。またあの奇妙な音が聞こえたのだ。

今度の足音にはさらにもうひとつ奇妙な点——三番目の奇妙な点——が加わっていた。

それまで正体不明の人物は歩いていた。軽やかで稲妻のように速い足取りながら、とにもかくにも歩いていた。それが今は走っていた。疾駆し、飛び跳ねるヒョウの足音のように、すばやく柔らかく弾む足音が廊下をやってくるのが聞こえたのだ。それが誰にしろ、足音の主はきわめて逞しくて敏捷な人間であることはまちがいない。ただ、すさまじいばかりの興奮に駆られている。それがざわつくつむじ風のように、オフィスのまえまで来たかと思うと、急にまたゆっくりと闊歩するような足音に変わった。

ブラウン神父は書いていたものを放り出すと、オフィスのドアには鍵がかかっていることがわかっていたので、すぐさま反対側のクロークルームに飛び込んだ。クローク係はそのときそこにはいなかった。その夜ただ一組の客は晩餐中で、さしあたって仕事がなかったからだろう。灰色のコートの林を掻き分けていくと、薄暗いクロークルームは明かりのともる廊下に面していて、カウンターのようなものと半ドアで仕切られていた。通常、客が傘を預けて預かり札を受け取ったりする、普通のクロークのカウンターと変わらない。窓口はアーチ形をしており、すぐ真上に照明があって、弱い夕焼けに照らされた窓を背景に、ブラウン神父の姿が黒いシルエットになって見えた。一方、クロークの外の廊下にいる男のほうはその照明に煌々と照らされていた。まるで舞台に立っているかのように。

ごく地味な夜会服を着た上品な人物だった。背は高かったが、場所ふさぎの体型ではなかった。その男は、もっと小柄な人間でもたいていめだったり、邪魔になったりするところでも、影のようにすり抜けていきそうだった。照明を受け、顔をうしろに引いていたが、快活で浅黒い外国人の顔をしていた。見てくれもよく、見るからに陽気そうで、自信に満ちた態度だった。強いて難を挙げれば、その見てくれと態度に比して、黒い上着がいささか見劣りする点だろう。妙な具合に張り出し、ふくらんでさえ見えた。夕陽を背にしたブラウン神父を認めると、男は番号を書いた紙を放り、愛想のいい、そして威厳のある声で言った。「コートと帽子を頼む。すぐに帰らなきゃならなくなってね」

ブラウン神父は何も言わずその紙を受け取ると、言われたとおりコートを探しにいった。こうした召使いのような仕事をするのは彼の人生でこれが初めてではなかった。コートを見つけて戻り、カウンターの上に置いた。その間、奇妙な紳士はヴェストのポケットを探っていたのだが、笑いながら言った。「銀貨が一枚もない。これをあげるよ」そう言って、半ソブリン金貨を放って、コートを取り上げた。

ブラウン神父は黒服姿のままじっと動かなかった。が、その瞬間にこそ彼は理知を捨てたのだ。彼の頭脳は理知を捨てたときほどいっそう真価を発揮する。そういうとき、彼は二と二を足して四百万にもしてみせるのである。カソリック教会は（常識にがんじがらめになっているので）通常その手のことは認めない。ブラウン神父自身も認めないことのほうが多い。しかし、そういうとき得られるものこそ真のインスピレーション——稀なる危機にはきわめて重要なインスピレーション——なのだ。誰であれ、理知を捨てる者こそ理知を救うのである。

「思いますに」と神父は丁重に言った。「あなたはポケットに銀をお持ちですね」

長身の紳士はまじまじと神父を見てから声をあげた。「ふん、何を言うかと思ったら。金《きん》をやろうとしてるのに、なんの文句があるんだ？」

「それはときに銀のほうが金より値打ちがあるからです」と神父はおだやかに言った。「つまり量がそれだけあればの話ですが」

見知らぬ紳士は好奇の眼でブラウン神父を見た。それから、さらに好奇の眼で正面玄関まで延びている廊下を見やった。そのあと、また神父に視線を戻すと、ブラウン神父の頭のうしろの窓を注意深く見た。窓は嵐ののちの残照に染まっていた。紳士はそこで心を決めたようだった。片手をカウンターにかけて軽業師のようにいとも簡単に飛び越えると、神父のまえにそびえ立ち、恐ろしく大きな手で神父の服の襟をつかんだ。

「じっとしてろ」有無を言わせぬ囁き声でそう言った。「脅したくはないが、それでも――」

「脅したいのは私のほうです」とブラウン神父はドラムロールのような声で言った。「死せざる蛆と消えることなき焔（新約聖書。マルコによる福音書九章四十四・四十六・四十八節「地獄では、うじが尽きることも、火が消えることもない」より）であなたを脅そうと思っています」

「おまえはなんとも妙なクローク係だな」と紳士は言った。

「私は神父なのですよ、ムッシュ・フランボー」とブラウン神父は言った。「懺悔ならいつでも聞いてあげましょう」

紳士はしばらく喘いだようになってその場に突っ立っていたが、やがてうしろによろけるようにして椅子に坐り込んだ。

『十二人の真の漁師』の晩餐のほうは、最初の二品までつつがなく供され、食されたところだった。私はこのときの品書きを持っていないが、たとえ持っていて、それを誰かに見せても、誰にも理解できなかっただろう。料理人が用いる、いわば〝超フランス語〟で書かれていたからである。しかし、フランス人が見てもさっぱりわけがわからなかっただろう。この会には伝統があり、オードヴルはどこまでも多種多様なものでなければならず、それはもう狂気の沙汰と言えたが、そういうことが真剣に考えられていたのは、オードヴルとは明らかに無用なつけたしであり、この晩餐会自体、ひいては会そのものが無用なつけたしだったからである。一方、スープ料理は軽くてひかえめなものでなければならないという伝統もあった。あとに続く魚料理の愉しみを殺ぐことのないよう、簡素であっさりした前夜祭的なものでなければならなかった。食事の席で会員が交わすやりとりは、大英帝国を支配している——ひそかに支配している——あの風変わりで、他愛のないものばかりで、一般のイギリス人が立ち聞きしたとしても、啓蒙されるような類いの話ではまずなかった。会員のあいだではどちらの党の閣僚もさりげなくファーストネームで呼ばれた。なんとも退屈な連中だが、まあ、大目に見てやろう、とでもいった具合に。たとえば何事も過激な財務大臣など、保守党員のほぼ全員にそのとんでもない強引さが呪われているはずなのに、この会では大臣の二流の詩や、乗馬の腕が誉めそやされた。保守党の党首は暴君としてすべての自由党員に憎まれているにちがいないのに、この会では全体に称揚された。それも自由主義者として。どういうわけか、会員にとって政治家は重きをなしているものの、重要なのは彼らの政治ではなく、政治以外のことすべてなのだった。愛想のいい年配の会長ミスター・オードリーは、時代遅れの高襟をいまだにつけているような男で、幻のようでありながら、確固たるあの頃の社会の象徴だった。実際、何もしたことのない人物なのだ。まちがったことさえ。抜け目のないタイプでもなければ、取り立てて金持ちでもない。ただ、なぜか物事の中心にいるのである。それだけのことなのだが、どの政党からも一目置かれていて、彼が望みさえすれば、入閣も果たせていただろう。副会長のチェスター公爵は明るく若い新進政治家だった。すなわち、べったりと撫でつけたブロンドの髪にそばかす顔、そこそこの知性と莫大な資産の持ち主だった。公の場では、彼のそんな風貌は常に快く迎えられたが、その主義主張はいたって単純だった。ジョークを思いついたら必ず口にするものだから、まわりからは才気煥発と言われ、どんなジョークも思いつかないときには、今はふざけているときではないと言い、それについては、有能という評価が与えられていた。さらに、私人として彼と同じ階級の集まりにいるときには、ただひたすら明るくて気さくな剽軽者《ひょうきんもの》だった、小学生さながらの。一方、ミスター・オードリーのほうは政界に身を置いたことはなくとも、政治というものをもっと真剣に考えていた。それで時々、保守党員と自由党員のあいだにはかなりの相違があることを示唆して、同席者を戸惑わせることがあった。彼自身は保守党員で、私生活においてさえ保守主義者だった。昔風の政治家のように、波打つ銀髪を襟のうしろにかけていて、うしろから見ると、まさに大英帝国が必要とする人物そのものだった。まえから見ると、おっとりした勝手気ままな独身者で、いかにもオルバニー（ロンドンのピカデリーにある独身者向け高級アパート）に部屋を持っていそうで、実際、持っていた。

さきに述べたとおり、テラスのテーブルは二十四席あって、会員は十二人しかいなかったので、全員が建物の側に坐るという贅沢な坐り方をすることができた。向かい側には誰も坐らず、会員は全員、さえぎるものなしに庭園が眺められた。夕闇が迫る中、一年のこの時期にしてはいささか毒々しい夕焼けながら、庭園はまだ鮮やかな色を呈していた。会長は列の真ん中、副会長は右端というのがそれぞれの席で、最初に十二人の客が次々に着席するときには、（その理由は定かでないのだが）十五人の給仕が国王に捧げ銃《つつ》をする兵隊のように、壁ぎわにずらりと並ぶのが習わしだった。一方、肥ったホテルの経営者はまるでこの会のことなど知らなかったかのように、光り輝くような驚き顔で会員たちに一礼するのである。そして、ナイフとフォークの音が聞こえる頃には、この従者の一隊は姿を消し、ただひとりふたりがあとに残って、死んだように黙々と忙しく動きまわり、皿を下げたり配ったりするのだ。言うまでもなく、経営者のミスター・リーヴァーはと言えば、ひきつけを起こしそうなほどの愛想を振り撒いて、とっくに退出している。その後、彼がまたはっきりと姿を現わした、などと言ったら、それは言いすぎ、いや、非礼なことにすらなるだろう。にもかかわらず、大切な一品、魚料理が運ばれてくる段になると――なんと表現すればいいのか？――彼の生き生きとした影、その人格が投影されたようなものが感じられ、彼本人があたりを漂っているかのように思われるのである。神聖なる魚料理は（俗人の眼には）大きさも形もウェディングケーキほどで、プディングのお化けにしか見えないのだが、その料理にはかなりの数の珍魚が、神に与えられた姿形をすっかり失って混ぜ込まれていた。『十二人の真の漁師』は名高いナイフとフォークを手に取り、厳粛に賞味にかかる。まるでそのプディングの一口一口が、食べるのに使っている銀のフォークと同じくらい高価なものであるかのように。実際、そうなのだろう。だから、この料理に関してはみなひたすら貪り食い、口を利く者は今回もひとりもいなかった。そうしてようやく自分の皿が空《から》になりかけたところで、若い公爵がお決まりの発言をした。「こういう料理はここでなければ食べられません」

「そのとおり」ミスター・オードリーが副会長のほうを向き、威厳のある頭を何度も縦に

振りながら、深みのある低音の声で相槌を打った。「どこへ行っても無理ですな。ここで
なければね。聞いた話だが、〈カフェ・アングレ〉でも――」
　そこで皿が下げられ、話が途切れた。ミスター・オードリーはいささか戸惑ったものの、
大切な思考の糸を手繰り直すと続けた。「〈カフェ・アングレ〉でもこれと同じものを出
せるということだったが、いやいや、まるでちがっていましたな」彼は絞首刑を言い渡す
判事のように首を横に振りながら、無慈悲に繰り返した。「まるでちがっていましたよ」
「あの店は誉められすぎています」とパウンド大佐が口を開いた。（その顔を見るかぎ
り）もう何ヵ月も口を利いたことがないようだった。
「さあ、どうですかね」と楽天家のチェスター公爵が言った。「ものによってはとてもい
いものもありますよ。たとえば――」
　給仕がすばやい足取りで部屋にやってきて、そこでいきなり立ち止まった。立ち止まっ
たときも歩いているときも音をたてたわけではなかった。が、何事につけ、あいまいでお
だやかな紳士たちはみな自らの暮らしを取り巻き、支えてくれている見えざる〝機械〟と
いうものが、どこまでもなめらかに作動することに慣れきっているので、どんなことであ
れ、給仕が思いがけないことをするというのは驚きであり、不快なことだった。すなわち、
この給仕の動きに、あなたや私が無生物の世界に反抗されたら――たとえば、椅子に逃げ
られたりしたら――感じるにちがいない感覚と同じものを覚えたのである。

給仕は数秒間、びっくりしたように眼を見開いて突っ立っていた。その間、席に着いている全員の顔に、まさに現代の産物ともいうべき奇妙な羞恥の色が表われ、深く刻まれた。その羞恥は現代の人道主義と、富める者と貧しい者とのあいだにある恐ろしい深淵が結合したものである。伝統的な本物の貴族なら、ウェイターに何かものを投げつけていただろう。空き瓶から、最後にはまずまちがいなく金《かね》まで投げつけていただろう。本物の民主主義者なら、仲間に話しかけるようにはっきりと、いったい何をしてるんだ、とでも言ったことだろう。しかし、ここにいる現代の金満家たちは奴隷であれ友人であれ、貧乏人が近くにいることだけで、もう耐えられなくなる輩である。召使いに何か不都合が生じるなどということは、ただただうっとうしい迷惑以外の何物でもないのだ。すなわち、無慈悲なことはしたくなくても、情け深くなる必要に迫られることを恐れていたということだ。だから、それがどんなことであれ、それが終わってくれることだけを全員が望んでいた。件《くだん》の給仕は、まるで強硬症《カタレプシー》患者のようにその場にいっとき固まってから、くるりと踵を返すと、狂ったように部屋から飛び出した。

そして、またやってきたときには——戸口に現われたといったほうが正確か——もうひとり給仕を連れていた。そして、南国人特有の激しさで身振りも交え、ひそひそとふたりで言い合いを始めた。そのあと、最初の給仕がふたり目を残して姿を消し、今度は三人目の給仕を連れて戻ってきた。この慌ただしい会議に四人目の給仕が加わった頃には、さすがにミスター・オードリーもここは機転を利かせて、沈黙を破る必要を感じたのだろう、議長の木槌のかわりにひときわ大きな空咳《からぜき》をして言った。「若いムーチャーはビルマですばらしい仕事をしていますね。ほかのいかなる国においても――」

五人目の給仕が矢のように飛んできて、ミスター・オードリーの耳元で囁いた。「申しわけございません。当方の主人のほうからご報告させていただいてもよろしいでしょうか？」

会長は何事かとうしろを振り返り、ミスター・リーヴァーがどかどかと速足でやってくるのを見て、眼を見張った。善良なる経営者の歩き方は、いつもの彼の歩き方と変わらなかったが、顔つきはおよそいつものそれとは言えなかった。普段は明るい赤銅色の顔が今は病人のような黄色に変わっていた。

「まことに申しわけございません、ミスター・オードリー」と彼はまるで喘息《ぜんそく》でも患っているかのように息を切らせて言った。「大いに憂慮すべきことが起こりました。みなさまがお召し上がりになった魚料理ですが、その魚料理の皿と一緒にナイフとフォークも片づけられてしまったのです！」

「そう言えば、そうだったかもしれないが、別に悪いことでもなかろう」とミスター・オードリーはいくらか思いやるように言った。

「その男をご覧になりましたでしょうか？」とホテルの経営者はなおも喘ぎながら言った。

「食器を片づけた男のことでございますが。ご覧になりましたか？　その男のことはご存知だったのでしょうか？」

「私が給仕を知っていたかだと？」とミスター・オードリーは憤慨して言った。「知ってるわけがないだろうが！」

　ミスター・リーヴァーは両手を広げ、いかにも苦しげな身振りを交えて言った。「実のところ、そいつは私が遣わした者ではなかったのです。いつ、いったいなぜそいつがやってきたのか、それはわかりません。私はうちの給仕に皿を下げるよう申しつけました。ところが、その給仕が皿を下げにここに来たときにはもう下げられたあとだったのです」

　ミスター・オードリーはなおも当惑しており、その様子はおよそ大英帝国が必要としているような男には見えなかった。一同は何も言えなかった。ただひとり、木彫りの人形のようなパウンド大佐だけがなにやら刺激を受けたようで、普段とはまるで異なる行動に出た。ぎこちなく椅子から立ち上がったかと思うと、片方の眼に眼鏡を押し込み、まるで話し方を半分忘れてしまったかのような錆びついた低い声で言った。「ということは、われわれの魚料理用銀食器が何者かに盗まれたということなのかね？」

　ミスター・リーヴァーはいよいよ進退きわまったといった体《てい》で、両手を広げる身振りを繰り返した。それを見て、テーブルについていた全員が一斉に立ち上がった。

「給仕は全員ここにいるのか？」と大佐が低くてざらついた声で質した。

「ええ、全員ここにいるようですね。それは私が確かめました」と若い公爵が少年の面影の残る顔を人々の輪の中に突き出して言った。「ここに来るときにはいつも数えるんです。壁のまえに並んでる恰好がなんとも面白いものだから」

「しかし、正確には覚えられないでしょう」とミスター・オードリーがかなり遠慮がちに言った。

「いや、それがちゃんと覚えてるんです」と公爵は興奮気味に言った。「このホテルに給仕が十五人以上いたことは一度もありません。今夜も十五人でした。誓ってもいい。それより多くも少なくもなかった」

ミスター・リーヴァーが驚き顔で公爵のほうを向き、つっかえつっかえ言った。中風にでもなったかのように震えていた。「つまり──つまり、あなたさまは──十五人全員をご覧になったと──そうおっしゃっておられるのですね？」

「いつものようにね」と公爵は言った。「それがどうかしたのかい？」

「いいえ、どうもいたしません」とミスター・リーヴァーは答えたが、訛りが強くなっていた。「ただ、あなたさまが十五人ご覧になったはずはないんです。というのも、ひとり階上《うえ》で死んでいる給仕がいますもんで」

そのことばの衝撃の強さに部屋が一瞬、凍りついたように静まり返った。（〝死〟というのはどうしても不気味なことばである。だから）彼らのような暇人にしても、いっときであれ、自らの魂を顧みて、それが干からびた豆粒みたいに見えたのかもしれない。そんな彼らの中にひとり——たぶん公爵だったと思う——は金持ちの愚かな親切心からこんなことさえ言った。「われわれに何かできることは？」

「神父を呼んでやりました」とユダヤ人の経営者は公爵のことばにいささか心を動かされて言った。

そこにいたって、彼らはまるで運命の鐘の音を聞いて目覚めたかのように、自分の置かれている立場を自覚した。公爵が見た十五人目の給仕というのは、階上《うえ》で死んでいた給仕の幽霊だったのではないか。そんなことを想像するおぞましいいっときが過ぎた。その重苦しさに誰もが押し黙った。彼らにとって幽霊というのは乞食と同じような厄介者だった。それでも、銀器のことを思い出すと、不思議な出来事に対する呪縛などあっさり解けた。解けるや、今度は荒々しい反動が起きた。まず大佐が坐っていた椅子をまたいで、大股で戸口に向かって言った。「十五人目の給仕がここにいたとしたら、諸君、その十五人目の給仕が盗っ人だったということだ。今すぐ表と裏にまわって、出入口を固めよう。話はそのあとだ。まずはあの二十四粒の真珠を取り戻してからだ」

ミスター・オードリーは、何事であれ、そのように慌てることが紳士らしい振る舞いかどうか最初のうちは決めかねているようだったが、公爵が若者らしい闊達さで階段を駆け降りるのを見ると、もっと大人らしい物腰でそのあとを追った。

それと同時に、六人目の給仕が部屋に駆け込んできて、魚料理の皿は食器戸棚に収められているものの、銀食器のほうは影も形もないと告げた。

晩餐客と給仕たちは慌てふためいて廊下に出ると、まず二手に分かれた。〃漁師〃の多くは経営者のあとに続いて、正面玄関に向かい、出ていった者がいないかどうか尋ねた。パウンド大佐は会長と副会長、それにもうひとりかふたりを連れて、従業員用の部屋へ続く廊下を急いだ。逃走経路としてはそっちのほうが可能性が高かった。その途中、アルコーヴか洞といった薄暗いクロークルームのまえを過ぎたところで、黒い服を着た小柄な男の姿を見かけた。係の者らしいその男はクロークルームを少し奥にはいった暗がりに立っていた。

「おい、きみ！」と公爵が声をかけた。「誰かここを通らなかったか？」

小柄な男はその質問には答えず、ただこう言った。「みなさんがお探しのものは私が持っています、たぶん」

そのことばに一同は浮き足立った。訝りながらも立ち止まった。男はそれ以上は何も言わず、クロークルームの奥に行くと、両手に光り輝く銀食器を抱えて戻ってきた。そして、それを店の売り子のように粛々とカウンターの上に並べた。並べられたのは風変わりな形をした十二組のナイフとフォークだった。

「おまえは――おまえは――」と大佐がついに平常心をなくして言いかけた。が、そこで薄暗い小部屋をのぞき込み、ふたつのことに気づいた。ひとつは、小柄な黒服の男が聖職者のような恰好をしていること、もうひとつは男の背後の窓が壊れていることだった。まるで何者かが無理やりそこから出ていったかのように。「クロークに預けるには高価すぎるものではありませんか？」と聖職者は落ち着き払った声ながら、どこか嬉しそうに言った。

「き、きみが――きみがこれを盗んだのか？」とミスター・オードリーが眼を見開き、つっかえながら言った。

「もし盗んだということなら」と聖職者はなおも嬉しそうに言った。「少なくとも、これでお返しすることになるわけです」

「しかし、あんたが盗んだわけじゃない」とパウンド大佐が言った。まだ割れた窓を見つめていた。

「すべて白状するとなれば、私が盗んだわけではありません」と聖職者はユーモアを交えて言った。そう言って、重々しく椅子に腰をおろした。

「しかし、犯人を知っているのだね」と大佐は言った。

「本名は知りませんが」と聖職者は落ち着いた声で言った。「その腕っぷしのほどは多少なりとも知っています。あの男の魂の問題について言えば、そっちはかなり知っています。あの男の体力についてはあの男に絞め殺されそうになったときに見当がつきました。一方、魂の問題――あの男の道徳心については、あの男が改悛したときにわかりました」

「ほほう、改悛しただって！」と若い公爵がカラスの鳴き声のような笑い声をあげながら言った。

ブラウン神父は立ち上がると、両手をうしろにまわして言った。「奇妙なことです、盗っ人や浮浪者は悔い改めるのに、安閑と暮らしている金持ちの多くはいつまで経っても頑なで、浅はかなままで、神のためにも人のためにもなんら実を結ばないというのは。いずれにしろ、あなた方は私の領分をいささか侵しておられます。改悛の事実を疑うのはあなた方の勝手だが、現にここにこうしてナイフとフォークがあるのですから。あなた方は『十二人の真の漁師』であり、これらはあなた方の銀の魚です。それでも、神は私に人間を漁《すなど》る役をあてがわれたわけです（新約聖書。マルコによる福音書一章十七節「イエスは、〝わたしについて来なさい。人間をとる漁師にしよう〟と言われた」より）」

「ということは、その男を捕まえたのか？」と大佐が訝しげに言った。

ブラウン神父は大佐の訝しげな顔をまじまじと見すえて言った。「ええ、捕まえました。眼には見えない針とこれまた眼には見えない糸で。ただ、その糸は男が世界の果てまで行けるほど長い。それでも、たぐれば引き戻せます」

長い沈黙ができた。その場にいたほかの者たちは戻ってきた銀食器を仲間のところへ持っていったり、この奇妙な出来事について経営者と話し合ったりするため、三々五々散っていった。ただ大佐ひとりが残った。気むずかしい顔をして斜めにカウンターに腰かけ、そのひょろ長い脚をぶらぶらさせ、黒いひげを噛んでいた。

そうしてようやく低い声音で神父に話しかけた。「犯人は利口なやつだったにちがいない。しかし、私はそいつより賢い男をひとり知っているような気がする」

「確かに犯人は利口なやつでした」とブラウン神父は言った。「でも、あなたが言われるもうひとりについてはよくわかりません」

「あなたのことだよ」と大佐は言って、短い笑い声をあげた。「犯人を刑務所送りにしようとは思ってはいないから、その点は安心してもらいたい。それでも、あなたがどうしてこの件に関わるようになったのか、どうやってあの銀食器を取り戻したのか、正確なところを聞かせてほしい。そのためなら銀のフォークなんぞいくらでも差し上げよう。思うに、あなたはここにいる人間の誰より現代的な悪党だ」

ブラウン神父は眼のまえの軍人の率直さがむしろ気に入ったようだった。「そう」と笑みを浮かべて彼は言った。「あの男の身元にしろ経歴にしろ、そういったことは話すべきではないでしょう。言うまでもありません。しかし、私が自分で見つけたただの外面的な事実については話して悪い理由はこれといってないように思います」

そう言って、神父は意外に軽い身のこなしで仕切りを飛び越え、パウンド大佐の横に坐ると、門によじ登った子供のように短い脚をぶらぶらさせた。そして、クリスマスの炉辺で旧友に伝えるかのような打ち解けた様子で話しはじめた。

「実は、大佐、こういうことなのです。私はそこの小部屋にこもってちょっとした書きものをしていました。そうしたら、この廊下からまるで死の舞踏のように奇妙な足音が聞こえてきました。最初はすばやくてちょこまかと小股で歩くような足音でした。ちょうど誰かが賭けか何かをして、爪先立って歩いているような。そのあとは葉巻でも手にした大男がゆったりと、遠慮なく、靴をキュッキュッと軋らせながら歩いているような音に変わりました。しかし、誓って言いますが、そのどちらもが同じ人物の足音であることはまちがいなく、それが交互に聞こえてきたのです。最初は走り、次に歩き、そのあとまた走る。そんな具合でした。ひとりの人間がこんなふうに二役を演じているのはどうしてなんだろう、と最初のうち、私は漫然と思いました。それがだんだん気になってたまらなくなったのです。一方の歩き方はなじみのある歩き方でした。ちょうどあなたのような歩き方です、大佐。恰幅のいい紳士が何かを待っているときの歩き方です。といって、精神的に落ち着きをなくして歩いているわけではなくて、そもそも肉体的に活発な人なので、ついついうろつきたくなるわけです。もうひとつの歩き方もなじみのあるものでした。しかし、どうしてなじみを覚えるのか、どうしても記憶に結びつかなかったのです。これまでの私の旅の途中で、あんな奇妙な歩き方をする野生の生きものに出会ったとしたら、それはどんな生きものだったのだろう？　そんなことを考えていると、どこかで皿がぶつかる乾いた音がしました。その音を聞くなり、答がサンピエトロ大聖堂のようにはっきりと立ち上がってきたのです。それは給仕の歩き方でした——上体をいくらかまえに傾げ、視線を落とし、足の親指のつけ根で床を蹴り、燕尾服の裾とナプキンをはためかせて歩く、あの歩き方です。私はそのあとさらに一分半ほど考えました。それで犯行の手口がわかったのです。まるで自分自身が悪事を働いているかのように明確に」

パウンド大佐はブラウン神父に鋭い視線を向けた。が、神父のほうはおだやかな灰色の眼を天井に向けたままだった。そして、その眼には虚しさと悲しさがないまぜになったような気配があった。

「犯罪というものは」と彼はおもむろに続けた。「どんな芸術作品とも似ています。そんな驚いたような顔をしないでください。犯罪だけが地獄の工房から送り出される作品とはかぎりません。それでも、神聖なるものであれ、悪魔的なものであれ、芸術作品にはどんなものにも欠けてはならない特徴があります。すなわち、完成形はいかに複雑であっても、その核となるものはいたって単純だということです。ですから、たとえば『ハムレット』。墓掘り人のグロテスクさも、狂った娘の花々も、伝令のオズリックの奇抜で派手な衣裳も、亡霊の青白い顔も、しゃれこうべの笑みもすべて、黒衣をまとった単純な悲劇的人物を取り巻く、もつれ合った奇妙な花飾りにすぎないのです。今回の件も、そう」神父は笑みを浮かべながらゆっくりとカウンターから降りた。「今回の件もまた黒衣をまとった男の単純な悲劇です。ええ、そうなのです」ブラウン神父は大佐が訝しげに起こした顔を見ながら続けた。「今回の話全体が一着の黒い上着を中心にまわっているのです。そして、この話にも『ハムレット』同様、ロココ調の余分な装飾がついています。たとえばあなた方。それに、いるわけがないところにいた死んだ給仕。テーブルからまたたくまに銀食器を下げて、そのあと宙に消えてしまった見えざる手。それでも、どんな巧妙な犯罪も結局のところ、いたって単純なあるひとつの事実に依拠しています――それ自体は不思議でもなんでもない事実に。その事実を覆い隠し、人の考えをそこから遠ざけることで謎が生まれるのです。今回の大がかりで、繊細で（普通にいけば）大儲けができた犯罪も、紳士の夜会服と給仕の制服が同じという単純な事実に基づいていました。あとはもう芝居だけです。その芝居も実に見事なものでした」

「そこまで言われても」と大佐も立ち上がり、訝しげな顔を自分の靴に向けて言った。「私にはよくわかったとは言えないんだが」

「大佐」とブラウン神父は言った。「お教えしましょう、あなた方のフォークを盗んだこの図々しい大天使は、明かりが煌々とともり、衆人の眼が光っている中、この廊下を二十回は行ったり来たりしたのです。そいつは人が疑えばきっと探すにちがいない薄暗い片隅になど隠れなかったのです。明るい廊下をたえず動きまわり、どこに行ってもそこにいて当然という顔をしていたのです。どんな体つきで、どんな顔つきだったかは訊かないでください。あなたご自身が今夜六回か七回はご覧になっているはずなのですから。あなたはほかのお歴々と廊下のつきあたり、テラスのすぐ手前にある広間で待っておられた。犯人はそんなあなた方のところに行くときには、給仕の稲妻のような立ち居振る舞いを見せました。うつむき、ナプキンをひらひらさせ、飛ぶような足取りで。さらにテラスに飛び出すと、テーブルクロスになんらかの処置をして、またすばやくオフィスと使用人用の部屋に戻りました。しかし、ホテルの事務員や給仕の眼につくときには、もうすでに別人になり変わっていました、体の隅々まで、何気ない所作のひとつひとつまで。そうやって、心ここにあらずといった傲慢な態度で、彼らのあいだを歩きまわりました。そういう客というのはよくいるもので、従業員はみな見慣れていました。晩餐会に来たお偉方が会場のあらゆる場所を動物園の動物のように歩きまわるというのは、従業員にとって目新しいことでもなんでもありません。また、好きなところを好きに歩きまわる習慣ほど、上流人らしい振る舞いもありません。そんなことは従業員なら誰でも知っていることです。件《くだん》の男はこの特別な廊下を歩くのにとことん飽きると、くるりと踵を返して、オフィスのまえを通ったのです。そして、そのアーチの陰で魔法のように変身すると、十二人の漁師のところにいそいそと出ていきました――今度は媚びへつらう召使いとして。たまたまはいってきた給仕をどうして紳士が見たりするでしょうか？　ぶらぶら歩いている一流の紳士をどうして給仕が疑ったりするでしょうか？　さらにあの男は一度か二度、なんとも大胆な芸当をやってのけました。経営者の私室までやってきて、咽喉が渇いたからソーダをくれ、などといとも気楽に言ってのけたのです。そして、親切にもそれを自分で運ぶと言い、実際にそうしました。すなわち、あなた方が集まっておられる中を抜け、そのソーダをすばやく過《あやま》たず運んだのです、明らかな用を言いつかった給仕として。もちろん、そういうことはそういつまでも続けることはできません。しかし、男としては魚料理が終わるまで続けられれば、それでよかったのです。

　男が一番困ったのは、給仕が一列に並ぶ瞬間でした。しかし、そのときも壁の角になっているところに寄りかかり、あるときは給仕が彼を紳士と思い、あるときは紳士が彼を給仕と思うようにしむけ、その重大な一瞬一瞬を乗り越えました。あとはもう赤子の手をひねるようなものでした。彼がテーブルを離れるところをほかの給仕が見ていたとしても、その給仕はものうげなひとりの貴族がテーブルを離れるところを見ただけのことです。男としては魚料理の皿が片づけられる二分前に合わせて、またすばやく給仕になりすますだけでよかったのです。そうして自分の皿を片づけさえすれば。そのあと男は皿を食器戸棚に並べ、銀食器は胸のポケットに押し込めばよかったのです。そうやって胸のあたりをふくらませ、脱兎のごとく（私はそのときの彼の足音を聞きました）クロークルームまで走り、そのあとはまた金持ちになりすましさえすればよかったのです――急に仕事の用ができて帰らなければならなくなった金持ちに。そして、クローク係に札を渡し、はいってきたときと同じように優雅に出ていきさえすれば。ただ――そう、そのときのクローク係が私だったというわけです」

「あなたはそいつに何をしたんだね？」と大佐は珍しく語気を強めて言った。「そいつはあなたになんと言ったんだね？」

「申しわけございません」とブラウン神父は頑なに言った。「私の話はこれでおしまいです」

「ここから面白くなるんじゃないのか」とパウンドは言った。「その男のプロとしての手口は私にもどうやら理解できたよ。しかし、あなたのほうはいったいどういう手だてを取ったのか、そこのところが私にはどうにもわからない」

「そろそろ行きませんと」とブラウン神父は言った。

ふたりは玄関ホールまで一緒に廊下を歩いた。チェスター公爵の溌剌としたそばかすだらけの顔が見えた。飛び跳ねるようにしてふたりのほうにやってきた。

「来てください、パウンド大佐」と公爵は息を切らせて言った。「そこらじゅう探したんですよ。晩餐はつつがなく再開されました。フォークが無事に返ったことを祝して、オードリー老がこれからスピーチをやります。今回の事件を記念して何か新しい儀式を始めようということになりましてね。そう、あなたが取り返したわけだから、何かいい提案はありませんか？」

「なるほど」と大佐は賛同しながらも明らかに茶化すような眼を向けて言った。「だったら、今後は黒ではなくて緑の夜会服を着るというのを提案したいね。給仕と身なりが同じではどんなまちがいが起こるともかぎらないから」

「やめてくださいよ！」と若い公爵は言った。「紳士は絶対に給仕のように見えたりはしませんよ」

「そういうことを言えば、給仕が紳士に見えることもないはずだが」と大佐は同じ不愛想な笑みを顔に浮かべたまま言った。「ということは、神父さん、紳士になりすましたあなたの友達はよほど頭のいい男だったんでしょうね」

ブラウン神父はありふれたコートのボタンを首のところまでかけ、これまたありふれた傘を傘立てから取って言った。

「はい、紳士になるというのはそれは大変な仕事でしょう。しかし、どうでしょう、私は時々思うのですが、給仕になるのもほぼ同じくらい骨の折れる仕事なのではないでしょうか」

そのあと神父は「ごきげんよう」と言って、この快楽の殿堂の重いドアを押し開けた。そして、黄金のドアが背後で閉まると、運賃一ペニーのバスを探して、濡れた路面の暗い通りをきびきびと歩きだした。

飛ぶ星

The Flying Stars

「あれこれやった犯罪の中でも一番すごいのが最後の犯罪だったというのは、なんとも不思議な偶然だよ」歳を重ね、すこぶる品行方正な老人となると、フランボーはよく言ったものである。「クリスマスにやったやつだ。おれは芸術家として常に心がけてたんだよ、その時々、季節や風景にふさわしい犯罪にすることをね。一群の彫刻を置く場所を決めるみたいに、大犯罪を犯すのはこの高台がいいだろうかとか、あの庭園がいいだろうかとか、そんなふうに選んでたんだ。だから、田舎の名士をぺてんにかけるなら、オーク材の壁板が張られた細長い部屋じゃなきゃならんとか、一方、相手がユダヤ人なら、そいつが思いもよらず一文無しになるのは、パリの高級レストラン〈カフェ・リッシュ〉の照明を受けた、衝立《ついたて》に囲まれたところじゃなきゃ駄目だとか。イギリスで主席司祭を財産から解放するときには（人が思うほどこれは簡単なことじゃない）門前町の緑の芝生や灰色の塔を額縁にして――おれの言いたいことはわかるよな？――そいつをその額縁の中に放り込みたい、なんて思ったもんだ。おんなじように、フランスで腹黒い金満農民から金を奪ったときには（これはもうほとんど不可能なことだが）刈り込んだ灰色のポプラ並木と、画家のミレーの偉大な魂が宿るゴール地方の厳かな平原を背景に、怒り狂ったその農民の顔を浮かび上がらせた。そういうことができれば、おれは大満足だったんだ。

さて、言ったとおり、おれの最後の犯罪はクリスマスの犯罪だ。明るくて小ぢんまりとしたイギリスの中流階級の犯罪、いわばチャールズ・ディケンズ風の犯罪だった。場所はロンドン南西部、パットニーにほど近い古き良き中流階級の家だった。三日月形の車まわしがあって、家の脇には厩があって、外のふたつの門には表札が掛かっていて、チリ松が一本植えてある家だった。これだけ言えば、どんな家かわかるよな。おれがやったディケンズの真似は実に見事で、文学的だったよ、いや、実際の話。それはもうその日の夜に改悛してしまったことが今さらながら悔やまれるほどだ」

フランボーはそのあといわば話の内側から語りつづけるわけだが、それは実際、内側から見てさえ奇妙な話だった。外側からとなると、これはもう理解不能なほどになる。しかし、部外者としては外からあれこれ考えるほかはない。この観点からすると、このドラマはクリスマスの翌日《ボクシング・デー》の午後、厩のある家の玄関のドアが、チリ松の植わっている庭に向かって開き、若い娘が小鳥に餌をやりに出てきたところから始まった、と言えるだろう。可愛い顔をした娘で、とてもきれいな茶色の眼をしていたが、その体つきはすぐには想像できなかった。茶色の毛皮にすっぽりと包まれていたからだ。どこからどこまでが彼女の髪で、どこからどこまでが毛皮なのかもわからなかった。魅力的な顔が見えなければ、よちよち歩きの子グマであってもおかしくなかった。

冬の午後、夕暮れに向けて外は茜色を帯び、花のない花壇にもすでにルビー色の光が揺れ、死んだバラのいわば亡霊がひしめき合っていた。家の一方の側が厩なら、もう一方の側には月桂樹が立ち並ぶ小径——あるいは回廊とも呼べそうなもの——があり、その先にはもっと大きな庭が広がっていた。若い娘は鳥にパンのかけらを撒きおえると（犬が食べてしまうので、その日はこれで四回目か五回目だった）月桂樹の小径をしとやかに歩いて、常緑樹がつやつやと輝く裏庭にはいった。そして、そこで驚きの声をあげ——ほんとうに驚いたのか、それはもう儀式のようなものなのか、どちらにしろ——庭の高い塀を見上げた。どこかしら気まぐれそうな男が気まぐれそうな恰好で、塀にまたがっていた。

「ああ、飛び降りないで、ミスター・クルック」と娘は心配して言った。「そこは高すぎるわ」

天馬に乗っているかのように塀にまたがっているのは、骨張った背の高い若者で、知的で人目を惹く顔立ちをしていたが、その黒い髪は逆立ち、肌の色は黄ばんでいて、どこかしら外国人を思わせた。そうした特徴がよけいにめだって見えるのは、けばけばしい真っ赤なネクタイをしているせいだが、服装で唯一男が気をつけているのがどうやらその赤いネクタイのようだった。おそらく何かのシンボルなのだろう。男は娘の懇願するような心配にも耳を貸さず、バッタのように跳んで、娘のすぐそばの地面に降り立った。脚を折っていても不思議はないような跳躍だった。

「ぼくはきっと泥棒になるために生まれてきたんだよ」と若者はこともなげに言った。「いや、実際、この家の隣りのまともな家に生まれていなかったら、きっとなってたんじゃないかな。いずれにしろ、泥棒も悪くない」

「なんてことを言うの！」と娘は若者をたしなめた。

「いや」と若者は言った。「塀のまちがった側に生まれていたら、その塀を乗り越えるというのは悪いことじゃない」

「あなたっていう人はいったい次に何を言うのかも、次に何をするのかもわからない人ね」と娘は言った。

「自分でもよくわからなくなる」とミスター・クルックは答えた。「でも、いずれにしろ、これでぼくは塀の正しい側に来たわけだ」

「どっちが塀の正しい側なの？」と娘は笑みを浮かべて尋ねた。

「どっちの側でもきみのいる側さ」とミスター・クルックは答えた。

ふたりが月桂樹の小径を通り、前庭のほうに向かうと、自動車の警笛が三度鳴った。音は徐々に近づいてきて、なんとも優雅な薄緑の自動車がすばらしいスピードで、鳥のように玄関のまえにすべり込み、ブルブルとエンジンをうならせながら停まった。

「これはこれは！」と赤いネクタイの若者は言った。「これまた塀の正しい側に生まれたご仁のお出ましだ。知らなかったよ、ミス・アダムズ、きみのサンタクロースがこんなにモダンだったとは」

「あの方はわたしの名づけ親なのよ。レオポルド・フィッシャー卿。ボクシング・デーには毎年来てくださるの」

そのあといかにも自然な屈託のない沈黙が流れ、その自然さから逆に彼女が卿の来訪をさほど喜んでいるわけではないことがはしなくも知れた。ルビー・アダムズはそのことに自ら気づいて言いさした。「とても親切な方よ」

新聞記者のジョン・クルックは、この名だたる財界の大物のことはもちろん知っていた。一方、財界の大物のほうはクルックのことを知らなかったが、知らなくてもそれはもちろん大物が悪いわけではない。レオポルド卿は『クラリオン』や『新時代《ニュー・エイジ》』といった新聞の記事でよく叩かれている人物だった。それでもクルックは何も言わなかった。自動車から〝荷物〟が降ろされるのをただむっつりと眺めた。それだけのことにけっこう時間がかかった。まず緑の服を着た大男の運転手が車のまえから降りてきて、そのあと灰色の服をこざっぱりとまとった小男の従僕が車のうしろから降りてきた。ふたりはレオポルド卿をあいだにはさんで戸口の段のところまで卵を運び、入念に梱包された小包のように卵の〝荷解き〟を始めた。まずバザーでも開けそうなほど大量の膝掛け、森のあらゆる獣の毛皮、そのあと虹のすべての色がそろっている襟巻きが一枚ずつ剝がされ、ようやく人間らしい姿形をしたものが現われた。それはやさしそうだが、外国人のような風貌の老紳士で、灰色の山羊ひげをたくわえていた。顔には笑みを輝かせ、大きな毛皮の手袋をはめた両手をこすり合わせていた。

この顕現が終わるずっとまえから、著名な客を迎え入れるために、外玄関の大きなふたつのドアが真ん中から開けられ、アダムズ大佐（毛皮の令嬢の父親）が出てきていた。大佐は背が高く、日焼けした実に寡黙な男で、トルコ帽に似たスモーキングキャップ（十九世紀、喫煙時に煙のにおいが髪につくのを防ぐためにかぶった帽子）をかぶっていたので、エジプト軍のイギリス人司令官かエジプトの高官のように見えた。そんな大佐の横には、最近カナダからやってきた義弟がいた。いささか騒々しいところのある大柄な若い豪農で、黄色い顎ひげを生やし、名前はジェームズ・ブラントといった。もうひとりあまりめだたない男がいて、それは近所のカソリック教会の神父だった。大佐の亡くなった妻がカソリック信徒で、その子供たちが母親と同じ宗旨を継ぐよう躾けられるというのはよくあることである。しかし、この神父はどう見ても冴えない坊さんだった。名前まで地味な〝ブラウン（茶色）〟。それでも、大佐は昔から彼に親しみを覚えており、こうした家族の集まりにはよく招いていた。

　この家の玄関ホールはとにかく広く、レオポルド卿にしても余裕で自らの〝包装〟を解くことができた。実際のところ、家全体の大きさからすると、玄関が内も外も不釣り合いなほど広い家で、その玄関ホールは手前に玄関口、奥に階段のあるひとつの部屋を成していた。そんなホールの暖炉のまえで――暖炉の上には大佐の剣が掛けられていた――〝荷解き〟作業が完了すると、その場にいた者はみな、皮肉屋のクルックも含めて、レオポルド・フィッシャー卿に紹介された。一方、世間の尊敬を集める資産家の卿のほうは、何かがまだいっぱい詰まっているらしい衣裳の一部と格闘しており、それにかなり時間をかけ、ようやく燕尾服の奥のポケットから黒い楕円形の小箱を取り出した。そして、これは名づけ子へのクリスマスプレゼントだ、と見るからに嬉しそうに言い、どこかしら愛嬌のある素直な自慢顔で、みんなのまえにその箱を差し出してみせた。箱に軽く触れると蓋が開き、見ていた者はみな眼を眩ませた。まるで水晶の噴水がほとばしり、そのしぶきが眼に飛び込んできたかのように。オレンジ色のヴェルヴェットの巣の中の三つの卵さながら、三つのダイアモンドがまわりの空気そのものを燃え上がらせかねないほど明るく白く輝いていた。フィッシャー卿は立ったままむしろ慈愛の笑みを浮かべ、娘が驚いてうっとりするところも、大佐が揺るぎない称賛とうなるような謝意のことばを述べるところも、ほかの者たちがひたすら感嘆するところも面白がって観察した。

「それじゃあ、しまっておくよ、ルビー」とフィッシャー卿は言って小箱をまた燕尾服のポケットに戻した。「ここに来るあいだも用心しなきゃならなくてね。これは三つともアフリカ産のダイアだ。〝飛ぶ星〟なんぞという名がついている。というのも、しょっちゅう盗まれるからだ。大泥棒どもはみんなこいつを狙っているが、通りやホテルをうろうろしているチンピラ風情だって、これを見たら手を出さずにはいられなくなるだろう。実際、ここに来る途中でなくしていてもおかしくなかった。いや、ほんとうに」

「まあ、当然のことですよ。ぼくはそう思いますね」と赤いネクタイの男がうなるように言った。「だけど、そいつらが盗んでもそいつらを非難する気にはなれないな。だってパンを求めても石ころひとつ与えられないんじゃ、自分で石ころを拾おうとして当然じゃないですか」

「そんなふうに話すのはやめて」と娘が大きな声をあげた。なぜか顔を赤らめていた。「あなたがそんなことを言うようになったのは、あのなんとかというものになったせいよ。わかるわよね、わたしが何を言っているのか。煙突掃除人を抱きしめたがる人がいたら、あなたはその人をなんて呼ぶ？」

「聖人ですかな」とブラウン神父が言った。

「思うに」とレオポルド卿が人を見下したように言った。「ルビーが言っているのは社会主義者《ラディカル》のことだよ」

「急進主義者《ラディカル》というのはハツカダイコン《ラディッシュ》を食べて生きている人間のことじゃありません」

とクルックがいささかこらえ性をなくして言った。「また、保守主義者もジャムを貯えている人間のことじゃない。だから、言っておきますが、煙突掃除人と社交的な夕べを過ごしたがるのが社会主義者じゃないんです。社会主義者というのは、すべての家の煙突がきれいに掃除され、すべての煙突掃除人にきちんと賃金が払われることを望む人間のことです」

「しかし、それはまた」と神父が低い声で口をはさんだ。「人が自分の煤を持つことを許さない人間のことでもありますね」

クルックは興味と尊敬の念すら込めた声音で訊き返した。「煤を欲しがる人なんていますか？」

「いないこともありません」とブラウン神父は何かを考える眼つきで言った。「庭師は庭の手入れに煤を使うと聞いたことがあります。私自身、クリスマスに煤で六人の子供を喜ばせたことが一度あります。手品師が来なかったのです。それで煤を顔や腕や手に塗りつけたのです」

「まあ、面白そう」とルビーが言った。「それをここでもやっていただけないかしら」

これには騒々しいカナダ人、ミスター・ブラントも賛成し、大きな声をあげ、驚いた資産家も声をあげかけたところで（こっちは明らかに不賛成の声だったが）玄関のドアをノックする音が聞こえた。神父が両開きのドアを開けると、ドアの向こうに常緑樹やチリ松の前庭が見えた。今はそれがゴージャスな紫色の日没を背景に闇をさらに深めていた。額縁に収められたようなその景色は舞台の背景さながら、すこぶる色鮮やかに、また優雅にも見えたので、一同はいっとき戸口に立っているしがない男のことなど忘れた。すりきれたコートを着た、見るからに風采の上がらない男で、誰かの使い走りのようだった。「こちらにブラントという人はおいでですかね？」そう言って、男はおずおずと手紙を差し出した。ミスター・ブラントは自分だと答えたものの、その途中ではっとして、ことばを呑んだ。そして、明らかに驚いた様子で手紙の封を切って読みはじめた。その顔が少し曇った。が、それも束の間、すぐに晴れやかさを取り戻すと、家の主《あるじ》である義兄のほうを向いて言った。

「自分が迷惑そのものになることほど心苦しいこともないのですが、大佐」植民地風の習慣めいた明るい口調になっていた。「ちょっとした用事があって、ぼくの古い知り合いがここにお邪魔したら、それは文字どおりお邪魔になるでしょうか？　実のところ、知り合いというのはフローリアンなんです。あの有名なフランスの軽業師で、喜劇役者でもある男です。何年もまえにアメリカの西部で知り合ったんですが（彼はそもそもフランス系カナダ人なんです）どうやらぼくに用があるらしくて。どんな用なのかは見当もつきませんが」

「もちろん、少しもかまわない」と大佐は鷹揚に言った。「ジェームズ、きみの友達なら誰でもかまわない。彼がその逸材ぶりを発揮してくれるのは言うまでもないだろうし」

「もちろん彼も顔を黒く塗るでしょう、そのことを言っておられるのなら最初に言っておきますが」そう言って、ブラントは大きな声で笑った。「さらに誰の眼も黒くしてくれるはずです。ぼくは洗練された人間じゃないんでね。全然かまいません。昔ながらの明るいパントマイムが好きなんです、男が自分のシルクハットに坐り込んでしまうような、そんなパントマイムがね」

「それが私のシルクハットでなきゃいいが」とレオポルド・フィッシャー卿がむっつりと言った。

「まあ、まあ」とクルックが軽い調子で横から口をはさんだ。「喧嘩はやめましょう。シルクハットの上に坐るよりお下劣なおふざけなんてほかにもいっぱいあるんだから」

略奪者めいた考えにしろ、可愛い名づけ子と明らかに親密なところにしろ、赤ネクタイの青年のことはどうにも好きになれなかったので、フィッシャー卿はとことん嫌味を利かせた高圧的な態度で言った。「どうやらきみはシルクハットの上に坐るよりはるかにお下劣なことを知っているようだが、それはいったいどんなおふざけなんだね？」

「たとえばシルクハットをあなたの頭の上に坐らせるとかね」とこの社会主義者は言った。

「まあ、まあ」と今度はカナダの豪農が田舎者らしい気のよさを発揮して言った。

「愉しい夜を台無しにするのはやめましょう。どうです、今夜はみんなで何かやりませんか？　顔を黒く塗ったりシルクハットの上に坐ったりなんてことは、気に入らなければやらなくてもいいけれど、それでも何かそういうことをやりましょうよ。イギリス風の昔ながらのパントマイムはどうです？　道化師やコロンバイン（イギリスのパントマイムの主役ハーレクインの恋人）なんかが出てくるやつです。ぼくは十二歳のときにイギリスを離れたんですが、そのときに見たそれが頭から離れないんです。まるでかがり火みたいに頭の中で今でも燃えつづけているんです。でも、つい去年、懐かしい祖国に帰ってきたら、そういうものはもうすっかり姿を消していました。今のはめそめそしたおとぎ話ばかりです。ぼくが見たいのは、焼けた火搔き棒が出てきたり、警官がソーセージにされてしまったりするやつです。なのに、今のはお姫さまが月影のもとで道徳を語ったり、青い鳥が出てきたりといったものばかり。好みを言わせてもらえば、こっちは青い鳥より青ひげだな。青ひげがパンタロン（ハーレクインの相手役。コロンバインの父。馬鹿で意地悪な老人）になるやつなんか最高ですよ」

「警官がソーセージになることには諸手を挙げて賛成だな」とジョン・クルックが言った。

「それって社会主義の定義としては最近のものよりはるかにすぐれている。衣裳をそろえるのが大変そうだけど」

「そんなことはないよ」ブラントはもうすっかり夢中になっていた。「道化芝居《ハーレクイネード》ほど簡単なものもない。その理由はふたつある。まずひとつ、即興のギャグなんかいくらでもやればいい。もうひとつ、小道具はみんな家にあるものだ――テーブルとかタオル掛けとか洗濯物を入れる籠とか、みんなそういうものなんだから」

「確かに」とクルックは認めて、しきりとうなずきながら歩きまわった。「でも、残念ながら、警官の制服は用意できないなあ！　最近はひとりの警官も殺してないもんで」

ブラントはいっとき眉をひそめて思案顔になったが、すぐに膝を叩いて言った。「いや、大丈夫、用意できるよ！　フローリアンの住所がここに書いてある。彼はロンドンじゅうの衣裳屋を知っているはずだ。彼に電話して、ここに来るときに警官の衣裳を持ってきてもらうことにしよう」そう言うと、彼は電話のあるところまで跳ねるようにしていった。

「なんて愉しそうなんでしょう、おじさま」とルビーも今にも踊りだしかねない様子で言った。「わたしはコロンバインになるわ。おじさまはパンタロンね」

百万長者のフィッシャー卿は一種異教徒的ないかめしさを保ち、身をこわばらせていた。

「いや、ルビー、パンタロンは別の誰かにやってもらうべきだと思うね」

「じゃあ、よかったら私がやろう」とアダムズ大佐が口から葉巻を取って言った。大佐が口を利いたのはこれが最初で最後だった。

「これはもう記念の像でも建てなくちゃ！」とカナダ人が電話から顔を輝かせて戻ってきて言った。「これで全員の役が決まったようだね。ミスター・クルック、きみは道化だ。きみはジャーナリストで、古いジョークをいくらでも知っていそうだから。ぼくはハーレクインをやるよ。ただ長い脚で飛びまわっていればいいんだからね。わが友フローリアンは警官の衣裳を持ってくるって電話で言ってました。来る途中着替えてくるって。この広間でやりましょう。観客は向こうにあるあの広い階段に一列になって坐ればいい。そこの玄関のドアは舞台背景になりますね。開けてあっても閉めてあっても。閉めてあれば、イギリスの家の中、開けてあれば、月明かりに照らされた庭になる。何もかも魔法仕掛けというわけです」そう言って、彼はたまたまポケットの中に持っていたビリヤードのチョークを取り出し、広間の床、それに玄関のドアと階段の中間点にフットライトの場所を示す線を引いた。

くだらない余興にしろ、どうしてそんな短時間のあいだに準備できたのか。それは今もって謎だが、いずれにしろ、家に若さというものがあるときに発揮される無鉄砲さと勤勉さの両方を利用して、彼らはそれぞれ支度に取りかかった。実際、その夜、その家には若さがあり、若さの炎に煽られたふたつの顔とふたつの心があった。そのことには全員が気づいていたわけではないかもしれないが。それはともかく、この思いつきはおとなしいブルジョワ的慣習に基づくものだった。が、こうしたことの常として、かえってどんどん奔放なものになった。裾の広がったスカートを穿いたコロンバインはなんともチャーミングだったが、そのスカートは奇妙に居間の大きな電気スタンドのシェードに似ていた。道化とパンタロンは家のコックから調達した小麦粉で顔を白くして、ほかの使用人から借りた口紅で赤も入れた。もちろん、その使用人は（すべての真の篤志家のキリスト教徒がそうであるように）名前を明かそうとはしなかったが。ハーレクインはすでに葉巻の箱から取った銀紙を身にまとっていたが、さらに光り輝く水晶の飾りをつけようと、もう少しでヴィクトリア朝の古いシャンデリアを壊そうとさえした。それはみんながどうにか思いとどまらせた。実際のところ、ルビーが仮装舞踏会でダイアのクィーンに扮したときに使った、まがいものの宝石を見つけてこなかったら、ほんとうに壊していたかもしれない。まったくもって、このハーレクイン、ルビーの叔父は手に負えなかった。まさに小学生並みだった。そんな彼は紙でつくったロバの頭をいきなりブラウン神父の頭にかぶらせたりもした。ブラウン神父はそれに辛抱強くつきあったばかりか、耳を動かす方法さえ自分で編み出した。ブラントは紙でつくったロバの尻尾をレオポルド・フィッシャー卿の燕尾服につけようともしたが、渋い顔をされてこれはあきらめた。「叔父さまったら、なんだかおかしくなっちゃった」いたって真剣にクルックの肩にひとつながりのソーセージを巻きつけたルビーがクルックに言った。「どうしてあんなになっちゃってるの？」

「それは自分がハーレクインで、きみがコロンバインだからだよ」とクルックは言った。

「それにひきかえぼくは古くさいジョークを言うだけの道化だからね」

「あなたがハーレクインだったらよかったのに」と彼女は言って、ぶらぶら揺れているソーセージから手を放した。

ブラウン神父は、舞台裏の作業のことはどんなこともよく知っており、以前枕をパントマイムの赤ん坊に変えて拍手喝采を浴びたこともあったが、この夜は正面にまわって観客の中に坐った。生まれて初めてマチネを見る子供のように真剣そのもので、期待に胸をふくらませていた。観客は少なかった。親類に近所づきあいをしている者がひとりかふたり、それに使用人だけだった。レオポルド卿はまえの席に坐っており、今もまだ毛皮の襟巻きをしていて、着ぶくれもしていたので、そのうしろにいる神父はかなり視界がさえぎられた。しかし、だからといって神父がひどく損をしたかどうかについては、いまだに芸術界の権威のあいだでも意見が分かれるところだ。パントマイム自体は混乱のきわみだった。とはいえ、馬鹿にしたものでもなかった。全体を通じて、荒々しい即興が主に道化役のクルックによって次から次と繰り出された。クルックはもともと頭のいい男だが、今夜はまるで荒々しい無限の知識、世界そのものより賢い愚かさに触発されているかのようだった。世界そのものより賢い愚かさというのは、若者がほんの一瞬でもある特別な顔にある特別な表情を見たときに訪れるもので、彼は道化役のはずなのに、実際のところ、ほとんどすべての役をひとりでこなしていた。作者（作者がいればの話だが）にプロンプターに背景画家に道具係。それに何よりオーケストラまで。この途方もない芝居がいきなり幕間《まくあい》にはいると、そのたびに道化の衣裳のままピアノのまえに飛んでいき、ばかばかしくもこの場にうってつけの流行り歌を弾き鳴らしたのである。

この芝居のクライマックスは、この手のもののすべてがそうであるように、舞台の背景になっていた玄関の両開きのドアが開いたときに訪れた。月明かりに照らされた美しい庭園が見えた。が、それよりみんなの眼を惹いたのは、著名なプロであるその夜の客だった。偉大なるフローリアンその人が警官の衣裳をまとって現われたのだ。ピアノのまえにいた道化はオペレッタ『ペンザンスの海賊』から警官隊の合唱を弾いた。しかし、その音は大喝采に掻き消された。というのも、この偉大なる喜劇役者の動作ひとつひとつがひかえめながら本物の警官の物腰と所作を的確に再現していたからである。これを見て、ハーレクインが警官に躍りかかり、ヘルメットの上から殴りつけた。ピアノ係のクルックが『その帽子をどこで見つけた？』を弾く中、警官は驚きを見事に演じて、きょろきょろとまわりを見まわした。そんな警官をハーレクインがまた殴った（ピアノ係は『そこでわれらはもうひとつ』を思わせる旋律を奏でた）。ハーレクインはさらに警官の腕の中に飛び込むと、大変な喝采を浴びながら警官を押し倒した。よそからやってきた俳優が死んだ男を見事に演じきったのはこのときだった。この名演技についてはいまだにパットニー界隈では語り種になっている。実際、生きている人間がこれほど体をぐにゃりとさせられるとは、それはもう信じられないほどだったのである。

運動能力に長けたハーレクインはそんな警官を袋のように振りまわしたり、体操用の棍《インディアン・》棒《クラブ》のようにねじったり放り投げたりした。狂ったような滑稽なピアノの演奏に合わせて、それを長々とやった。そのあと滑稽この上ない巡査を床からハーレクインが重そうに持ち上げると、道化は『われは汝の夢から覚める』を弾いた。さらにハーレクインが巡査を背負うと、『肩にわが荷を負って』を弾き、最後にどこまでも迫真力に満ちた音とともに、ハーレクインが巡査を床に落とすと、狂ったピアニストは景気のいい曲を奏でながら、何かことばを口ずさんだ。その歌詞は〝恋人に手紙を書いて、途中で落とした〟だったと今でも信じられている。

いわば精神の無政府状態がこうして極限に達すると、ブラウン神父は完全に視界をさえぎられてしまった。前列に坐っていた財界の大物がすっくと立ち上がって、着ている服のポケットというポケットに手を突っ込みはじめたからだ。そのあと、なおも苛立たしげにポケットをまさぐりながらいったんは坐ったものの、また立ち上がった。今にもフットライトをまたいで、舞台に躍り出そうな様子だった。が、そこでピアノを弾いている道化を睨むと、無言のまま部屋から飛び出した。

ブラウン神父はそのあとほんの二、三分、素人役者のハーレクインが、見事に死んでみせている宿敵を尻目に、馬鹿げてはいても優雅に見えなくもない踊りを披露するのを見た。ハーレクインは荒っぽくとも本物の技量を示し、ゆっくりとうしろにさがり、戸口を抜けて、月明かりと静寂に満ちた庭園へと出ていった。銀紙とまがいものの宝石でつくった即席の衣裳は、フットライトを受けるところではぎらぎらしすぎていたが、ハーレクインの踊りとともに遠ざかると、明るい月明かりにますます銀色に輝き、いよいよ魔法を帯びて見えた。観客は盛大な拍手を送りながら、舞台に近寄った。が、そこで何者かがいきなりブラウン神父の腕に触れ、大佐の書斎に来るようにと彼に耳打ちをした。

ブラウン神父は何事かと疑念を募らせながら、呼び出した者についていき、大佐の書斎の滑稽にして厳粛な光景を見た。そうした光景を見てもその疑念が晴れることはなかった。アダムズ大佐がパンタロンの衣裳のまま、その恰好を気にすることもなく机について坐っており、節くれだったクジラのひげがその額の上で揺れていた。が、気の毒な老人の眼には、農神祭の浮かれ騒ぎさえ興醒めなものにしてしまいそうなほどの悲しみが宿っていた。レオポルド・フィッシャー卿が暖炉の炉棚に寄りかかっていた。自分が取り乱しているのは、それはそれ相当の理由があるからだと言わんばかりに喘いでいた。

「まことにゆゆしきことなのですが、ブラウン神父」とアダムズ大佐が言った。「実のところ、今日の午後みんなで見たあのダイアモンドがどうやらわが友の燕尾服のポケットから消えてしまったらしいのです。それでひょっとして、あなたは――」

「はい」ブラウン神父は笑みを浮かべながらそのさきを引き取って言った。「私は卿のうしろに坐っておりました――」

「そういうことを申し上げているのではありません」アダムズ大佐はそう言いはしたものの、その眼はしかとフィッシャーに向けられており、そのことがなにより〝そういうこと〟であることを示唆していた。

「私はただどんな紳士もしてくださるであろう協力をあ

なたにお願いしているだけです」

「それはつまりポケットを裏返して見せるということですね」ブラウン神父はそう言うと、実際にそうしてみせた。彼のポケットの中からは、七シリングと六ペンス、汽車の往復切符、小さな銀の十字架、小さな聖務日課書、それにチョコレートバーが出てきた。

大佐は長いこと神父を見てから言った。「実のところ、私としてはあなたのポケットの中身よりあなたの頭の中身を拝見したいのです。私の娘はあなたの宗派の信徒です。それがわかっているからお願いするのですが、最近、その、娘は――」大佐はそこでことばを呑んだ。

「最近、彼女は父親の家に凶悪な社会主義者を引き入れてしまった。金持ちからならなんでも盗んでやるなどと公言してはばからない輩を。その結果がこれだ。その金持ちがここにいたからだ。ほかにふたりといない金持ちが」

「私の頭の中身がお入り用というのなら、どうぞいくらでも」とブラウン神父はむしろものうげに言った。「その中身にどれほどの価値があるのかはあとでご判断いただくとして、いずれにしろ、その使い古しの頭のポケットから最初に出てくるのはこんなことです。ダイアモンドを盗もうとする輩は社会主義を論じたりはしないでしょう。むしろ」と取りすましてつけ加えた。「社会主義を糾弾するでしょう」

ほかのふたりははっとして身じろぎをした。神父はかまわず続けた。「ご承知のように、われわれは彼らを多少なりとも知っています。社会主義者はピラミッドを盗んだりしないのと同様、ダイアモンドを盗んだりもしません。それより今われわれが眼を向けるべきはわれわれが知らないただひとりの人物です。警官を演じていた男――フローリアン。彼は今どこにいるのでしょうか？」

　慌ててパンタロンが立ち上がり、大股で部屋を出ていった。そのあとは幕間となって、百万長者は神父を、神父は聖務日課書を見ていた。やがてパンタロンが戻ってきて、重々しい声でとぎれとぎれに言った。「警官はまだ舞台の上で寝そべっています。幕が六回も上がって降りたのにまだ倒れたままです」

　ブラウン神父は思わず聖務日課書を手から落とした。そして、立ち上がると、頭に空白ができたような顔をして眼を見張った。その灰色の眼にゆっくりと光が射した。が、口にしたのはまるで要領を得ない質問だった。

「失礼ながら、大佐、奥方が亡くなられたのはいつのことですか？」

「家内ですか！」と大佐は眼を丸くして訊き返した。「二ヵ月前のことですが。家内の弟のジェームズが来たのはその一週間後で、死に目には会えませんでした」

　小柄な神父は鉄砲に撃たれたウサギのように飛び上がって言った。「来てください！」いつになく興奮していた。「来てください。あの警官の様子を見る必要があります！」

　三人はコロンバインと道化（このふたりはなにやら愉しそうにひそひそ話をしていたよ

うだった）のそばを荒々しく通り過ぎ、すでに幕が降りている舞台に駆け込んだ。ブラウン神父が床に横たわったままの喜劇の警官の上に屈み込み、そのあと上体を起こして言った。

「クロロホルムだ。今やっとわかりました」

愕然として全員が黙り込んだいっときが過ぎて、大佐がおもむろに言った。「真面目な話、いったいどういうことなのか説明してください」

ブラウン神父はいきなり笑いだした。が、すぐにこらえて、そのあとは時々笑いを嚙み殺すような顔をするだけだった。「みなさん」と喘ぎながら言った。「今はあまり話している時間がありません。犯人を追わなくちゃなりません。しかし、警官を演じたこのフランスの偉大な俳優は――ハーレクインがワルツを踊り、揺すったり、放り投げたりしたこの賢い死体は――この人物は」そこで彼はまた笑いをこらえてことばを切ると、走りだそうとしてみんなに背を向けた。

「この人物は？」とフィッシャーが尋ねた。

「ほんとうの警官だったのです」そう言ったときにはもうブラウン神父は暗闇に向かって走りだしていた。

植物の葉が生い茂る庭園には、隅に窪地や木陰があり、そこではサファイア色の空と銀色の月を背景に、月桂樹やほかの常緑樹が真冬にあっても南国のような暖かな色彩を呈していた。揺れる月桂樹の葉の浮かれた緑、紫がかった夜空の豊かな藍色、巨大な水晶のような月が無責任とも言えるロマンティックな景色を呈していた。そんな木々の梢を奇妙な人影がよじ登っていた。その姿はロマンティックというより信じがたいというほかはない。頭から踵《かかと》まで全身がきらきらと光っていた。まるで幾千万もの月をまとってでもいるかのように。本物の月のほうはそんな男の一挙一動を確実にとらえ、動くたびに限なくその人影を燃え上がらせていた。男は体を揺らし、月の光を反射させながら、庭園の低い木から高い木へ見事に移動していたが、ふとそこで動きを止めた。低い木の下に別の人影が現われ、過《あやま》たず男に声をかけたからである。

「やあ、フランボー」と木の下の人影は言った。「あなたはまさに〝飛ぶ星〟ですね。しかし、飛ぶ星というのは最後には常に〝流れ星〟となって地に落ちるものです」

樹上で銀色に輝いていた人影が月桂樹の葉の中から身を乗り出したのがわかった。逃げる自信があるのだろう、下にいる小男のことばに耳を傾けていた。

「今回のは今までの中で最高の出来ですね、フランボー。ミセス・アダムズが亡くなってまだ一週間しか経っていないときに、カナダから（あなたが持っていたのはパリからの切符だと思うけれど）やってきたのは実に賢い策でした。そんなときには誰もあれこれ訊いたりする気分ではないでしょうから。しかし、〝飛ぶ星〟に眼をつけて、フィッシャーが来る日を突き止めたのはそれ以上に賢かった。そのあとのことはもう賢いなんてものではありません。天才的としかほかに言いようがない。宝石を盗むことそれ自体は、あなたにとっては赤子の手をひねるようなものだったでしょう。フィッシャーの上着に紙でつくったロバの尻尾をつけるふりなんぞしなくても、手先の早業でどんなやり方でも盗めたでしょう。でも、そのあとはいただけません。あなたらしくありませんでした」

緑の葉の中の銀色の人影はまるで催眠術にでもかかったかのように、そこから動こうとしなかった。うしろに逃げるのはいとも簡単なことなのに、下にいる男をただじっと見ていた。

「そう」と下の男は言った。「全部お見通しです、フランボー。あなたはパントマイムをみんなに強要しただけではなかった。それを二重の目的に利用したのです。あなたは宝石をこっそり盗むつもりでした。ところが、そこへ仲間から知らせがはいりました。その知らせで、あなたにはすでに疑いがかけられていて、有能な警官がひとりまさに今夜あなたを捕まえにやってくることがわかりました。ここで並みの泥棒なら、その警告に感謝して、逃げ出すところだったでしょう。しかし、あなたは詩人です。あなたは本物の宝石を小道具のまがいものの宝石の中に隠すという妙策をまえもって考えていました。それでこう思ったのです、ハーレクインの恰好をしてしまえば、そこに警官が現われても何も不自然なことはないと。あなたを捕まえにパットニーからやってきた、いろいろな意味で適任の警官は、つまるところ、この世にこれ以上ない奇妙な罠に足を踏み入れてしまったわけです。

玄関のドアが開けられると、そこはもうクリスマスのパントマイムの舞台で、踊るハーレクインに蹴られるわ、棍棒で殴られるわ、気絶させられるわ、麻酔薬を嗅がせられるわだったのですから。それもパットニーでも指折りの立派な人たちの哄笑に包まれてやられたわけです。そう、これよりすばらしいことはあなたにしてももう二度とできないでしょう。しかし、それよりそろそろあのダイアモンドを返してもらえないでしょうか？」

きらきらと光る人影が揺れ、枝の緑が驚いたかのようにかさこそとさざめいた。それでも声の主は続けた。「返してほしいのです、フランボー。あなたにはもうこんな生き方はしてほしくありません。あなたにはまだ若さと名誉と茶目っ気があります。そういうものが今の稼業でいつまでも続くと思ってはいけません。人には、善良のレヴェルをある程度保つことはできても、悪のレヴェルをいつまでも保つことはできないからです。そんなことができた人間はこれまでひとりもいません。悪の道はどこまでも下り坂です。親切な人間も酒を飲んで、残忍になることがあります。正直な人間が人を殺して、そのことで嘘をつくこともあります。最初はあなたのような義賊で、金持ちだけから盗む愉快な泥棒だったのが、結局、最後は泥にまみれるなどという例は私が知っているだけでも腐るほどあります。たとえば、フランスのモーリス・ブルーム。もともとは信念のある無政府主義者で、貧しい者たちの父だったのに、結局のところ、敵にも味方にも利用され、侮蔑され、最後は薄汚れたスパイ、密告者になり果ててしまいました。ハリー・バークも資産解放運動を誠実に始めたものの、今ではブランデー&ソーダを飲みたいために、飢え死にしかけているような姉にたかっている始末です。アンバー卿はいわば騎士道精神からやくざな世界に身を投じたものの、今ではロンドンでも最低レヴェルのハゲタカどもから強請《ゆす》られ、金をむしり取られています。バリロン大尉はあなたよりまえの時代の大いなるならず者紳士でした。それが最後には彼を裏切って追いつめた〝警察の犬〟に怯えて、絶叫しながら精神病院で息絶えました。フランボー、あなたのうしろの森がいかにも自由そうに見えるのはわかります。あなたなら一瞬にしてその森にサルのように溶け込めることも知っています。それでも、あなただっていつかは年老いた白髪のサルになるのです。自由な森にただひとり――木々の梢の葉もすっかり枯れ落ちた森にただひとり――心は冷えきり、近づく死を待っているだけのサルに」

あたりは依然ひっそりとしていた。まるで下にいる小男が眼に見えない長い糸で樹上の男をつなぎ止めているかのようだった。小男はさらに続けた。「あなたの堕落はもうすでに始まっています。あなたは卑劣な真似は絶対にしないことを自慢していました。それが今夜はその卑劣なことをしてしまっています。あなたはすでにさまざまな不利を負っている正直な青年に疑いがかかるような真似をしています。その青年が愛し、その青年を愛している女性とその青年の仲を裂こうとしています。しかし、そんなことは序の口でしょう。あなたは死ぬまでにもっともっと卑劣なことをするようになるでしょう」

木の上から三つのダイアモンドが芝生の上に落とされた。小男は屈んでそれを拾い上げた。そしてまた上を向いた。が、そのときにはもう銀色の鳥は姿を消していた。

宝石が戻ったことで（よりにもよってブラウン神父がたまたま拾ったことで）その夜は愉しい浮かれ騒ぎのうちに終わった。そのときの雰囲気は上機嫌のレオポルド卿の次のことばからもよくわかるはずだ。彼はブラウン神父にこんなことを言ったのである——私自身は幅の広い考えを持つ者だが、修道院にこもって世俗に無知になることを強いる教義を信じるような人たちに対しても、敬意を払うことには吝《やぶさ》かでない、と。

透明人間

The Invisible Man

カムデン・タウンの二本の急な坂道を覆う冷たく青い夕暮れの中、角の菓子屋の明かりが火のついた葉巻の先っぽのように輝いていた。いや、むしろ花火の先端と言うべきかもしれない。というのも、その明かりは色とりどりに入り乱れ、いくつもの鏡にぶつかって撥ね返され、金色と派手な色合いの多くのケーキと砂糖菓子の上でダンスをしていたからである。そんな炎のような一枚ガラスのショーウィンドウに、大勢の浮浪児が鼻をべったりと押しつけているのは、どのチョコレートもチョコレートそのものよりすばらしいとも言える赤や金や緑の包み紙で包まれているからだ。ショーウィンドウに飾られている巨大な白いウェディングケーキなど、どこかしら遠い存在でありながら、同時に人を大いに愉しませ、そのさまはまるで北極全体が食べるにふさわしいものにでもなったかのようだった。こうした虹色の誘惑に近所の十歳から十二歳ぐらいまでの子供を惹きつける力があるのは当然のことながら、この角の店はもっと年上の若者にも充分魅力的なところで、二十四歳にはなっていると思われる若い男がひとり、さきほどからそのショーウィンドウをじっとのぞき込んでいた。この店はその若い男に向けてもとてつもない魅力を放っていたのだ。が、その理由はチョコレートがすべてというわけではない。といって、その若者がチョコレートを馬鹿にしていたわけでもないが。

髪は赤毛で、背は高く、体型はがっしりとして、その顔からはどこか意を決したようなところがうかがえたが、その態度からは覇気があまり感じられない青年だった。小脇に無彩のスケッチをはさんだ平たい灰色の紙ばさみを抱えており、そういうスケッチをどうにか出版社に売り込んで糊口をしのいでいた。そういう暮らしは伯父(海軍大将)に勘当されて以来のことだが、社会主義の経済理論に反対する講演をしたがために、逆に社会主義者と伯父に見なされてしまったのだった。ジョン・ターンブル・アンガス。それがこの青年の名だった。

ようやく店の中にはいると、彼は菓子屋の店舗の中を抜け、売り子の娘に向けて帽子を掲げるだけの挨拶をして奥の部屋――喫茶食堂のようなところ――に向かった。売り子の娘は黒い服を着ており、黒い髪で、品がよく、きびきびとしていた。顔の色つやもよく、とてもよく動く黒い眼をしていた。アンガスが食堂にはいると、いつもの間《ま》を置いてから、注文を取りに食堂にはいってきた。

アンガスの注文は明らかにいつもと変わらないもののようだった。「今日は」と彼はそれでも正確に伝えた。「半ペニーの菓子パンとブラックコーヒーを小さなカップで」そして、娘が背を向ける直前に言いさした。「それと、ぼくと結婚してほしい」

店の若い娘は急に身をこわばらせて言った。「そういうジョークは許せないんだけど、わたし」

赤毛の若者はその灰色の眼で見上げたが、意外なことにその眼つきは真剣そのものだった。

「本気も本気だよ」と彼は言った。「真面目に言ってるんだ——半ペニーの菓子パンと同じくらい真面目にね。結婚の申し込みは高くつく。菓子パン同様。ちゃんとお金を払うんだから。それに消化不良になるところも同じだ。胸やけみたいに心が痛むんだから」

黒髪の娘は彼からその黒い眼を片時もそらさず、いっそ悲劇的なほど正確に彼を観察して、その検分がすむと、微笑のようなものをうっすらと顔に浮かべて椅子に腰をおろした。

「きみはこうは思わないかな」とアンガスはまるで上の空でものを言うかのように言った。「この半ペニーの菓子パンを食べてしまうのは残酷なことだって？　もしかしたら、こいつは成長して一ペニーの菓子パンになるかもしれないんだから。だから、ぼくたちが結婚したら、そんな野蛮なお遊びはもうやめようと思ってる」

黒い髪の娘は椅子から立ち上がると、窓辺まで歩いた。何かをしっかりと考えているふうだったが、アンガスのことをまんざらでもなく思っているのは明らかだった。そんな彼女がようやく振り向くと、驚いたことに、アンガスはショーウィンドウからさまざまな品物を持ってきて、注意深くテーブルの上に並べていた。鮮やかな色の砂糖菓子をピラミッドのように重ねていた。それにサンドウィッチが数皿と、ケーキ職人が使う謎めいたポートワインとシェリー酒のデカンタをひとつずつ。そうしたものをきれいに並べた中に、ショーウィンドウの巨大な飾りになっていた、砂糖を振った白くて巨大なケーキがことさら注意深く置かれていた。

「いったいぜんたい何をしてるの？」と娘は尋ねた。

「義務を果たしてるんだよ、ぼくのローラ」と彼は言った。

「何を言ってるの」と彼女は言った。「ちょっと待ってよ。それにそんなふうに呼ぶのはやめて。とにかくそれはなんなのよ？」

「お祝いのご馳走だよ、ミス・ホープ」

「じゃあ、それは？」と彼女は砂糖の山を指差して苛立たしげに言った。

「ウェディングケーキだ、ミセス・アンガス」

ローラはその品物につかつかと歩み寄ると、乱暴に持ち上げてもとのショーウィンドウに戻した。そして、また戻ってくると、テーブルに優雅に両肘をついて、アンガスを憎からず思ってはいるものの、それでも相当腹を立てた様子で言った。

「あなたったらわたしに考える時間を与えてくれないんだもの」

「ぼくはそんな馬鹿じゃないからね」とアンガスは言った。「ぼくなりにキリスト教徒としての謙譲の美徳を発揮して言えば」

彼女はなおも彼を見つめていた。が、その微笑みの陰には大層深刻な気配も見て取れた。

「ミスター・アンガス」と彼女は揺るぎない口調で言った。「あなたがこんな馬鹿げたことをこのあとも続けるのなら、そのまえにわたしにはあなたに話しておかなければならないことがある。できるだけ手短に話すから聞いてちょうだい」

「喜んで」とこれにはアンガスも真面目に答えた。「その話のついでにぼくのことも話してくれてもかまわないからね」

「いいからおしゃべりはやめて聞いてちょうだい」と彼女は言った。「わたしにとって恥ずかしいことでもないし、ことさら悔やんでいることでもないんだけれども、それでもわたしには関係のないことなのに、まるで悪夢のようにわたしを悩ませていることがあるって言ったら、あなたはどう思う？」

「そういうことなら」と彼は真面目くさって言った。「ぼくとしてはあのケーキをまたここに戻すことを提案しないわけにはいかないな」

「いいから、とにかく最初にわたしの話を聞いて」とローラは強く主張した。「まず最初に言っておかなければならないのは、わたしの父はラドベリーで紅鮭《レッド・フィッシュ》亭という宿屋を経営していて、わたしはその宿屋の酒場で給仕をしてたってことよ」

「いつも不思議に思ってたんだよ」とアンガスは言った。「どうしてこのお菓子屋にはキリスト教の雰囲気が漂ってるんだろうって（〝魚〟はキリストの象徴）」

「ラドベリーというのは東部地方の草深い小さな村で、それはもう眠くなるようなところよ。だから紅鮭亭もたまに行商人が立ち寄るぐらいで、ほかにやってくるのはもうどうしようもない人たちばかり。あなたなんか見たこともないようなね。みんなどうしようもないぐうたらで、生きていくお金はどうにかあるんだけれど、することは何もないような人たちよ。酒場に入りびたって、馬に賭けたりすること以外は何もね。着ているものもひどい趣味のものなんだけれど、それでも着ている本人よりはずっとましね。そんなどうしようもない若い人たちなんだけど、うちの店ではすごく下品になるわけでもなかった。ただ、ふたりだけとことんどうしようもないのがいたのよ。それはもうあらゆる意味でどうしようもないの。ふたりとも自分のお金で暮らしてるんだけど、あきれるほどの怠け者で、おめかし屋だった。ただ、わたしはそのふたりをちょっとだけ可哀そうにも思ってた。なぜって、わたしはこんな気がしたから。あのふたりがうちみたいなさびれた酒場にこそこそやってくるのは、ふたりともちょっと醜いからじゃないかって。田舎者ならすぐに物笑いの種にしちゃいそうなそんな醜さよ。といって、奇形とかいうわけじゃないのよ。変わってるっていうのがあたってるわね。ひとりはものすごくちっちゃいの。小人みたいに。あるいは少なくとも競馬の騎手並みに。見た目は全然騎手みたいじゃなかったけれど。丸い頭に黒い髪で、よく手入れされた黒い顎ひげを生やしてて、鳥みたいによく光る眼をしてるの。ポケットに入れたお金をいつもじゃらじゃら言わせてて、大きな金時計の鎖もちゃらちゃら鳴らしてて、来るときにはいつも紳士みたいにめかし込んでくるのよ。ただ、めかし込みすぎてるものだから、とても紳士には見えなかったけど。馬鹿じゃないんだけど、とにかくどうしようもないほど暇な人なのよ。で、なんの役にも立たないようなことにかけてはどんなことも妙に器用にこなすのよ。たとえば、即興で手品をするとか。ほんとうの仕掛け花火みたいに立て続けに十五本のマッチ棒に火をつけるとか。バナナとかそういうものを切って踊る人形をつくるとか。名前はイジドー・スマイズ。今でも眼に浮かぶわ。浅黒いちっちゃな顔でカウンターのところまでやってきて、飛び跳ねるカンガルーを五本の葉巻でつくってるところが。

もうひとりはもっと無口でもっと普通の人よ。でも、わたしにはその人のほうが哀れな小男のスマイズより怖かった。とても背が高くて痩せていて、明るい色の髪をしていて、鼻が高くて、幽霊か何かの世界ならもしかしたらハンサムで通っていたかもしれない。ただ、見たことも聞いたこともないほどひどい斜視なのよ。だから、彼にまっすぐに眼を向けられると、自分がどこにいるのかもわからなくなっちゃう。彼が何を見てるのかなんて言うまでもないわ。そういう外見のせいで、あの可哀そうな人はきっと嫌な思いをいっぱいしてきたんだろうって思う。スマイズのほうはどこでも子供だましの手品ができるわけだけど、ジェームズ・ウェルキン（それがその斜視の人の名前よ）のほうは、うちの酒場に入りびたるか、平坦で灰色の田舎をひとりでただ歩きまわるしかなかったのよ。もちろん、スマイズだってすごくちっちゃいことを気にしてたでしょうけど、ウェルキンよりもっと如才なく振る舞ってた。それはともかく、わたしはそんなふたりにそれも同じ週に結婚を申し込まれたのよ。それには驚きもしたけど、困りもしたわ。それからふたりが気の毒にもなった。

それで、あとから考えると馬鹿としか言いようのないことをしてしまったのよ。奇妙なふたりにしろ、結局のところ、ふたりともある意味ではわたしの友達だったから。だから、ふたりの申し込みを断わるほんとうの理由を知られるのが怖かったのよ。ありえないほど醜いというのがほんとうの理由だったわけだけど。それで別のでたらめな理由をでっち上げたのよ。この世の中で自分の力で道を切り拓いた人としかわたしは結婚するつもりはないって。あなたたちみたいに親の遺産で暮らすというのはわたしの主義に反するって。わたしとしては善意からそう言ったわけだけど、その二日後からすべての厄介事が始まったわけ。まず最初にわたしが聞いたのは、ふたりとも宝探しに出かけたということだった、まるで馬鹿げたおとぎ話の主人公みたいに。

それ以来、今日までふたりのどちらとも会ってないんだけど、小男のスマイズからは二度手紙をもらったわ。そして、その手紙にはびっくりするようなことが書いてあったの」

「もうひとりのほうからはなんの連絡もないのかい？」とアンガスは尋ねた。

「そう、手紙が来たことは一度もないわ」とローラは一瞬ためらってから答えた。「でも、スマイズの最初の手紙には、ウェルキンと一緒にロンドンまで歩いたとだけ書いてあって、ウェルキンのほうは脚がとても丈夫だから、ちっちゃいスマイズは途中で置いてきぼりにされたそうよ。それで道端で休んでいたら、そこへたまたま通りかかったドサまわりの一座に拾われたんだって。それがきっかけで、彼は小人ほどにもちっちゃいし、それと機転も利くいたずらっ子だから、ショービジネスの世界で大成功したのよ。そのあとすぐにアクアリウム座に引き抜かれて、なんだか忘れたけど、手品もやってたんだって。それが彼の最初の手紙で、二通目の手紙にはもっと驚くべきことが書かれてた。その手紙をもらったのはつい先週のことよ」

アンガスはコーヒーを飲み干すと、辛抱強いおだやかな眼でローラを見つめた。ローラはさきを続けた。彼女自身の口元も今にも笑いだしそうに少しゆがんでいた。「あなたもあちこちの広告板で〝スマイズの物言わぬ召使い〟というのを見たことがあるんじゃない？　もし見てなかったら、見てないのはきっとあなただけよ。そう、わたしだってよく知ってるわけじゃないけど、家事全般をこなしてくれる、ゼンマイ仕掛けの発明品よ。わかるでしょ、どういうやつか。〝ボタン一押し――下戸の執事〟とか〝ハンドルを一ひねり――いちゃついてこない十人の家政婦〟とか。きっとあなたもどこかで見てるはずよ。まあ、それがどんな機械にしろ、お金がすごく儲かるわけ。そして、その儲けはすべてわたしがラドベリーの田舎で知っていたあのおチビちゃんの懐にはいるってわけ。あの可哀そうなおチビちゃんが最後にはちゃんと自立できたことはわたしだって嬉しいわ。でも、正直なところ、わたしは怖いのよ。今にも彼がひょっこり現われて、おれはちゃんとこの世で道を切り拓いたって言うんじゃないかと思うと――実際、それは嘘でもなんでもないんだから」

「もうひとりのやつは？」とアンガスはある意味で依怙地なほど落ち着いた口調で繰り返した。

ローラ・ホープはいきなり立ち上がって言った。「そう、それよ。あなたってほんとうになんでもよくわかってるのね。ええ、そのとおりよ。もうひとりのほうからは一行たりと手紙は来ないわ。だからどこでどうしているのかもわからない。でも、わたしが心底恐れてるのはこの人のほうよ。わたしの行く先々につきまとってくるのは。わたしを半分気が狂ったようにさせるのは。いいえ、ほんとうのところ、わたしはもうおかしくなってるのかもしれない。だって、彼がいるはずもないところで彼の気配を感じたり、しゃべるはずもないときに彼の声が聞こえてきたりするんだもの」

「でも、ぼくの可愛い人」と若者はむしろ快活に言った。「たとえそいつが悪魔そのものだったとしても、こうしてそのことをきみがぼくに話した以上、そいつはもうおしまいだ。人間というのはひとりぼっちでいると狂ったりするものさ。でも、そのやぶにらみのわれらが友の存在を感じたり、その声を聞いたりしたと思うのはどんなときだったんだい？」

「笑い声が聞こえたのよ、今あなたと話してるのと同じくらいはっきりとジェームズ・ウェルキンの笑い声が」とローラは落ち着いた口調で言った。「近くには誰もいなかったのに。わたしはこのお店の外にいたの。四つ角に。だから通りは両方ともずっと先まで見通せたわ。彼の笑い声はその斜視と同じくらい異様だったけど、それまで彼の笑い声なんか忘れてた。彼のことなんか一年近く考えもしなかった。でも、それからほんの二、三秒後のことよ。彼の恋敵から最初の手紙が届いたのは。それはまぎれもない事実よ」

「きみはその幽霊に何かしゃべらせるとか鳴き声をあげさせるとかしたことはないのかい？」とアンガスは明らかに興味を覚えて尋ねた。

ローラはいきなり身震いをした。が、声までは震えていなかった。「ええ、ちょうど自分の成功を知らせるイジドー・スマイズからの二通目を読みおえたときよ。そのときウェルキンの声がはっきりと聞こえたの。〝だからと言って、きみはあいつのものになんかなりゃしない〟って。まるで彼が同じ部屋にいるみたいにはっきりと聞こえたのよ。わたし、怖いわ。わたし、ほんとに気が狂ってしまったのね」

「ほんとうに狂ってしまったのなら」と若者は言った。「自分のことをきっと狂ってなんかいないと思うはずだ。それでも、その見えない紳士には確かに奇妙なところがあるみたいだな。頭はひとつよりふたつあったほうがいいものだ――体のほかの部分については今ここではことばをさしひかえるけど――実際の話、きみがぼくのことを頑健で実際的な男と思ってくれるなら、あのウェディングケーキをまたショーウィンドウからここに持ってこようかと――」

彼が言いおえないうちに表の通りから鋼鉄が軋るような音が聞こえ、小型の自動車がすさまじいスピードで菓子屋の店先までやってきて停車した。そう思ったときにはもう、つややかなシルクハットをかぶった小男が店の売り場にはいってきており、そこで足を踏み鳴らしていた。

アンガスはそれまでは精神衛生学上の理由から、上機嫌で余裕のある態度を取っていたのだが、さすがに心の緊張を隠しきれなくなり、奥の部屋から飛び出すと、その新参者に相対した。一目見ただけで、彼には恋する自分のあてずっぽうがあたっていたことがわかった。洒落た恰好はしていても小人と変わらない背丈のその男こそ――高慢にまえに突き出たとがった黒い顎ひげにしろ、利口そうではあっても落ち着きのない眼にしろ、器用そうで神経質そうな指にしろ――今ローラから聞いた男にちがいなかった。バナナの皮とマッチ箱で人形をつくるイジドー・スマイズ。下戸の執事といちゃついてこない家政婦の機械で大金を儲けたイジドー・スマイズ。ふたりの男は、この女はおれのものだという感覚を互いに感じ取ると、敵愾心の魂であるところの奇妙で冷たい寛大さで、いっとき顔を見合わせた。

ところが、ミスター・スマイズはふたりが根本的に敵対する状況には触れることなく、だしぬけにただこう言った。「ミス・ホープはショーウィンドウのあれをもう見てるんだろうか？」

「ショーウィンドウのあれ？」とアンガスは眼を見開いて訊き返した。

「ほかのことを説明している暇はない」と小男の百万長者は不愛想に言った。「どこかの馬鹿がここで悪ふざけをしている。こいつは調べる必要がありそうだね」

スマイズはぴかぴかに磨いたステッキで、さきほどアンガスが婚礼の準備のために空っぽにしたショーウィンドウを示した。アンガスはそれを見て驚いた。ショーウィンドウのガラスの外側に細長い紙が貼ってあったのだ。少しまえにショーウィンドウを見たときにはそんなものはなかった。彼はエネルギッシュなスマイズについて外に出た。切手シートの耳の部分がガラスの外側に丁寧に貼られていた。長さは一ヤード半ほどもあって、そこには乱暴な字体で次のようなことが書かれていた――〝きみがスマイズと結婚すれば、スマイズは死ぬ〟。

「ローラ」とアンガスはその赤毛の大きな頭を店の中に突っ込んで呼ばわった。「きみはやっぱり狂ってなんかいなかったよ」

「ウェルキンのやつの筆跡だ」とスマイズがむっつりと言った。「もう何年も会ってないが、今でも始終嫌がらせをしてくるんだ。この二週間のあいだにも脅迫状が五通もぼくのフラットに届いた。もちろん誰が置いていったのかも、そもそもウェルキンの仕業かどうかもわからないわけだが。フラットの門衛も怪しい者などひとりも見かけなかったと言ってる。それが今度は誰の眼にもつくショーウィンドウに貼りつけやがった、まるで腰板みたいに。それも店にいた人間が――」

「おっしゃるとおり」とアンガスはへりくだって言った。「それも店にいた人間がお茶を飲んでいたときにね。いや、問題にまっすぐに取り組むきみの姿勢には敬服するよ。そのことはまずなにより申し上げておきたい。ほかのことはあとで話し合おう。犯人はまだそれほど遠くへは行っていないはずだ。十分から十五分ほどまえにショーウィンドウのところに行ったときには、紙はまだ貼られてなかったんだから。一方、追いかけるにはもう遠すぎるところに行ってしまったとも言える。どっちへ逃げたかもわからないんだから。そこで提案なんだけれど、ミスター・スマイズ、この件は今すぐ有能な調査員の手に委ねたほうがいいように思う。それも警察ではなく私立探偵に。ものすごく頭の切れる男をひとり知ってるんだよ。その男のオフィスが車でここから五分ほどのところにある。フランボーという名で、若いときには荒っぽいこともやっていた男だけれど、今ではどこまでも正直な真人間になっている。金を払うに足る頭脳の持ち主だ。そういう男がハムステッドのラックナウ・マンションに住んでるんだよ」

「そいつは奇遇だ」と小男は黒い眉を吊り上げて言った。「ぼくはヒマラヤ・マンションに住んでるんだ、ラックナウのすぐ近くの。よかったらきみも一緒にきてくれ。ぼくは自分のフラットに戻って、ウェルキンの怪しい手紙を整理しておくから、きみのほうはひとっ走りしてその探偵を連れてきてくれ」

「賢明な判断だね」とアンガスは礼儀正しく言った。「それじゃ、善は急げだ」

ふたりの男は即席の奇妙な公正さを示して、ローラに同じように形式ばった別れの挨拶をすると、スピードの出る小型車に飛び乗った。スマイズがハンドルを握り、車が通りの大きな角を曲がったとき、アンガスは〝スマイズの物言わぬ召使い〟という巨大なポスターを見かけ、面白いと思った。それにはフライパンを持った、首のない鉄製の巨大な人形の絵が描かれ、〝へそを曲げない料理人〟ということばが添えられていた。

「自分の家でも使っていてね」と黒ひげの小男は笑いながら言った。「宣伝のためもあるけれど、ほんとうに便利なんだよ。正直にひいき目なしに言うけど、ぼくのあの大きなゼンマイ人形は石炭でもクラレットでも列車の時刻表でもなんでも、ぼくが知ってる生身のどんな召使いより早く持ってきてくれる。どのボタンを押せばいいのかさえわかっていれば。ただ、ここだけの話だけれど、そんな召使いにも実は不便なところがないとは言えない」

っていたかは教えてくれない」

「ほんとうに？」とアンガスは尋ねた。「彼らにもできないことがある？」

「そう」とスマイズはすまして答えた。「誰がぼくのフラットのまえに脅迫状を置いていったかは教えてくれない」

この男の車も持ち主同様、小さくて機敏だった。実のところ、その車も家事用召使いと同じ彼の発明品だった。スマイズは宣伝巧みな山師かもしれないが、自らの製品を信じている男だった。夕暮れの衰えかけた陽射しの中、長く白いカーヴが続く通りを疾走するうち、何か小さなものが飛んでいるという感覚がますます強くなった。やがて白い通りのカーヴはさらにきつく、めまぐるしくなり、今やふたりは現代宗教で言う螺旋的上昇を体験していた。エディンバラほど絵になる景色とはいかなくても、それでもほとんどエディンバラと同じくらい切り立ったロンドンの一画を登りつめようとしていた。高台の上にさらに高台が続き、ふたりがめざすマンションの特別な塔はそんな中でもひときわ高く、それこそピラミッドのようにそびえ立っていた。横からの夕陽を浴びて黄金色に光り輝いていた。それが角を曲がってヒマラヤ・マンションと呼ばれる三日月形の区画にはいると、窓を開けたように景色が一変した。フラットの上にフラットが積み重なり、それがまるで緑の瓦の海に浮かんでいるかのように、ロンドンの上に鎮座していた。マンションの向かい側――砂利を敷いた三日月形の区画のもう一方の側――には、庭園というより、屹立する生け垣か土手のような囲われた茂みがあり、そこからいくらか下がったところを人工の川が流れていたが、それは運河だった。木々にこんもりと覆われた城の堀のような。車はそんな三日月形の区画の中を走った。ある曲がり角では、栗を売る男の屋台がぽつんと置かれたままえを通り過ぎた。その曲がり角では、濃紺の制服を着た警官がゆっくりと歩いているのが遠くにぼんやりと見えた。その屋台の男と警官が市《まち》はずれのその淋しい高台のたったふたつの人影で、アンガスはそのふたりがロンドンの無言の詩を表現しているような不条理な感覚を覚えた。彼らがまるで物語の中の登場人物のような。

小さな車はめざす建物まで銃弾のように飛んでいくと、そこで車の持ち主を砲弾のように発射した。その持ち主はすぐに光り輝く金モールをつけた背の高い門衛と、ワイシャツ姿の背の低い用務員に、留守中誰か訪ねてはこなかったかと尋ねた。ふたりは、まえにスマイズに同じことを尋ねられてからは、人も物もいっさいふたりのまえを通ってはいないと請け合った。これを聞いて、スマイズは少々戸惑い気味のアンガスとエレヴェーターに乗ると、ロケットみたいに最上階まで飛んで上がり、息を切らせて言った。

「ちょっとはいってくれ。例のウェルキンの手紙を見せたい。ひとっ走りしてきみの友達を呼んでくるのはそれからでもいいだろう」そう言って、壁に隠されたボタンを押した。ドアが自動的に開いた。

ドアの向こうは細長い控えの間で、有体《ありてい》に言って、そこで眼を惹くものは両脇にずらりと並んだ機械だけだった。仕立て屋のマネキンみたいな、半ば人形の恰好をした背丈のある機械だった。仕立て屋のマネキン同様、それらには首がなく、これまた仕立て屋のマネキンよろしく不必要なほど両肩が逞しくふくれ上がり、胸は突き出した鳩胸だった。そういった点を除くと、それらは駅にある人間の背丈ほどの自動販売機より人間の姿に似ているというわけでもなかった。皿を運ぶためのものだろう、腕としてふたつのフックがついており、それには見分けをつけるために青豆色か朱色か黒い色が塗られていた。が、それ以外、あらゆる意味でそれらはただの自動機械にすぎず、一度見たらさらによく見ようとは誰も思わないような代物だった。少なくとも、そのときはそうだった。というのも、これら家事人形が二列に並ぶ床に、この世のたいていの機械よりもっと人の気を惹くものが落ちていたからである。赤いインクでくねくねと走り書きされた白い紙切れ。敏捷な発明家はドアが開くと同時にそれを拾い上げると、何も言わずにアンガスに手渡した。インクはまだ乾ききっておらず、次のような文言が書かれていた――〝今日彼女に会いにいったのなら、おまえを殺す〟。

短い沈黙のあと、イジドー・スマイズは言った。静かに言った。「ウィスキーでも少しどうだね？　少なくともぼくは飲んだほうがよさそうだ」

「どうも。ぼくのほうはウィスキーじゃなくてフランボーを少々、ということにするよ」とアンガスは陰気に言った。「この事件はどんどん深刻なものになっているような気がする。今すぐ行って彼を連れてくる」

「そうだった」とスマイズは称賛に値するほど明るい声で言った。「できるだけ早く連れてきてくれ」

アンガスはドアを閉めた。そのときスマイズがボタンを押すのが眼にはいった。サイフォンとデカンタをのせたトレーを持った、ゼンマイ仕掛けの人形の一体がそれまでいた場所からするする出てきて、床につくられた溝に沿ってすべるように移動した。死せる召使いたちはドアが閉まると同時に生き返るようだったが、スマイズをただひとりそんな人形の中に残していくのは、いくらかにしろ不気味なことのようにアンガスには思えた。

で、スマイズの部屋の階から数段降りたところで立ち止まると、そこでバケツを持って何か仕事をしていたワイシャツ姿のさっきの男に言った――自分が探偵を連れて戻ってくるまで、この場所を離れないように。見知らぬ人間が階段を上がってきたら、そのことをちゃんと覚えておくように――そう約束させ、礼ははずむと言い添えた。そのあと玄関ホールまで階段を駆け降り、入口の門衛にも同じように見張りを頼んだ。その門衛が言うところ、その建物には裏口がないそうで、それで手間がひとつ省けた。それでもアンガスはまだ安心できず、パトロール中の警官を捕まえると、正面玄関の向かい側に立って見張るよう頼んだ。さらに最後に、栗屋の屋台のまえで足を止めると、栗を一ペニー買って、このあとどれぐらいそこにいるのか尋ねた。

栗屋はコートの襟を立てながら、雪になりそうだからそろそろ引き上げたほうがよさそうだ、と言った。実際、夕空は次第に曇ってきており、寒さも募っていた。アンガスは雄弁を振るって、そこにしばらくとどまるよう栗屋を説得した。

「売りものの栗で暖まったらいい」と彼は熱心に言った。「ありったけを食べるのさ。損はさせない。ぼくが戻ってくるまでここにいてくれたら、一ソブリン金貨をあげるよ。男でも女でも子供でも誰かがあの門衛のいるところにはいっていくのを見かけたら、教えてくれ」

アンガスはそうやって包囲のすんだ建物を最後に一瞥すると、足早に歩きはじめて自分に言い聞かせた。

「これであのフラットのまわりは固められた。あの四人が四人ともウェルキン一味ということなどありえない」

ヒマラヤ・マンションが建物の丘のてっぺんとすれば、ラックナウ・マンションは丘のいわば低い段に位置していた。フランボーのオフィス兼住居のフラットはその一階にあり、〝物言わぬ召使い〟がいるスマイズのフラットのアメリカ風の機械や、ホテルのような冷ややかな豪華さとはあらゆる点で対照的だった。アンガスの友、フランボーはオフィスの奥にある、ロココ調の芸術性が感じられる私室でアンガスを迎えた。その部屋を飾っているのは、サーベルに火縄銃、東洋の骨董品にイタリアワインのフラスク、未開人の料理鍋に羽毛のような毛並みのペルシャ猫、それに埃をかぶったような小柄なローマ・カソリックの神父がひとりで、その神父はことさら場ちがいに見えた。

「こっちはおれの友達のブラウン神父だ」とフランボーは言った。「あんたにはまえから会わせたいと思ってたんだ。それにしても今日はすばらしい天気だな。おれのような南の生まれの者にはちと寒いが」

「そうだね。なんとかもってくれるんじゃないかな」そう言って、アンガスは紫の縞模様の東洋風の長椅子に坐った。

「いいえ」と神父が低い声で言った。「もう雪が降りだしました」

実際、彼がそう言っているうちにも、あの栗屋の予想があたり、暗さを増す窓の外で雪がちらほらと舞いはじめた。

「実を言うと」とアンガスは重々しい口調で切り出した。「用事があってきたんだ。それがあいにくなことに、いささかぞっとさせられるようなことでね。フランボー、このフラットから石を投げれば届きそうなところに住んでる男があんたの助けをどうしても必要としてる。四六時中、見えない敵につきまとわれていて、脅されてるんだ。誰も姿を見たことのない悪党に」アンガスはスマイズとウェルキンに関する話の一部始終を語った。まずはローラの話から始め、それから自分自身のこと、誰もいない二本の通りが交わる交差点の角で不思議な笑い声がしたこと、誰もいない部屋で奇妙なことばがはっきりと聞こえたことなどを説明した。フランボーは徐々に興味を覚えたようで、アンガスの話に聞き入った。小柄な神父は置いてきぼりを食ったように見え、その部屋の家具同然になっていた。アンガスの話が、走り書きをした切手シートの耳の部分がショーウィンドウのガラスに貼られた段になると、フランボーは立ち上がった。それだけで部屋が彼の巨大な肩でふさがれたようになった。

「よかったら」と彼は言った。「そのさきはその男の家に近道をして行く途中で話してくれないか。なんだか一刻も無駄にはできないような気がする」

「わかった」と言ってアンガスも腰を上げた。「もっとも、今のところ彼は安全だけれど。彼のねぐらにはいれるただひとつの穴を四人の男に見張らせてきたから」

彼らは通りに出た。小柄な神父もふたりのあとに小犬のように従順に従った。そして、世間話みたいに愉しげにただこう言った。「雪が積もるのが早いですねえ」

すでに銀色の粉をかぶったように見える急な坂の脇道を進むうちに、アンガスはすべて話しおえ、マンションがそびえる三日月形の区画に着く頃には、余裕を持って四人目の見張りに注意を向けた。栗屋は一ソブリン金貨をもらうまえにも、もらったあとにもきっぱりと断言した。ずっと入口を見張っていたが、訪ねてきた者はひとりもいなかった、と。警官はもっときっぱりと言った――本官はシルクハットをかぶった者からぼろをまとった輩にいたるまで、あらゆる種類の悪党の相手をしてきた者である。だから怪しい者は怪しい恰好をしているものだなどと思い込むほどうぶではない。どんな相手にも眼を光らせていたが、誓って言おう、誰ひとりやってこなかった、と。三人はそのあと今も笑顔で玄関口に立っている金ぴかの門衛のまわりに集まったが、門衛の証言はさらに決定的なものだった。

「相手が公爵さまだろうと清掃作業員だろうと、私には何人《なんぴと》に対してもこのマンションにどういう用件があるのか尋ねる権利があります。こちらの紳士が出かけられたあと、そういう人間は誰ひとりとして来ちゃいません」

この場の重要人物とは言えないブラウン神父は、ひかえめな様子でうしろの舗道に立っていたのだが、そこで意を決したように、それでもおだやかな口調で尋ねた。「ということは、雪が降ってからはその階段をのぼっていった者も降りてきた者もひとりもいなかったということですね？　雪は私たちがフランボーのところにいたときに降りはじめましたが」

「それは私が請け合います」と門衛は威厳を込めて言った。

「となるとあれはなんでしょう？」神父は魚のようにぽかんとした顔で地面を見つめながら言った。

ほかのみんなも下を見た。まずフランボーがフランス人らしい身振りで恐ろしいまでの大声をあげた。金モールの男によって守られている入口の真ん中に――実際のところ、巨人の門衛が傲然と広げている両脚のあいだに――白い雪に刻まれた灰色の足跡が点々と連なっているのはまごうかたなき事実だったからである。

「なんてこった」とアンガスも思わず大声をあげた。「透明人間だ！」

そのあとはもう何も言わず、彼は身をひるがえして階段を駆け上がった。フランボーもそのあとを追った。が、ブラウン神父だけは、自分が発した疑問にはもう関心をなくしてしまったかのように、雪に覆われた通りをまだ眺めていた。

フランボーは明らかにその大きな肩でドアを押し破りたいようだったが、直感では劣っても理性では勝《まさ》っているスコットランド人のアンガスが、ドア枠をしばらく手探りしてから隠しボタンを見つけて押した。すると、ドアはゆっくりと開いた。

あれこれ詰め込まれた室内は基本的には変わっていなかった。玄関ホールは暗くなっていたが、その日最後の夕陽がそこここに射し込み、そんな薄明かりの中、首のない機械が一体か二体、なんらかの目的でもとの場所から動いていて、これまたそこここにいた。そんな薄闇の中に立つ彼らの緑や赤の上着はどれも黒ずみ、形がぼんやりとしていたので、そのぶんさきほどより幾分人間に似て見えた。そうした機械の真ん中にまた紙切れが落ちていて、それにも赤いインクでなにやら書かれており、そこから赤いインクが広がっていた。ちょうど赤いインクを壜からこぼしたように。しかし、それは赤いインクではなかった。

フランス人らしく理性と激情を併せ持つフランボーは、ひとこと「殺人だ！」と叫んで中に飛び込むと、ものの五分で食器戸棚の中から部屋の隅々まで調べ尽くした。しかし、死体を見つけようとしていたのなら、それは徒労に終わった。生きているイジドー・スマイズも死んでいるイジドー・スマイズもそこにはいなかった。しゃにむに家宅捜索をしたので、ふたりの男は顔から汗を垂らし、眼をぎらつかせて控えの間で出会った。「友よ」とフランボーが興奮してフランス語で言った。「この殺人犯は自分の姿だけじゃなく、殺された男の姿まで見えなくしてしまった」

アンガスは機械人形だらけの薄暗い部屋を見まわした。彼のスコットランド魂の隅にあるケルト的な部分が震えだした。等身大の人形のひとつが血だまりの真上に立っていた。おそらく殺された者が倒れる寸前に呼んだのだろう。盛り上がった肩についている腕がわりのフックが少しだけ持ち上がっていた。アンガスはそれを見て、ふとおぞましい想像に駆られた。哀れなスマイズは自分がつくった鉄の子供に殴り倒されたのではないだろうか。物質が叛乱を起こして、機械が主人を殺したのではないだろうか。しかし、そうだとしても死体をどう始末したのか。

「食べてしまったのか？」夢魔が彼の耳元で囁いた。引きちぎられた人間の死体が頭を持たないゼンマイ仕掛けの人形に吸い込まれ、砕かれるさまが頭に浮かび、アンガスは一瞬吐き気を覚えた。

それでもどうにか精神の健全さを取り戻すと、フランボーに言った。「いやはやなんとも。あの哀れな男は床に血の跡を残して雲みたいに蒸発してしまった。この世の話じゃないよ、これは」

「やらなきゃならないことはただひとつだ」とフランボーは言った。「この世の話だろうとあの世の話だろうとな。階下《した》に降りて、わが友に伝えなきゃ」

ふたりは階段を降りた。そのときバケツを持った男の脇を通ったが、男は誰も侵入者を通さなかったと繰り返し断言した。門番とまだそのあたりにいた栗屋に訊いてみても、ふたりともちゃんと見張っていたと改めて言明した。アンガスは四人目の証人を探してあたりを見まわした。が、見あたらなかった。彼は苛立って大きな声をあげた。「あの巡査はどこに行った？」

「これは失礼しました」とブラウン神父が言った。「私が悪いのです。あるものを調べるためにちょっと通りの先まで行くよう頼んだのです——調べるだけの価値はあると思ったものですから」

「だったら早く戻ってきてもらわないと」とアンガスはぶっきらぼうに言った。「階上《うえ》の哀れな男は殺されただけじゃなく、姿形も消されてしまったんだから」

「どんなふうに？」とブラウン神父は尋ねた。

「ブラウン神父」ややあってフランボーが言った。「これはもうおれじゃなくてあなたの出番だね。敵も味方も誰ひとりスマイズのフラットにははいらなかったのに、スマイズはまるで妖精にさらわれたみたいに消えちまったんだから。これが超常現象でなけりゃ、おれはいったい――」

　フランボーが言いおえるまもなく全員が尋常ならざる光景を眼にして、はっとした。濃紺の制服を着た大男の警官が三日月形の区画の角を曲がって走ってやってきたのだ。警官はまっすぐにブラウン神父のところにやってくると、息を切らせて言った。

「おっしゃるとおりでした。気の毒なミスター・スマイズの死体が下の運河で今、見つかりました」

　片手を乱暴に額にあてて、アンガスが言った。「階段を降りて、そこまで走っていって、運河に身投げをしたのか？」

「いや、階段を降りてきてなんかいないよ。それは誓ってもいい」と警官は言った。「それにミスター・スマイズは溺れたんでもない。心臓をぐさりと一突きされて死んだんだ」

「しかし、家の中には誰もはいっていかなかったんだろ？」とフランボーが重苦しい声で言った。

「少し道を歩いてみましょう」と神父が言った。

　三日月形の区画を反対側まで歩いたところで、彼はだしぬけに言った。「私としたことが！　巡査にひとつ訊くことを忘れていました。薄茶色の袋も見つかったんでしょうかね？」

「どうして薄茶色の袋なんです？」とアンガスが驚いた声で訊き返した。

「もしそれがほかの色の袋だったら、この事件は最初からやり直しということになりますが」とブラウン神父は言った。「薄茶色の袋だったら、一件落着だからです」

「それを聞いて安心しましたよ」とアンガスは皮肉たっぷりに言った。「一件落着するもしないも、ぼくに言わせりゃまだ何も始まってないんだから」

「全部話してくださいよ」とフランボーが神父に奇妙なまでに素直な声音で言った、まるで子供のように。

三人は知らず知らずのうちに早歩きになって、小高い三日月形の区画の反対側の長い坂道をくだっていた。ブラウン神父はさきに立って無言できびきびと歩いていたのだが、ようやく逆に感心するほどあいまいなことばづかいで言った。「そう、あなた方は散文的すぎると思われるかもしれませんが、私たちは何事も抽象的なところから出発します。だから、今回の件もほかのところからは出発できないのです。

こういうことに気づいたことはありませんか？——人というのは相手の尋ねたことには決して答えません。人は相手が意味していることに答えるのです。あるいは、相手が意味していると自分で勝手に思ったことに。仮に田舎の屋敷で、ある女性がその屋敷に住む女性に訊いたとします、〝お宅には今どなたかいらっしゃいますか？〟と。すると、訊かれた女性は、〝ええ、執事と下男が三人と小間使いがおります〟などとは決して答えないでしょう。たとえその小間使いがその部屋に控えていて、自分の坐っている椅子のうしろには執事が立っていても。その女性は相手が訊いてきたような人物はいないという意味で、〝わたしたちのほかには誰もいませんわ〟と答えるのです。一方、伝染病の調査をしている医者が訊いたとします、〝お宅にはどなたかいらっしゃいますか？〟と。そのときには、その女性も執事や小間使いやほかの使用人のことも思い出すはずです。ことばというのはだいたいがこんなふうにつかわれるもので、質問に対する文字どおりの答などというものはないのです、たとえ正しい答が返ってきたとしてさえ。だから、さっきのあの実に正直な四人が誰ひとりマンションにははいらなかったと言ったのは、人間が誰ひとりはいらなかったという意味ではなかったのです。こっちが考えているような人間は誰ひとりはいらなかったという意味だったのです。つまり、男がひとり中にはいって出ていったのに、彼らはその男には気づかなかったということです」

「透明人間？」とアンガスが眉を吊り上げて言った。

「精神的なね」とブラウン神父は答えた。

そして一、二分後、自らの考えをしっかりと持つ者にこそふさわしい謙虚な声音で続けた。「もちろん、誰もそんな男のことは思いつきもしないのです、実際に思いつくまでは。そこがこの犯人の賢いところです。私はミスター・アンガスの話の中の二、三の些末な断片から、その男のことを考えてみました。まずひとつ、それはウェルキンが長い散歩をよくしていたという事実です。次に思ったのは、ショーウィンドウの窓に貼ってあった切手シートの耳のこと。さらにとりわけ娘さんが言ったふたつの出来事——そんなことはどう考えてもほんとうであるはずがない。いやいや、怒らないでください」神父はスコットランド人のアンガスが不意に頭を動かしたのに気づいて、慌てて言い添えた。「娘さんはほんとうにあったことだと思い込んでいるわけですが、受け取ったばかりの手紙を外で、たったひとりで読むなど誰にもできることではありません。誰かがそばにいないとおかしいのです。誰かが精神的な透明人間になっていないと」

「どうしてそばにいなければならないんです？」とアンガスは尋ねた。

「なぜなら」とブラウン神父は言った。「伝書鳩でも使ったのなら話は別ですが、普通は手紙を運んできた人間がいるはずだからです」

「つまりこういうことだろうか」とフランボーが勢い込んで言った。「ウェルキン自身が恋敵の手紙を娘に届けた？」

「そのとおり」と神父は言った。「ウェルキンが恋敵の手紙を娘に届けたのです。ええ、そうしないわけにはいかなかったのです」

「もう我慢できない」とフランボーはしびれを切らして言った。「こいつはいったい何者なんだね？　どんな見てくれなんだね？　その精神的な透明人間というのは普段はどんな恰好をしてるんだね？」

「赤と青と金の立派な服です」と神父は即座に正確に答えた。「よくめだつ、むしろこれ見よがしでさえある服です。八つの目玉が見張っている中、そんな服装でヒマラヤ・マンションにはいっていったわけです。そのあと冷酷にスマイズを殺すと、死体を腕に抱えてまた通りに出て――」

「神父さん」とアンガスが棒立ちになって大声をあげた。「あなたの頭が狂っているのか、それともぼくの頭が狂っているのか――？」

「あなたはちっとも狂っていません」とブラウン神父は言った。「あなたはただ不注意なだけです。だから、たとえばこんな男も見逃してしまったのです」

ブラウン神父はそう言うと、つかつかとまえに三歩出て、なんの変哲もない郵便配達人の肩に手を置いた。その郵便配達人は木陰を通り、三人に気づかれないうちに三人を追い越していた。

「どういうわけか、郵便配達人には誰も気づかないのです」と神父は考え考え言った。「しかし、彼らにだって情熱はあります。それに、小さな死体なら簡単に詰められる大きな袋を持ち歩いています」

その郵便配達人はうしろを振り向くかわりに、水にもぐるように頭から庭の垣根に倒れ込んだ。痩せた男で、金色の顎ひげを生やし、見た目はきわめて普通だった。が、すぐに振り向き、その驚き顔を三人に向けたところで、フランボーとアンガスにもやっとわかった。彼らは悪魔のような斜視に睨まれていた。

そのあと、フランボーにはあれやこれや用事があるらしく、サーベルと紫の絨毯とペルシャ猫が待っている家に帰っていった。ジョン・ターンブル・アンガスは菓子屋の娘のところに戻った。この厚かましい青年は菓子屋の娘とどこまでも打ち解けた関係になることを考えていた。一方、ブラウン神父は星空のもと、雪の降り積もった丘を殺人犯と何時間も散策した。そのときふたりは何を話し合ったのか。それが知られることは今後も決してないだろう。

イズレイル・ガウの誉れ

The Honour of Israel Gow

　オリーヴ色と銀色の嵐の夕暮れが迫る頃、ブラウン神父はスコットランド風の格子縞の肩掛けをまとい、灰色のスコットランドの谷のはずれにやってきて、奇怪なグレンガイル城を眺めやった。その城が山間《やまあい》か盆地といった場所の一方を袋小路のようにふさいでおり、そのさまはまるでそこがこの世の果てでもあるかのようだった。古いフランス＝スコットランド風城郭の様式で、海のような緑色の瓦を葺いた急勾配の屋根と尖塔がそそり立っており、その尖塔はイングランドの人間には、おとぎ話に出てくる魔女の不気味なとんがり帽子を連想させた。そんな緑の小塔のまわりではマツ林が揺れていたが、それが瓦の色との対比で、むしろ無数のカラスの群れのように黒々として見えた。その風情にはどこか夢見るような、眠気さえ誘う妖気が漂っていたが、それは単に風景がもたらすイメージのせいだけではなかった。実のところ、この場所には誇りと狂気と謎に包まれた悲しみの暗雲が垂れ込めていたのである。人の子のいかなるほかの住まいより、スコットランド貴族の屋敷に重くのしかかる暗雲である。スコットランドには伝統の二重の毒がある。貴族の血の意識とカルヴィン主義者の破滅の意識。このふたつの毒だ。

ブラウン神父はグラスゴーに用事があったのだが、一日を割いて、友人で私立探偵のフランボーに会いにきたのだった。フランボーはグレンガイル城にいて、公《おおやけ》の係官とともに故グレンガイル伯爵の生と死について調べているところだった。この謎の人物、グレンガイル伯爵は武勲と狂気と暴力的なまでの策謀によって、十六世紀のスコットランドの陰険な貴族の中でもひときわ恐れられた一族の最後の当主だった。彼の一族ほど、スコットランド女王メアリーのまわりに築かれた野望の迷宮、嘘で固められた宮殿の奥のまたその奥まで深入りした者はほかにない。

この地に伝わる俗謡が彼らの企みの動機と結末を今の世に見事に伝えている。

夏の木には緑の樹液
オグルヴィーには赤い黄金《こがね》

何世紀ものあいだ、グレンガイル城にはまともな城主がいなかったが、それでもヴィクトリア女王の世になると、この一族の奇行の種もさすがに尽きたかのように思われた。ところが、このグレンガイル最後の当主は、自分に唯一残されたおこないをして、一族の伝統を守ったのだ。行方をくらましたのである。といって、外国に行ったというわけではない。どこかにいるとすれば、今も城にいるはずだというのが衆目の一致するところだった。とはいえ、その名は今も教会の戸籍簿やぶ厚くて赤い貴族名鑑に載ってはいるものの、失踪後、陽の光のもとで彼の姿を見た者はひとりもいなかった。

見た者がいるとすれば、それは城のただひとりの召使い――馬番と庭師の中間のような召使い――ということになるだろう。この男は耳がかなり悪いので、より実際的な者たちは彼のことを唖者と思っており、より洞察力に富む者たちは薄ら馬鹿だと言明していた。ひどく痩せた赤毛の男で、強情そうな顎はしているものの、青い眼はうつろだった。名前はイズレイル・ガウ。さびれた城の物言わぬたったひとりの召使いだった。そんな彼が一心にジャガイモを掘るところや、規則正しく厨房にはいるところを見た者は、彼が誰か目上の者に食事をつくっているような印象を受けたものだ。だから、謎の伯爵はもしかしたら今でも城に隠れ住んでいるのではないか、と誰もが思った。しかし、伯爵が城にいるそれ以上の証拠を求めても、この召使いは頑なに、伯爵はこの城にはおられませんと言い張るのだった。そんなある朝、市長と牧師（グレンガイル家は代々長老派の信者だった）が城に呼ばれたのである。それでふたりが城に行ってみると、この庭師兼馬番兼料理人は自らの数多の仕事に、さらにもうひとつ、葬儀屋の仕事を加えていたことがわかった。高貴なる主人を棺に納めたあとだったのだ。この奇妙な事実を認めるのにどれほど多くの、あるいはどれほどわずかの取り調べがおこなわれたのか、それははっきりしない。というのも、二、三日前にフランボーがこの北の地を訪ねるまで、法的な取り調べはいっさいおこなわれていなかったからだ。フランボーが訪ねた頃には、グレンガイル卿の遺体（実際に遺体だったとすれば）は丘の上の墓地に埋められ、すでに何日かが過ぎていた。

ブラウン神父が薄暗い庭を抜け、城郭のすぐ下までやってきたときには、すでに雲が重く垂れ込め、空気は湿り、今にも雷が轟きそうな空模様になっていた。消え残る夕陽の緑と金色の縞模様を背景に、黒い人影が見えた。山高帽をかぶり、肩に大きな鋤を担いだ男のシルエットだった。山高帽と鋤のこの妙な取り合わせはブラウン神父に墓掘り人を思わせたが、召使いが熱心にジャガイモを掘っているという話を思い出すと、その取り合わせもことさら奇妙なことでもないことが容易にわかった。スコットランドの農民については、ブラウン神父もいくらか知っていたからである。彼らには公の調査に際しては〝黒い服〟を着る必要があるとする風習がある。同時に、そのために芋掘りの時間を一時間でも無駄にすることをよしとしない倹約心もある。神父が通りかかったときに男は驚きの仕種と怪訝な眼つきをしてみせたが、その反応はそうしたタイプの人間の警戒心、あるいは猜疑心となんら齟齬を来《きた》すものではなかった。

城の大きな扉はフランボーが開けてくれた。そのそばに鉄灰色の髪をした痩せた男が書類を手にして立っていた。ロンドン警視庁のクレイヴン警部である。玄関の広間は調度品がほとんど取り払われて、がらんとしていた。ただ、邪悪なオグルヴィー家の先祖のひとりかふたりが黒ずんだキャンヴァスの中から三人を見下ろしていた。

ふたりのあとについて、ブラウン神父も奥の部屋にはいった。それまでふたりはオークの長テーブルについて坐っていたようで、坐っていたテーブルの端には走り書きをした紙が散らかり、その両脇にウィスキーと葉巻があった。テーブルのほかのところにはさまざまなものが全体に間隔をあけて置かれており、それがどれも実に不可解なものばかりだった。たとえば、きらきら光るただのガラスの破片を小さな山にしただけに見えるものがあった。茶色の埃をうずたかく盛ったようなものもあった。さらに、ただの棒きれとしか思えないものも。

「なにやらここは地質学博物館のようですね」椅子に坐ると、ブラウン神父はすばやく頭を振って、茶色の埃とガラスの破片を示しながら言った。

「地質学博物館じゃなくて」とフランボーが応じて言った。「言うなれば、心理学博物館だね」

「ちょっとちょっと、お願いしますよ」と警部が笑いながら言った。「来るなりそういう面倒くさいことばで始めないでください」

「心理学がなんだか知らないのか？」とフランボーは驚きながらも悪意のない口調で訊き

返した。「心理学っていうのはおつむがトチ狂っちまうことを意味することばだよ」

「そう言われても私にはまだわからんね」と警部は言った。

「要するに」とフランボーはきっぱりと言った。「おれが言いたいのは、グレンガイル卿についてたったひとつでもわかったことがあったとすれば、それは卿が狂ってたということだ」

山高帽をかぶって鋤を担いだガウのシルエットが、暗くなりかけている空を背景に、ぼんやりとした輪郭を描いて、窓の外を通り過ぎた。ブラウン神父はそのガウの姿を漫然と見ながら言った。「グレンガイル卿に奇妙なところがあったのはよくわかります。そうでなければ、生きている自分を葬ったりはしなかったでしょう。あるいは、死んだ自分を慌てて埋葬したりもね。しかし、だからといって、あなたはどうしてそれを狂気のせいだと思うのです？」

「そういうことなら」とフランボーは言った。「ミスター・クレイヴンがこの城でどういうものを見つけたか、まずはそれから訊くことだね」

「ろうそくが要りそうだ」とクレイヴンがだしぬけに言った。「嵐が来そうだし、暗いところでは字が読めませんからね」

「集めた品の中にはろうそくもあったのですね？」とブラウン神父は笑みを浮かべて尋ねた。

フランボーがいたって生真面目そうな顔をして、その黒い眼で友人を見すえて言った。

「それもまた妙なことのひとつでね。ろうそくは二十五本もあるのに燭台はひとつもないんだよ」

部屋が急に暗さを増し、風もまた急に勢いを増す中、ブラウン神父はテーブルのそばを歩いて、ろうそくの束がほかのがらくたと一緒に置いてあるところまで歩いた。そうしながらも、たまたま茶色い埃の山に出くわすと、その上におおいかぶさるようにした。そして、部屋の静けさを破る大きなくしゃみをひとつして言った。

「これはこれは。これは嗅ぎ煙草だ」

そう言って、彼はろうそくを一本取って火をつけると、戻ってきてウィスキーの壜の口に挿した。落ち着かない夜の外気ががたつく窓から吹き込み、ろうそくの長い炎を軍旗のように揺らめかせた。城のどちらの側にも何マイルも続くクロマツの林が岩礁に打ち寄せる黒い波のようにざわめいているのが聞こえた。

「目録を読み上げます」とクレイヴンが紙を一枚取り上げ、もったいをつけた声で言った。「この城のあちこちで見つけた不可解なものの目録です。まずひとつ、全体にこの城の家具調度は取り払われ、荒れるがままに放置されていました。ところが、誰かが質素に、しかし、小ぎれいに住んでいた形跡のある部屋がひとつふたつありました。その誰かというのはガウではありません。ガウではない誰かです。では、目録に移ります——品目一。相当な数の宝石。ほとんどがダイアモンドで、どれも台座に嵌め込んだものではなく、裸石です。もちろん、オグルヴィー家に先祖伝来の宝石があろうと、それになんの不思議もありませんが、それが普通ならなんらかの装飾品に嵌め込まれているような宝石なのです。どうやらオグルヴィー家の人々は宝石をばらでポケットに入れていたようですな、小銭みたいに。

品目二。山ほどの嗅ぎ煙草。それも煙草入れにも袋にもはいっておらず、炉棚や食器棚やピアノの上といったあちこちに一盛りになって置かれていたんです。どうやらこの城の老紳士はポケットの中を探るのも容器の蓋を開けるのも面倒だったんでしょうか。

品目三。奇妙な小さな金属部品。それが城のそこかしこから見つかりました。鋼鉄のバネのようなものもあれば、歯車の形をした極小の部品もありました。ゼンマイ仕掛けの玩具か何かの中から取り出したんでしょうか。

品目四。蠟に挿すしかないろうそく。蠟以外にろうそくを立てる道具がないのです。これでこの一件が、われわれが想像していたよりはるかに奇妙なものであることがわかっていただけたのではないですかな。一番中心にある謎については、われわれとしても心の準備ができていました。一族最後の伯爵に関してどこか妙なところがあるというのは、誰でも一目でわかることとです。だから、われわれは伯爵がほんとうにここに住んでいたのか、ほんとうにここで死んだのか、伯爵を埋葬したあの赤毛の案山子みたいな男が伯爵の死になんらかの形で関わっているのか、いないのか、それを確かめにきたわけですが、それについては最悪の場合を考えてもいい。それが身の毛もよだつような結果であっても、メロドラマ風の結果であってもね。ほんとうは召使いが主人を殺したにしろ、主人はほんとうは死んでいないにしろ、実は主人が召使いの恰好をしているにしろ、召使いが主人のかわりに埋められたにしろ、なんでもいい。あのウィルキー・コリンズが書いたような悲劇を考えてくださってもかまわない。それでも、です。燭台のないろうそくの説明はつかない。ピアノの上に嗅ぎ煙草をこぼす癖が良家の老紳士にあったことの説明もです。物語の核心は想像できなくもないが、謎があるのは周辺の部分です。人間の想像力じゃ、嗅ぎ煙草とダイアモンドとろうそくとばらばらになったゼンマイ仕掛けを結びつけるなど、とてもできることじゃありませんよ」

「つながりならわかるような気がしますが」とブラウン神父は言った。「このグレンガイルというご仁はフランス革命を毛嫌いしていて、旧体制の熱烈な信奉者で、最後のブルボン王朝の家庭生活をどこまでも再現しようとしたのです。だから、嗅ぎ煙草を持っていたのです。それが十八世紀の贅沢品だったからです。ろうそくがあるのもそれが十八世紀の照明だったからです。鉄の機械の部品みたいなものは錠前いじりがルイ十六世の趣味だったことの表われで、ダイアモンドはマリー・アントワネットのあのダイアのネックレスの象徴というわけです」

フランボーもクレイヴンも眼をまんまるにして神父を見た。「なんてぶっ飛んだ考えなんだ！」とフランボーが言った。「そんなこと、ほんとに考えてるのかい？」

「そんなことは絶対ないとね」とブラウン神父は答えた。「嗅ぎ煙草とダイアモンドとゼンマイ仕掛けとろうそくを結びつけることなど誰にもできないなどとおっしゃるから、ただ口からでまかせに結びつけただけです。この件の真相はもっと深いところにあるはずです」

神父はそこでことばを切ると、小塔のあいだを吹き抜ける風の悲しげな泣き声にいっとき耳を傾けてから続けた。「故グレンガイル伯爵は盗っ人だった。命知らずの盗っ人という第二の暗い人生を生きていたのです。だから、燭台がひとつもなかったのです。ろうそくを使うのは短く切って携帯用の角灯に入れるときだけだったから。嗅ぎ煙草はフランスの凶悪犯が胡椒を使ったように使ったのです。追いかけられたり、捕まえられそうになったりしたら、相手の顔にいきなりひとかたまり投げつけるのです。しかし、決定的な証拠はダイアモンドと小さな鋼鉄の歯車という興味深い取り合わせに見られます。それですべてがはっきりしませんか？　ダイアモンドと小さな鋼鉄の歯車は、唯一窓ガラスを切ることができる道具ではありませんか」

マツの大枝が風に煽られて折れ、まるで不法侵入者のパロディのように、フランボーとクレイヴンの背後の窓ガラスに激しくぶつかったが、ふたりとも振り向きもしなかった。

ふたりともその眼をブラウン神父に釘づけにされていた。

「ダイアモンドと小さな歯車」とクレイヴンが反芻するようにつぶやいた。「あなたの説明の正しさを証明するのは今ので全部ですか？」

「いや、私の説明は正しくもなんともありません」と神父はこともなげに言った。「四つのものを結びつけることなど誰にもできないとおっしゃるから、ただ言ったまでです。ほんとうの物語はもっと月並みなものでしょう。グレンガイルは自分の敷地で宝石を発見した。あるいは発見したと思った。誰かがあのばらの宝石を持ってきて、城郭内の洞穴で見つけたとでも言って、伯爵を騙したのです。小さな歯車はダイアモンドをカットするためのものです。伯爵としてはことを一気に、そしてこっそり進める必要がありました。そのためには、あのあたりの山に住んでいる何人かの羊飼いや荒くれ者の手を借りなければなりません。嗅ぎ煙草はそういうスコットランドの羊飼いにとっては唯一の贅沢品です。彼らを買収できる唯一の品です。燭台がないのは、それは要らなかったからです。洞窟を探検するときには、ろうそくは手で持つことになりますから」

「それで全部かい？」とフランボーが長い沈黙のあとに言った。「これでなんともつまらない真相にたどり着いたってわけかい？」

「いやいや、とんでもない」とブラウン神父は言った。

一番遠いマツ林に吹いていた風がまるで嘲るようなフーフーという音を長々とたててや

んだ。ブラウン神父はどこまでも無表情なまま続けた。「私があれこれ言ったのは、嗅ぎ煙草とゼンマイ仕掛けにしろ、ろうそくと宝石にしろ、そういうものは結びつけることができないとおっしゃったからです。この宇宙にあてはまるまちがった哲学など十やそこらはあるでしょう。それはつまり、グレンガイル城にあてはまるまちがった理屈も十やそこらはあるということです。われわれが求めているのは城と宇宙の真実の説明なんですから。それはそうと、展示品はこれで全部ですか？」

クレイヴンは笑い声をあげ、フランボーも笑みを浮かべながら立ち上がり、長テーブルに沿って少し歩いてから言った。

「品目五、六、七、等々。種類はあれこれあるだけでね。手がかりにはならないだろうね。そう、鉛筆そのものじゃなくて、鉛筆から抜き取った鉛の芯の奇妙なコレクションとか。あとはわけのわからない竹の棒とか。こいつは端っこがささくれてるからもしかしたら拷問に使われていたのかもしれない。といって、犯罪がおこなわれたわけでもないけれど。あとは古いミサ典書が二、三冊、それにカソリックの小さな聖画が何枚か。おそらくオグルヴィー家に中世から伝わるものだろう。一家の誇りは清教徒の信仰より強かったんだろうね。ただ、そういったものも博物館の品に加えたのは、妙な具合にところどころ切ってあったり、傷つけてあったりしたからだ」

外の激しい嵐がおぞましい雲の塊をグレンガイル城に吹きつけた。そのためブラウン神父が彩色された小さな本を手に取ってよく見ようとすると、長い部屋がいっとき暗闇に包まれた。神父は暗闇が過ぎ去るまえに口を開いた。が、その声はまるで別人のようだった。

「ミスター・クレイヴン」とブラウン神父は言った。十歳も若返ったような声になっていた。「墓場に行って件《くだん》の墓を調べる令状はお持ちですね？　早ければ早いほどいいでしょう。このおぞましい一件の根本を暴くのです。私があなただったら今すぐやるでしょう」

「今すぐ」と警部は驚いておうむ返しに言った。「どうして今すぐなんです？」

「これは深刻なことだからです」とブラウン神父は言った。「これはこぼされていた嗅ぎ煙草だとかばらの宝石だとか、ここに置かれている理由がいくらも考えられるものとはまるで異なるからです。こんなことがなされる理由は私が知るかぎりひとつしかありません。しかもその理由は世界の根っこに深く根ざしています。これらの宗教画。これらはただ汚れたり、破られたり、いたずら書きがされているのではありません。そんなことなら、子供や新教徒が暇つぶしに、あるいは偏狭な考えからでもやることでしょう。なのに、これらはきわめて慎重に、しかもいたって奇妙なやり方で手が加えられています。大きな古い飾り文字で神の名が現われているところは、どこもすべて丁寧に切り取られているのですから。それ以外に切り取られているのはただひとつ、幼子イエスの頭のまわりの光輪だけです。だから、私は令状と鋤と斧を携えて、棺をこじ開けにいこうと言っているのです」

「いったいどういうことなんです？」とロンドン警視庁の警部は訊いた。

「どういうことなのか、お話ししましょう」と小柄な牧師は言った。風がうなる中、声がいくらか高くなっていた。「今このときにも宇宙の大悪魔がこの城の塔のてっぺんにその百頭のゾウほどもある巨体を落ち着け、黙示録さながら吠え猛っているかもしれないからです。この件の根っこのどこかには黒魔術がひそんでいます」

「黒魔術」とフランボーが低い声で繰り返した。そういうことについて無知でいるには、彼は文明人すぎた。「だけど、ほかの品々は何を意味するんだね？」

「それはもうろくでもないことです」とブラウン神父はじれったそうに言った。「そんなこと、どうして私にわかります？　これらすべての地下の迷路をすべて解き明かすなんてどうやったら私にできるんです？　ひょっとしたら嗅ぎ煙草と竹竿で拷問ぐらいはできるかもしれません。狂人は蠟《ろう》や鋼鉄のやすりくずを欲しがるのかもしれません。もしかしたら、鉛筆から人を狂わせる薬がつくれるのかもしれない！　でも、この謎を解く一番の近道は丘の上の墓に行くことです！」

フランボーとクレイヴンは、自分たちがブラウン神父に言われるがまま彼のあとについていっていることに、庭に出てやっと気づいた。激しい夜風に薙ぎ倒されそうになってやっと。それでも自動人形のように神父に従った。クレイヴンは気づくと斧を手に持っており、令状は最初からポケットにあった。フランボーのほうはあの奇妙な庭師の重たい鋤を担いでいた。ブラウン神父はと言えば、神の御名が引き剝がされた、もともとは金箔の装飾が施されていた小さな書物を持っていた。

　丘をのぼって墓地に行く小径は曲がりくねってはいたが、さほど長い道のりではなかった。ただ、風に煽られるのでそのぶん骨の折れる長い道行きになった。丘をのぼればのぼるほど見晴らしはよくなったが、見えるのはどこまでも一面のマツの海で、その木々が今は風に吹かれ、どれも同じ向きに傾いでいた。広範にわたるその同じ身振りは壮大であると同時に空しく見えた。目的もなく、人も住まない惑星に吹く風のように空しく見えた。果てしない青灰色の森のいたるところで、あらゆる異教的なものの根っこにある太古の悲しみが甲高い声で歌っていた。底知れぬ群葉の地下の世界から聞こえるその声は、彼《か》の不合理の森に分け入り、天上への帰り道を二度と見つけることができなくなった異教の神々の叫び声を思わせた。

「ご存知かと思いますが」とブラウン神父が低い声ながら気楽な調子で言った。「スコットランド人というのはスコットランドが存在する以前から奇妙な人々でした。もっとも、今でも充分奇妙な連中ですが。それでも先史時代にはほんとうに悪魔崇拝をしていたのではないでしょうか。だからこそ」とブラウン神父はにこやかに言いさした。「清教の神学に飛びついたのです」

「神父」とフランボーがブラウン神父に顔を向け、何かに腹を立てたように言った。「あの嗅ぎ煙草というのはいったいどういう意味なんだね？」

「わが友フランボー」とブラウン神父も同じように真剣に言った。「本物の宗教にはひとつの特徴があります。唯物主義です。その意味では悪魔崇拝も完璧に本物の宗教なのです」

三人は丘の上の草地に来ていた。そこは轟いて吠え立てるマツ林が途切れている数少ない場所のひとつで、木と針金でつくった粗末な柵が嵐の中でがたがたと音をたて、そこから先が墓地であることを示していた。クレイヴン警部が墓のへりまでたどり着き、フランボーが鋤の先端を地面に突き刺して、それにもたれかかったときには、ふたりとも風に揺れる木や針金とほとんど同じくらい震えていた。墓の裾には背の高い大きなアザミ（スコットランドの国花）が生えていたが、枯れて灰色と銀色に変色していた。一度か二度、アザミの綿毛が風にちぎられてクレイヴンのすぐそばを飛んでいった。クレイヴンはそのたびにぎょっとして飛び上がった。まるで矢でも飛んできたかのように。

フランボーは風に囁く草を分け、湿った地面に鋤の刃を突き立てていたのだが、その作業をいきなりやめると、杖のようにして鋤にもたれた。

「さあ、続けて」とブラウン神父はいたってやさしく言った。「私たちはただ真実を見つけようとしているだけです。何を恐れているのです？」

「その真実とやらを見つけるのが怖いんだよ」とフランボーは言った。

ロンドン警視庁の警部が世間話でもするような陽気な口調を装って、甲高いカラスのような声でだしぬけに言った。「そもそも伯爵はなんであんなふうに姿を隠したんでしょうな。何かよからぬことでもあったんでしょうかな。思うにハンセン病にかかったとか？」

「もっとひどいことだよ」とフランボーが言った。

「あんたが想像するもっとひどいこととはどんなことだね？」と警部は尋ねた。

「おれは何も想像しちゃいないよ」とフランボー。

しばらくのあいだ、おぞましい雰囲気の中、フランボーは黙々と掘りつづけた。が、やがて咽喉がつまったような声で言った。「伯爵の体はもうちゃんとした形をしてないんじゃないか？」

「あの紙だってちゃんとした形をしていませんでした（本短篇集収録の「まちがった形」を指している。そちらのほうが雑誌ではさきに発表された）」とブラウン神父が落ち着いた声音で言った。「あの紙さえ私たちは乗り越えてきたではありませんか」

フランボーはやみくもに精力的に掘りつづけた。荒削りの木棺の形が見えてきて、それをなんとか草地の上に引き上げたときには、嵐が靄《もや》のように丘にまつわりついた重苦しい灰色の雲を吹き飛ばし、星々がかすかに見える灰色の夜空になっていた。クレイヴンが斧を手にしてまえに出た。そこでアザミの先が体に触れて一瞬たじろいだ。それでも、気を取り直してもう一歩まえに出ると、フランボーにも負けない力で棺を打ち砕き、棺の蓋をもぎ取った。棺の中にあるものすべてが灰色の星影を受けてちろちろと光った。

「骨だ」とまずクレイヴンが言った。そのあとそれがまるで予想外のものであるかのように言いさした。「しかし、人間の骨だ」

「そいつには」とフランボーが言った。その声は奇妙に上がり下がりしていた。「特段何も問題はなさそうか？」

「そのように見えるが」と警部はかすれた声で言い、棺の中にぼんやりと朽ちかけて見える人骨の上に屈み込んだ。「ちょっと待った」

大きな吐息にフランボーの巨体が波打った。「いや、考えてみれば」と彼は言った。

「問題がないわけがないだろうが。こんな呪われて寒々とした丘でいったい何が人間に取り憑くものかわかったもんじゃない。思うに、馬鹿みたいに黒い景色がどこまでも続いてるせいじゃないか？　この森となにより太古の無意識の恐怖のせいだよ。まさに無神論者の夢だな、ここは。マツの木があって、その先もマツで、さらに何百万もマツの木があるというのは——」

「なんと！」棺のそばにいた警部が声をあげた。「この骨には頭がない！」

ほかのふたりが身をこわばらせて突っ立っているのにひきかえ、ブラウン神父のほうはそこで初めて関心を示したかのように——加えてようやく驚いたかのように——言った。

「頭がない！」と繰り返し、「頭がない？」と今度はもっとほかの部分の欠損を予期していたかのように言った。

グレンガイル家に生まれた頭のない赤ん坊。城に身を隠す頭のない若者。古めかしい広間や贅沢な庭を歩きまわる頭のない男。そんなとりとめもない幻影がパノラマのように三人の脳裏をよぎった。とはいえ、そんな物語は張りつめたそのときでさえ彼らの心に根を下ろすことはなかった。また、彼らにはそれが理に適った物語とも思えなかった。彼らはただ立ち尽くしていた。疲れ果てた獣のように。うるさい森の音と泣き叫ぶ空の音を聞いていた。まるで呆けたように。考えるということが何かとてつもなく大変なことで、それがいきなり自分たちの手からすり抜けてしまったような気分になっていた。

「頭のない男がここにも三人」とブラウン神父がぽつりと言った。「この暴かれた墓のそばに所在なくただ突っ立っているというわけですね」

青ざめたロンドン警視庁の警部が何かを言いかけて口を開けた。が、風の長い悲鳴が空をつんざく中、田舎者のように口を開けっ放しにしたまま、手に持った斧を見た。まるでどうしてそんなものを手にしているのか見当もつかないような顔をして。それからその斧を地面に落とした。

「神父」とフランボーが子供じみていても重苦しい声音で言った。そういう声を出すのはめったにないことだった。「おれたちはいったいどうしたらいいんだね？」

ブラウン神父は装填された銃弾が飛び出すようにすばやく答えた。「眠ることです！」ただそう叫んだ。「眠ることです。私たちは袋小路にはいってしまいました。眠るとはどういうことかわかりますか？　眠るものはみな神を信じているということを知っていますか？　眠りとは秘蹟です。なぜなら、眠りとは信仰の行為であり、生きる糧だからです。そして、私たちは今その秘蹟を必要としています。たとえそれが自然の為せる秘蹟であったとしても。人の身にめったに起こることのないことが私たちの身に起こったのですから。もしかしたら人の身に起こりうる最悪のことが」

開いていた口をいったん閉じてからクレイヴンが言った。「どういうことです？」

神父は城のほうを見て言った。「私たちは真実を発見することはしましたが、その真実はまるで意味をなさないということです」

神父はふたりの先に立つと、向こう見ずに突進するような、彼には珍しい足取りで丘の小径をくだった。そして、城に帰り着くと、ベッドにさっさともぐり込み、犬のように他愛もなく眠ってしまった。

眠りを神秘的に礼賛しておきながら、ブラウン神父は無口な庭師を除くと誰より早く起き出し、大きなパイプをくゆらせながら、件《くだん》の庭の専門家が菜園で黙々と働くさまを眺めた。明け方近くに大地を揺るがした嵐も、豪雨を最後にやみ、奇妙な新鮮さとともに朝が訪れていた。庭師は神父と話をしていたように見えた。が、探偵たちを一瞥すると、不機嫌そうに鋤を畑に置いて、朝食のことをなにやら口にし、植えられたキャベツの列に沿って歩きだし、台所に姿を消した。

「彼はなかなか得がたい人物です」とブラウン神父は言った。「芋掘りのうまいことといったら。ただ」そのあと公平無私の思いやりを示して言いさした。「そんな彼にも手抜かりはあります。手抜かりをしない人間などいないものですが。この盛り土のところはちゃんと掘っていません。たとえばそこ」彼はそう言って、いきなりある場所を踏みつけた。

「そこのジャガイモは実に疑わしい」

「どうしてです？」とクレイヴンが小柄な神父の新たな趣味を面白がって尋ねた。

「私が疑わしいと思うのはガウ本人も疑わしいと思っていたからです。どの場所にも整然と鋤を入れていたのに、ここだけは入れませんでした。ここにはそれはもう立派なジャガイモが埋まっているのにちがいありません」

フランボーが鋤を取り上げ、その場所に猛然と突き立て、土を一塊掘り返した。するとそこからはジャガイモには見えない、むしろ巨大な笠を張ったお化けキノコのようなものが出てきた。ただ、それは鋤があたると、ひんやりとした乾いた音をたててボールのように転がった。そして、彼らににやりと笑いかけた。

「グレンガイル伯爵」とブラウン神父がじっとその頭蓋骨を見下ろしながら悲しげに言った。

そのあといっとき瞑想すると、神父はフランボーから鋤をつかみ取って、「また戻しておかないと」と言いながら、頭蓋骨を土の中に埋め戻した。そして、地面にしっかりと突き立てた鋤の大きな柄にその小さな体と大きな頭をあずけた。しかし、眼はうつろで、額には何本もの皺《しわ》が寄っていた。「この意味がわかったらなあ」と彼はぼそっと言った。「この最後の奇怪な代物の意味がわかったらなあ」そう言いつつ、大きな鋤の柄にもたれて人が教会でするように額を両手に埋めた。

空の隅々がすべて青と銀に明るく色を変え、鳥が庭の小さな木々にとまってさえずっていた。その鳴き声があまりに大きいので、まるで木々がおしゃべりでもしているかのようだった。一方、三人の男のほうは黙りこくっていた。

「ああ、もうあきらめよう」とフランボーが最後に荒っぽく言った。「おれの脳味噌とこの世はどうにも反りが合わない。もう終わりにしよう。嗅ぎ煙草に痛めつけられた祈禱書にオルゴールの部品に——いったいぜんたい——」

ブラウン神父は悩める頭を起こすと、彼には珍しくこらえ性をなくしたように鋤の柄をこつこつと叩き、ちっちと舌打ちをして言った。「そんなことは明々白々たることです。嗅ぎ煙草やらゼンマイ仕掛けやら何やらのことは、今朝眼が覚めたとたんにわかりました。だから、それについてはあのガウと話をして決着をつけました。あの庭師は耳が悪くて、馬鹿者のふりをしていますが、ほんとうはそうでもありません。例のばらばらの品についておかしなところはひとつもありません。破られた祈禱書についても私がまちがっていました。あんなものにはなんの害もありません。ただ、この最後のものが問題です。墓を汚して故人の頭を盗むなど――どう考えてもけしからんことです。ちがいますか？　そうしたことはどう考えても黒魔術と関係がありはしませんか？　そういうのは嗅ぎ煙草やろうそくのいたって単純な物語とはまるで相容れないものです」神父はそう言うと、陰気にパイプをくゆらせながらまた大股であたりを歩いた。

「神父」とフランボーが無理矢理軽口を叩くように言った。「おれには気をつけてくださいよね。おれが以前は犯罪者だったってことは忘れないでくださいよね。犯罪者暮らしのいいところはいつでも自分で話をつくって、選んだ役柄どおりに行動できるところだよ。一方、探偵稼業は待つことが多すぎる。いいにつけ悪いにつけ、おれは生まれてこの方ずっと物事はすぐに片づけてきた。決闘はすぐ翌朝にしたし、勘定もいつもその場で払ってきた。歯医者にいくことだって先延ばしにしたことはないし――」

神父のパイプが口から落ちて、砂利道の上で三つに割れた。神父は眼をぎょろつかせて突っ立っていた。そのさまはまさに絵に描いたまぬけだった。「なんと！　私はなんというまぬけなんだ！」神父は同じことばを何度も繰り返した。「なんと！　私はなんというまぬけなんだ！」そのあと酔っぱらったように笑いだした。

「歯医者！」と神父はフランボーの言ったことを繰り返した。「六時間も魂の深い淵に沈められていたとは。それもすべては歯医者を思いつかなかったためだったとは！　なんとも単純で、美しく、平和な考えだったのに！　わが友よ、私たちは地獄の夜を過ごしましたが、今はもう太陽が昇り、鳥が歌を歌っています。そして、輝ける歯医者の姿が世界を慰めてくれています！」

「必要とあらば」とフランボーがまえに進み出て言った。「異端審問の拷問の道具を使ってでも、おれは今あんたが言ったことの意味を訊き出すからね」

ブラウン神父はと言えば、今は陽のあたっている芝生の上で踊りだしたくなったようだった。が、それを我慢すると、子供のように哀れっぽく懇願した。「ああ、もう少し馬鹿でいさせてください。今まで私がどれほど不幸だったか、あなたにはきっとわからないでしょう。それが今、今回のことには深い罪など少しもなかったことがわかったのです。もしかしたらいくらかの狂気はあったかもしれません。しかし、そんなこと、誰が気にします？」

神父はもう一度くるりと体を回転させると、重々しい顔つきでふたりと向かい合った。

「これは犯罪の物語ではありません。むしろ奇妙で、ゆがんだ誠実さの物語と言うべきでしょう。私たちが相手にしているのは、自分が得るべき以上のものは一切得ようとしなかった、おそらくこの地上でただひとりの男です。今回の件は、この民族の宗教となって久しく、今でもまだ息づいている野蛮な論理の具体例です。

グレンガイル家のことを歌ったこの地の古謡がありましたね。

夏の木には緑の樹液
オグルヴィーには赤い黄金《こがね》

この歌の歌詞は比喩であると同時に、文字どおりの意味でもあったのです。つまり、グレンガイル一族は富を追い求めましたが、ただそれだけではなく、文字どおり黄金も集めたのです。それで金の装飾品や道具を膨大に貯め込んでいたのです。実際のところ、グレンガイル一族は途中でそのような変節を経た守銭奴でした。この事実に照らして、あなたたちが見つけたものを最初から見直してみると、金《きん》の指輪のないダイアモンドにしろ、金の燭台のないろうそくにしろ、金の箱にはいっていない嗅ぎ煙草にしろ、金の鉛筆入れにはいっていない鉛筆の芯にしろ、金の柄の部分がないステッキにしろ、金の置き時計、いや、金の懐中時計のないゼンマイ仕掛けにしろ、いささか奇異に聞こえますが、昔のミサ典書では光輪や神の御名には本物の金が使われていて、そんな金がなくなっている祈禱書にしろ、それはつまり、それらすべてから金が取り除かれていたということだったのです」

狂気の真実が語られるにつれて、強まる陽射しに庭は明るくなり、草は生き生きと輝きだした。神父は話を続け、フランボーは煙草に火をつけた。
「金は取り除かれはしました」とブラウン神父は言った。「そう、取り除かれはしました。

しかし、盗まれたわけではありません。こういうことをしたのが泥棒だったら、こんな謎をあとに残しはしなかったでしょう。嗅ぎ煙草ごと金の嗅ぎ煙草入れを持っていったはずです。鉛筆ごと金の鉛筆入れを持っていったはずです。私たちが相手にしているのは実に変わった良心の持ち主ですが、それでも良心にはちがいありません。私は今朝、その狂える道徳家をあの菜園で見つけて、もうすっかり話を聞きました。

アーチボルド・オグルヴィー卿は、グレンガイル家に生まれた人間の中で最も善人に近い人物でした。とはいえ、彼の皮肉な美徳には、彼をして厭世家たらしめるきらいがありました。彼は先祖の不正直に嫌気がさしていたため、そのことからどういうわけか、人はみなおしなべて不正直だと思うようになったのです。その結果、慈善や惜しみない施しということにはとりわけ懐疑的で、自分に受け取る権利があるものしか受け取らない者がいたら、その者にグレンガイル家の黄金をすべて与えると宣しました。そして、そんなふうに人間性に挑戦状を叩きつけると、そのあとは引きこもってしまったのです。その挑戦に応える者が現われるなど夢にも思うことなく。ところが、ある日、口が利けず、一見愚鈍そうな若者が遠くの村から、遅れた電報を届けにやってきました。グレンガイルは意地の悪い冗談から真新しいピカピカのファージング銅貨をその男にやりました。少なくとも、彼はそのつもりでした。ところが、手元の小銭を調べてみると、新しいファージング銅貨は残っていて、ソブリン金貨が一枚なくなっていることに気づきました。そして、この偶《たま》さかのことからいろいろと皮肉なことを考えました。どのみち、さっきの若造は人間というものが持つ汚い欲を見せることだろう。一枚の金貨泥棒となって姿を消すか、ほうびを欲しがる俗物として健気を装い、せこせこと戻ってくるか、そのどちらかだろう。彼はそう思いました。ところが、その日の真夜中、グレンガイル卿は扉を叩く音にベッドから叩き起こされ――ひとり住まいだったもので――しかたなく扉を開けにいくと、さっきの耳の悪い馬鹿がいました。その馬鹿はソブリン金貨ではなく、十九シリング十一ペンス三ファージングきっかりの釣り銭を持って戻ってきたのです。

その常軌を逸した几帳面さが狂った領主の心をとらえました。それこそ炎のように。卿は言明しました、自分はディオゲネス（〝正直者を探す〟と言って、昼間に提灯を持ち歩いたことで知られる古代ギリシアの思想家）であり、長いこと正直者を探していたが、今やっと見つけた、と。そして、遺言書を書き改めました。私はさきほどそれを見せてもらいましたが、卿はその馬鹿正直な若者をこの広大で荒れ果てた城に呼び寄せると、ただひとりの召使いとして――そして奇妙なやり方で――相続人として教育したのです。あの変わり者が何を理解したのかはわかりません。それでも、主人が持っていた固定観念だけは完璧に理解しました。まず第一に権利書がすべてであること、第二に自分こそがグレンガイル家の黄金をすべて手にするということです。それまでのところはそれがすべてであり、いたって単純なことです。ガウは城じゅうの金《きん》をすべて剥ぎ取り、金でないものはいっさい自分のものにしませんでした。嗅ぎ煙草の粉ひとつすら。古い彩色文字からも金箔だけを剝がし、ほかの部分を傷つけなかったことに、すこぶる満足していました。そういったことはすべてわかったのですが、この頭蓋骨のことだけはどうにもわからなかったのです。ジャガイモ畑に埋められたあの人間の頭には、ほんとうに不安にさせられました。大いに悩ませられました――フランボーが歯医者と言うまでは。

心配には及びません。あの男は頭蓋骨をちゃんと墓に戻すでしょう。金歯の金《きん》を取り除きさえしたら」

男のその姿はその朝、丘を歩いていたフランボーが見届けた。変人にして律儀なあの守銭奴は格子縞の服の襟を首のまわりではためかせ、頭には地味な山高帽をのせて、一度暴かれた墓をまた掘り返していた。

まちがった形

The Wrong Shape

ロンドンから北に向かう主たる道のいくつかは、途中細くなり、〝中断された道の幽霊〟のようになったり、建物がしばらく途切れたりしながらも、どうにか道としての名目を保って、はるか田園地帯まで延びている。ここに店舗が並んでいるかと思えば、その先には柵に囲われた原っぱや牧場があったり、次に名の知れた居酒屋兼宿屋が現われたり、さらにはおそらく菜園や苗木畑になったり、次いで個人の大邸宅が見えたかと思えば、また原っぱ、宿屋が見えてきたりする。誰でもいい。そういう道のひとつを歩いていったとしよう。その誰かは通りがかったその一軒の家に、たぶん眼を惹かれるだろう。しかし、その家の何に眼を惹かれたのかは自分でも説明できないかもしれない。それは道と平行に建っている細長い家で、だいたいのところ、白と薄緑に塗られており、日よけを備えたヴェランダがあり、外玄関の屋根には、古風な造りの家に見かけられる、奇妙な形をした木製の丸屋根が設えられている。実際、古風な家で、いかにもイギリス風、裕福で、古き良きクラッパム（ロンドン南部。かつては豪商などの邸宅街だった）のように郊外的な建物である。ただ、この家は暑い気候向きに建てられた趣きがある。その白い塗装や日よけを見ていて、ターバンやヤシの木さえぼんやりと思い浮かべる者もいるだろう。筆者である私には、その印象の根っこをたどることはできないが、もしかしたら、その家はもともとインド生まれのイギリス人が建てたのかもしれない。

いずれにしろ、誰でもその家のまえを通れば、わけもなく心惹かれ、何か物語でもありそうな場所ではないかと直感することだろう。あなたもこれから私が話すことをお聞きになれば、その直感の正しいことがおわかりになるはずだ。というのも、私がこれから話すのは、一八××年の聖霊降臨節にこの家で実際に起きた、不思議な事件にまつわる話だからである。

その聖霊降臨節のまえの木曜日の午後四時半頃に、その家のまえを通りかかった者なら誰であれ、玄関の戸が開き、中から聖マンゴー小教会のブラウン神父が大きなパイプの煙をくゆらせながら、出てくるところを見かけたことだろう。とても背の高いフランス人の友人、フランボーも一緒で、フランボーのほうはとても小さな紙巻き煙草を吸っていた。読者諸賢がこのふたりに興味を覚えられたかどうかは措くとして、実のところ、その白と緑の家のドアが開いたときに見えた興味深いものは、このふたりだけではないはずだ。その家には変わったところが多々あるので、それについても述べておかなければならない。そのわけは読者諸賢にこの悲劇の物語を理解してもらうためでもあるが、その玄関のドアが開いたときに何が明らかになったのか、それを知ってもらうためでもある。

家は全体としてT字型に建てられていたが、Tの字と言っても横の棒がとても長く、縦の棒はとても短い造りだった。長い横棒が家の正面部分で、道と平行しており、その真ん中に玄関があった。二階建てだが、重要な部分はほぼすべてここにあった。短い縦棒は玄関のすぐうしろから突き出ていて、そこは平屋で、細長い部屋が二間続いているのだった。その二間のうち、手前の部屋が書斎で、著名なミスター・クウィントンはそこで奔放な東洋風の詩や物語を書いていた。その奥のもうひとつの部屋はガラス張りの温室で、きわめて珍しく、ほとんど怪物めいていても見える美しさを誇る熱帯の花々に埋め尽くされていた。それが今日のような日の午後には、贅沢な陽射しに光り輝いていた。だから、玄関のドアが開くと、道行く人の多くは足を止め、眼を見張り、文字どおり息を呑んだことだろう。豪華な部屋の奥をのぞき込むと、その奥にはおとぎ話の芝居における早変わりの場面のような光景が見られたのだから。紫の雲、金色の太陽、深紅の星。それらが焼けつくほど鮮やかに、と同時にどこまでも透明に見えたのだから。

これは詩人のレナード・クウィントンが細心の注意を払って自ら考案した結果だが、といって、彼が自分の詩においても自らの個性をこれほど完璧に表現できていたかどうかは疑わしい。というのも、彼は色彩に酔い、耽溺した男だからだ。色彩への欲望を満たすために、彼には形を——よい形でさえ——ないがしろにするきらいがあった。だから、彼の才能が東洋の芸術や形象——色彩という色彩が幸運なカオスに流れ落ちたような、何も象徴せず、啓蒙することもない、人を面食らわせる絨毯や眼もくらむ刺繍に夢中になったのは、そのためだった。完璧な芸術を呈する者として成功はしなかったかもしれないが、彼は世評のある想像力と工夫の才を駆使して、努めて荒々しく残酷なまでの色彩の狂乱を映した叙事詩や恋物語を書いた。燃える金色、あるいは血のように赤い銅色の空、ターバンを十二も巻いた冠をかぶり、紫やクジャク色に塗られたゾウにまたがる東方の英雄、黒人が百人いても運べない、しかし、古代の妖しい色の炎を宿す巨大な宝石、といったものが登場する物語である。

要するに（もっとわかりやすい観点から言えば）クウィントンは西洋のたいていの地獄よりひどそうな東洋の天国や、狂人と言ってもさしつかえがなさそうな東洋の君主や、ボンド・ストリートの宝石商なら（たとえ百人の黒人が足をよろめかせながら店に運び込んだとしても）本物とは見なさないかもしれない東洋の宝石が出てくる話を何作も書いていたということだ。そして、彼は天才だった。病的な天才だったとしても。その病的なところは作品よりむしろ実生活に顕著に表われた。意志薄弱で怒りっぽく、東洋人の真似をして阿片を吸うので、いたく健康を損ねていた。彼の妻は——凛々しい美人で、働き者で、実際のところ、働きすぎるきらいのある女性だった――夫が阿片を吸うことを容認しているわけではなかったが、それにも増して反対していたのは、白と黄色のローブをまとったインド人の隠者を家に置くことだった。彼女の夫は、魂を東洋の天国と地獄へ導いてくれるウェルギリウス（古代ローマの詩人。ダンテの『神曲』に案内役として登場する）として、その男を何ヵ月も家に泊め置き、もてなすことを妻に求めたのである。

ブラウン神父とその友人はそんな芸術の館から出てきたところだった。その顔つきから察するに、ふたりとも外に出てほっとしているようだった。フランボーはクウィントンがパリで自由奔放な学生生活を送っているときに知り合い、週末を利用して旧交を温めにきたのだが、フランボー自身の最近のまっとうな変身を別にしても、今のクウィントンとはもう馬が合わなくなっていた。むせ返るほど阿片を吸ったり、模造皮紙にちょっとしたエロティックな詩を書いたりするというのは、今のフランボーの考えからすると紳士の正しい堕落のしかたではなかった。そんなフランボーとブラウン神父が戸口で立ち止まり、庭に向かおうとしていると、前庭の門が荒々しく開いて、山高帽をあみだにかぶった若者が大慌てで石段を駆け上がってきた。いかにも放蕩癖のありそうな男で、派手なネクタイをしめていたが、それがねじれていた。ネクタイをつけたまま眠ってしまったかのように。当節流行りの節のある小さなステッキをひっきりなしに弄び、振りまわしながら、息を切らせて男は言った。

「ちょっといいですか、クウィントンに会いたいんですがね。会わなきゃならないんです。でも、もうあいつは出かけちまいました？」

「ミスター・クウィントンはまだ家におられると思いますよ」とブラウン神父がパイプの掃除をしながら答えた。「しかし、会えるかどうかはわかりません。今、医者が来てるので」

若い男は素面《しらふ》ではないようで、よろめきながら玄関広間にはいった。ちょうど医者が書斎から出てきたところで、医者はドアを閉めると、手袋をつけながら冷ややかに言った。

「ミスター・クウィントンに会いたいって？　それは無理だね。そう、面会謝絶というやつだ。誰も会えない。睡眠薬を飲ませたところなんでね」

「でも、いいですか、先生」と赤ネクタイの若者は言うと、医者の上着の襟をやけになれなれしくつかもうとした。「いいですか、ぼくはもう二進《にっち》も三進《さっち》もいかなくなってしまったんですよ。いや、ほんとの話。いいですか、ぼくは――」

「何を言おうと無駄だよ、ミスター・アトキンソン」医者はそう言って、若い男を押し返した。「きみには麻酔薬の効き目を変えることができるとでも言うのなら、私も考えを変えてもいいが」医者はそう言って、帽子を頭にのせると、フランボーとブラウン神父がいる日向に出てきた。チョビひげを生やした、いかにも人がよさそうな猪首の小男で、喩えようもなく平凡な風情ながら、それでも有能そうな印象を人に与えるところがあった。

山高帽の若者は、相手の上着をつかむという漠とした考えを持つ以外には、人をあしらう才に恵まれていないようで、まるでほんとうに放り出されでもしたかのように、呆然としてドアの外に突っ立ち、ほかの三人が連れだって庭を歩いていくのをただ見送った。

「さっきのはわれながらしたたかな真っ赤な嘘です」と医者が笑いながら言った。「実のところ、あの気の毒なミスター・クウィントンが睡眠薬を飲むのはあと三十分ほどしてからです。とはいえ、私としてもあの小悪人にミスター・クウィントンが煩わされるところは見たくないんでね。あの若造は金が借りたいだけの男で、しかも借りた金を返せるときでも返さない。薄汚いチンピラです。それでもミセス・クウィントンの弟なもんでね。奥さんはほかにまたといない立派な人なのに」

「確かに」とブラウン神父が言った。「あの方は善良なご婦人です」

「だから私としてはあいつが退散するまで庭をうろついていようと思ってます」と医者は続けた。「それから中にはいって、ミスター・クウィントンに薬を飲ませようと思ってます。アトキンソンは中にははいれません。私が鍵をかけてきましたから」

「そういうことなら、ハリス先生」とフランボーが言った。「裏にまわって温室のほうまで歩こうじゃないか。あっちからは温室の中にははいれないけど、外からでも一見の価値はあるからね」

「いいですね。ついでに患者の様子ものぞけるし」と医者は言ってまた笑った。「いや、何、ミスター・クウィントンは温室の一番奥に長椅子を置いていて、そこで寝るのが好きなんですよ。あの血のように赤いポインセチアに囲まれて寝るのが。私ならぞっとするところだが。しかし、神父さん、何をしてるんです？」

ブラウン神父はしばらく立ち止まると、長く伸びた草むらにほとんど埋もれていたナイフを拾い上げたところだった。風変わりな形のねじれた東洋のナイフで、色とりどりの石や金属が精巧に埋め込まれていた。

「これはなんでしょう？」とブラウン神父は言った。そのナイフになにやら不快さを覚えたような声音だった。

「ああ、それはクウィントンのだと思いますよ」とハリス医師はなんの頓着もなく気楽に答えた。「彼は中国の小間物を山ほど集めてるんです。もしかしたら、クウィントンのあやつり人形のような、あのおだやかなヒンドゥ教徒のものかもしれないが」

「ヒンドゥ教徒？」とブラウン神父は訊き返した。手にした短剣をまだ見ていた。

「そう、インドの魔術師」と医師はこともなげに言った。「もちろん、インチキ魔術師だけれど」

「あなたは魔術を信じないのですね？」とブラウン神父はうつむいたまま言った。

「冗談じゃない！　魔術なんて！」と医者は言った。

「しかし、これはとても美しい」とブラウン神父は夢見るような低い声で言った。「色がとても美しい。しかし、形がまちがっている」

「何がまちがってるって？」とフランボーが眼を見張って言った。

「何もかもがです。抽象的にまちがった形をしています。東洋の美術を見てそう感じることはありませんか？　色はうっとりするほど美しいのに形は下品でよくない。私はトルコ絨毯にそういう邪悪なものを見たことがあります」

「これはこれは《モン・デュー》」とフランボーは笑いながら言った。

「それは私の知らない言語の文字と記号でした。それでも、それらが邪悪なことばであることが私にはわかったのです」と神父は続けた。その声が次第に低く低くなっていた。「線が意図的におかしくなっていくのです。ヘビが体をくねらせて逃げようとするかのように」

「いったいなんの話をしてるんです？」と医者が大きな笑い声をあげながら言った。

フランボーが声を落としてそれに答えた。「この神父は時々こんなふうに神秘の雲をまとっちまうことがあるんだよ。ただひとつ偏りのないところを言っておくと、おれの知るかぎり、この人がこんなふうになるのは必ず何か悪いことが身近に迫ってるときでね」

「ばかばかしい！」と科学を信奉する者は言った。

「まあ、見てください」とブラウン神父は大きな声をあげると、腕をいっぱいに伸ばしてねじれたナイフを差し出した。それがまるでぎらぎらと光るヘビでもあるかのように。

「この形がまちがっているのがわかりませんか？　このナイフには穏健で明快な目的がないことがわかりませんか？　このナイフには槍のような切っ先がありません。刃が鎌のように曲がってもいません。武器にはとても見えません。拷問の道具にしか見えません」

「まあ、そんなにそれがお嫌いなら」と陽気なハリスは言った。「持ち主に返せばいいでしょう。それよりこのろくでもない温室のおしまいにはまだたどり着けないんですかね？　そうそう、言わせてもらえば、この家だってずいぶんとまちがった形をしてると思いますがね」

「どうもおわかりいただけないようですね」とブラウン神父は首を振りながら言った。「確かにこの家の形は風変わりです――笑うべき形とさえ言えます。だからと言って、まちがったところはどこにもありません」

そんなことを話しているうちに、三人はガラスが湾曲している温室の角をまわっていた。そこからもガラスはとぎれなく続いていたが、そのどこにも中にはいれるドアはなかった。窓もなかった。それでも、ガラスは透明で、傾きはじめてはいても陽はまだ明るかったので、温室の中の燃えるような花々だけでなく、茶色のヴェルヴェットの上着を着て、長椅子にぐったりと寝そべっている詩人の弱々しい姿も見えた。どうやら本を読んでいて、うたた寝をしてしまったようだった。詩人は顔色の悪い痩せた男で、栗色の髪を長く垂らし、顎ひげを生やしていた。が、その顎ひげが彼の顔の場合、逆説になっていた。ひげがある

がために かえって男らしさに欠けて見えるのである。そうした彼の特徴は三人とも知っていた。それでも、たとえそうでなかったとしても、そのとき三人がクウィントンを見たかどうかは疑わしい。というのも、三人の眼は別のものに釘づけになっていたからである。

三人が歩いて向かっていたちょうど正面に――ガラスの建物の湾曲した最後の部分のすぐ外に――背の高い男がひとり立っていた。汚れひとつない白いローブを身にまとっていた。その衣は足下まで垂れ、剝き出しの頭と顔と首が沈む夕陽に照らされ、見事なブロンズ像のように輝いていた。男は眠れる詩人をガラス越しに見ているのだが、そのさまは動かざることまさに山のごとしだった。

「あれは誰です？」とブラウン神父がはっと息を吞んで、うしろにあとずさって言った。

「ああ、例のヒンドゥ教徒のペテン師ですよ」とハリスがうなるように言った。「しかし、いったいこんなところで何をしてるんでしょうね」

「まるで催眠術にかかってるみたいだな」とフランボーが黒い口ひげを嚙みながら言った。

「医学に疎い人間はどうしてこうも催眠術の話ばかりしたがるんでしょう？」と医者が嘆いた。「それよりずっと泥棒みたいじゃないですか」

「とにかく声をかけてみようじゃないか」常に行動の人、フランボーは言い、まえに大きく一歩踏み出すと、インド人の横に並んだ。そして、その東洋人をしのいで上背のある彼は、まるで高みから見下ろすような一礼をして、厚かましくも落ち着いた声音で言った。

「こんばんは。何か用でも？　何か入り用なものでも？」

大きな船が港にはいるように、たいそうゆっくりと大きな黄色い顔が振り返り、ようやく白い肩越しに三人を見た。三人のほうは男の黄色い瞼がまるで眠っているかのようにぴたりと閉じられているのを見て驚いた。「ありがとう」とその顔は完璧な英語を話した。「何も要りません」そのあと薄目を開け、乳白色の眼球を少しだけのぞかせながら、「何も要りません」と同じことばを繰り返した。さらに、今度は両眼をかっと見開くと、三度《みたび》「何も要りません」と繰り返し、衣ずれの音をたてながら、にわかに暗くなってきた庭の中にはいっていった。

「キリスト教徒のほうがずっと謙虚です」とブラウン神父はひとりごとを言うようにつぶやいた。「少なくとも何かを欲しがりますからね」

「いったいぜんたいあいつはここで何をしてたんだろう？」とフランボーが黒い眉をひそめ、声を落として言った。

「その話はあとにしましょう」とブラウン神父は言った。

陽はまだ残っていたが、それは夕どきの赤い光で、庭の木立も灌木もその光に対して、ますます黒々としてきた。三人は温室のへりをぐるりとまわって、正面玄関に戻ろうと建物の反対側を黙々と歩いた。歩く途中、三人は人が鳥を驚かすように、書斎と母屋のあいだの奥まった隅にいた何者かを目覚めさせてしまったようだった。またもやあの白いローブの行者で、三人は男が暗い陰からすべるように現われ、体をひるがえし、そっと正面玄関のほうに歩いていくのを見送った。ところが、驚いたことに行者はひとりではなかった。三人としては立ち止まって、当惑を隠さないではいられなかった。ミセス・クウィントンがいきなり現われたのである。豊かな金髪に角張った青白い顔をした夫人は、夕闇の中から三人のほうに近づいてきた。顔はいささか険しかったが、それでもどこまでも礼儀正しかった。

「こんばんは」とだけ夫人は言った。

「こんばんは、ミセス・クウィントン」と小柄な医者は元気よく言った。「これからご主人に睡眠薬を差し上げるところです」

「はい」と夫人は澄んだ声で言った。「そろそろ時間ですね」そう言うと、三人に笑みを向け、家の中にさっさとはいっていった。

「ご夫人は働きすぎですね」とブラウン神父が言った。「ああいう女性が二十年もちゃんと義務を果たした挙句、何か恐ろしいことをしでかすのです」

小柄な医者は初めて興味を覚えたような眼を神父に向けて言った。「あなたは医学を学ばれたことがあるんですか？」

「あなた方が肉体だけでなく精神のこともいくらかは知る必要があるのと同じです」とブラウン神父は言った。「私たちもまた精神だけでなく肉体のこともいくらか知らなくてはなりません」

「さて」と医者は言った。「クウィントンに薬をやってきます」

三人はすでに家の正面側の角をまわり、玄関口に近づいていた。玄関から中にはいると、白いローブの男がいた。男の姿を見るのはこれで三度目だった。男は中からまっすぐに玄関口に向かってきており、どう考えても奥の書斎から今出てきたばかりとしか思えなかった。が、書斎のドアには鍵がかかっている。それは三人の知っていることだ。

それでも、ブラウン神父もフランボーもその奇妙な矛盾についてはあえて何も言わなかった。ハリス医師について言えば、ありえないことに無駄な考えを弄する男ではなかった。ハリスは神出鬼没のアジア人をそのまま外に出ていかせると、きびきびとした足取りで玄関広間にはいった。そこには彼がもうすっかり忘れていた人物がいた。実《じつ》のないアトキンソンが鼻歌を歌ったり、節のあるステッキで物をつついたりして、まだそこでぶらぶらしていた。医者の顔が嫌悪と決意に引き攣った。彼は連れのふたりに口早に囁いた。「書斎の中にはいったら、すぐまたドアの鍵を閉めなきゃなりません。さもないと、このドブネズミがはいってきますから。二分で戻ります」

そう言って、ハリスは手早く書斎のドアの鍵を開けると、中にはいり、また鍵をかけ直した。山高帽の若者はおぼつかない足取りで書斎の中に飛び込もうとしたが、すんでのところではばまれ、苛立たしげに玄関広間の椅子にどっかと腰をおろした。フランボーは壁に掛けられた彩色画を眺め、ブラウン神父のほうはどこかぼんやりとして、漫然と書斎のドアに眼を向けていた。四分ほどしてドアがまた開いた。今度はアトキンソンもすばやかった。勢いよくまえに飛び出すと、いっときドアを押さえて声を張り上げた。「なあ、クウィントン、頼むよ――」

書斎の奥からまぎれもないクウィントンの声が返ってきたが、それは欠伸《あくび》とも疲れたような笑い声ともどちらともつかない声だった。

「ああ、きみの望みはわかってる。これをやるからもうぼくの邪魔をしないでくれ。今、クジャクの歌を書いてるところなんでね」

ドアが閉まるまえにその隙間から半ソブリン金貨が飛んできた。アトキンソンはよろけながらもまえに出て、不思議と器用にそれをキャッチした。

「もうこれでいいね」とハリスが言い、乱暴にまたドアに鍵をかけ、先に立って庭に出た。

「これで哀れなレナードも少しは落ち着けるでしょう」と彼はブラウン神父に言った。

「一、二時間は部屋に閉じこもっていると思います」

「ええ」と神父は言った。「それに、さっきの声はずいぶんと愉しそうでした」そのあと彼はしかつめらしく庭を見まわした。アトキンソンがポケットの中の半ソブリン金貨をじゃらじゃら言わせながら、だらしない恰好で立っていた。その向こうにはインド人の姿があった。紫色の夕闇の中、顔を夕陽に向け、背すじをぴんと伸ばして、草の生えた土手に坐っていた。ブラウン神父はだしぬけに尋ねた。「ミセス・クウィントンはどこにおられるのでしょう?」

「二階の自分の部屋に行きました」と医者は言った。「日よけに影が映ってます」

ブラウン神父は二階を見上げ、眉根を寄せ、室内のガス灯が窓につくる黒い人影をとくと眺めて言った。

「はい。確かに夫人の影ですね」そう言って、一、二ヤード歩くと、庭の椅子にどっかと坐り込んだ。

フランボーもその脇に坐った。が、ハリスは元気がありあまり、じっとしていられない人間だったので、ふたりをともにあとに残し、夕闇の中、葉巻を吸いながら立ち去った。

「神父?」とフランボーがフランス語で言った。「いったいどうしたんだね?」

ブラウン神父は何も言わず、身動きもしなかった。そんな三十秒が経って口を開いた。

「迷信は信仰の道に悖《もと》るものですが、しかし、この家の雰囲気には何かがあります。たぶんそれはインド人のせいでしょう——少なくとも、それが理由のひとつではあるでしょう」

神父はまた黙ると、遠くにいるインド人のシルエットを眺めた。インド人は凝り固まったかのようにまだじっと坐っていた。祈りを捧げているようだった。一見、まったく身動きをしていないように見えた。が、よく見てみると、一定のリズムで体をごくごくわずかに揺らしているのがわかった。薄暮の庭の小径を渡る微風が、落ち葉をわずかに掻き散らすだけでなく、それと同時に黒い木々の梢もほんのかすかに揺らすように。

あたりは嵐のまえぶれのように急に暗くなっていた。それでもそれぞれの場所にいる人の姿はすべて見えた。アトキンソンはものうげな顔をして木に寄りかかっていた。クウィントンの妻は今もまだ窓辺にいた。医者は庭をぶらついていて、温室の奥の角をまわろうとするところで、葉巻の火が鬼火のように見えた。行者は相変わらず身をこわばらせ、それでも体を揺らして坐っていた。行者の頭上では、木々が揺れだし、ほとんどうなり声のようにも聞こえる音がしはじめていた。確かに嵐が迫っていた。

「あのインド人が私たちに口を利いたとき」とブラウン神父がくだけた調子の低い声で言った。「私は幻影のようなものを見ました――彼の宇宙全体の幻影です。しかし、彼は同じことばを三度繰り返しただけでした。彼が最初に〝何も要りません〟と言ったとき、それはただ単に、自分は理解しがたい存在であり、アジアはそう簡単には秘密を明かしはしないという意味でした。次にまた〝何も要りません〟と言ったときには、自分は宇宙のように自足しており、神を必要としなければ、いかなる罪も認めない、という意味だったことが私にはわかりました。そして三度《みたび》〝何も要りません〟と言ったときには、彼の眼は炎のように燃えていました。それで私にもわかったのです、彼は言ったまま文字どおりのことを意味していたことが。そう、無こそ彼の望みであり、彼のふるさとなのです。酒を求めるように無を求め、絶滅こそ、なんであれ、あらゆるものの破滅こそ――」

雨粒が二粒落ちてきた。どういうわけか、フランボーがまるでハチに刺されでもしたかのように驚いて空を見上げた。と同時に、温室の向こう側にいた医者がなにやら叫びながらふたりのほうに駆けてきた。

医者が爆弾のようにふたりのところまでやってきたのと、落ち着きのないアトキンソンがたまたま家の正面のほうに向かおうとしたのが同時だった。医者は有無を言わせずアトキンソンの上着の襟をつかむと怒鳴った。「この見下げはてた悪党が！　彼に何をしたんだ？」

ブラウン神父はそのときにはもう立ち上がっていた。命令をくだす軍人のような鋼の声で冷静に一喝した。

「喧嘩はやめなさい。相手が誰でも取り押さえるだけの人数は充分いるのですから。どうしたのです、先生？」

「クウィントンの様子がおかしいんです」とハリスは言った。顔面蒼白になっていた。「ガラス越しに見えたんですが、寝ている恰好がよくないんです。とにかく私が出ていったあととはちがうんです」

「中にはいって、様子を見ましょう」とブラウン神父は簡潔に言った。「ミスター・アトキンソンのことは放っておいても大丈夫です。クウィントンの声を聞いたあと、彼はずっと私の見えるところにいました」

「おれがここに残って見張ってるよ」とフランボーがすぐに声をあげた。「あんたらは中にはいって見てきてくれ」

医者と神父は書斎のドアのまえまで急いで来ると、鍵をはずし、雪崩れ込むように中にはいった。その拍子にふたりとも詩人が普段書きものに使っている、部屋の真ん中に据えたマホガニーの大きなテーブルの上に倒れ込みそうになった。部屋には病人のために常に火が入れられている暖炉の小さな火以外には、明かりがなかったからだ。そのテーブルの真ん中に紙切れが一枚置かれていた。見逃されることがないようにそこに置かれたのは明らかだった。医者がそれをつかみ取り、一読してブラウン神父に手渡すと、叫んだ。「なんてことだ。あれを見てください！」そう叫びながら、奥のガラス張りの部屋に――恐ろしい熱帯の花々が日没の深紅の記憶をいまだにとどめているような奥の温室に――向かった。

ブラウン神父は書かれていることを三度読んでから、紙切れを持った手をテーブルに置いた。書かれていたのは次のようなことだった。〝私は自分の手で死ぬ。それでも、私は殺されて死ぬのだ！〟。判読不能とまではいかなくても、誰にも真似のできそうにないクウィントンの筆跡だった。

ブラウン神父は紙切れをまだ手に持ったまま温室のほうに向かった。医者がその顔に確信と落胆の表情を浮かべて戻ってきたのと出くわした。「彼はもうやってしまった」と医者は言った。

ふたりは一緒にサボテンやツツジのゴージャスで不自然な美しさの中を通り抜け、詩人にして伝奇作家のレナード・クウィントンが、長椅子からだらりと頭を垂らしているのを見た。赤い巻き毛が地面をかすめていた。左の脇腹にさきほどブラウン神父が庭で拾った風変わりな短剣が突き刺さっていた。その柄には力の抜けたクウィントンの手がまだかかっていた。

外ではコールリッジの詩で夜が訪れるように嵐がひとまたぎでやってきて、庭もガラス屋根も激しい雨に打たれ、急に暗くなっていた。ブラウン神父は死体より紙切れを入念に調べていた。薄明かりの中、眼に近づけ、さらに詳しく読もうとして、弱い光にあてようとしたまさにそのとき、稲妻が走り、一瞬、その稲光を背景に紙切れが黒く見えた。闇に雷鳴が轟き、それが収まると、闇の中からブラウン神父の声が聞こえてきた。「先生、この紙はまちがった形をしています」

「どういう意味です?」とハリス医師は怪訝な視線をブラウン神父に向けて尋ねた。

「これは四角くない」とブラウン神父は答えた。「角を切り落としてあるようです。どうしてなんでしょう?」

「そんなこと、どうして私が知ってるんです?」と医者はうなるように言った。「この哀れな男を動かしましょうか、どう思います？　完全に事切れている」

「いや」と神父は答えた。「このままにしておきましょう。私たちは警察を呼ばなければいけません」そう言いながらも、神父はなおも紙切れをしげしげと見ていた。

そのあと書斎を通り抜けようとして、テーブルのそばで足を止めると、小さな爪切りばさみを取り上げ、いかにもほっとしたように言った。「ああ、これでやったんですね。しかし、それでも――」そう言いかけて、眉をひそめた。

「もういい加減その紙切れのことは忘れてください」と医者は語気を強めて言った。「彼の気まぐれなんだから。彼は気まぐれの百貨店みたいな男だったんだから。それでどんな紙もそんなふうに切ってたんです」医者はそう言って、別の小さなテーブルの上に重ねられている未使用の原稿箋を指差した。ブラウン神父は近づくと、紙を一枚手に取った。その紙も同じような不規則な形をしていた。

「確かに。ここには切り落とされた角の部分もありますね」神父は相手の苛立ちもものかは紙を数えはじめた。

「なるほど、なるほど」そう言って、どこかすまなそうな笑みを浮かべた。「切った紙が二十三枚。切られた部分が二十二。さてさて。気が急くのもよくわかります。ほかのみんなと会うことにしましょう」

「奥さんには誰が言います？」と医者は言った。「その役はあなたにお願いできませんか？　私は使用人に警察を呼びにやらせます」

「そう言われるなら」とブラウン神父は無頓着に言うと、玄関のほうに向かった。

そして、そこでもまた彼は劇的なものを見た。もっとも、それはもっと滑稽なものだったが。ほかでもない大男の友人フランボーが久しく見られなかった身構えで突っ立ち、玄関の石段の下に愛想だけはいいアトキンソンが両足を宙に突き出してのびていたのだ。彼の山高帽とステッキが小径の両側に飛んでいた。アトキンソンはまるで父親のようなフランボーの監視についに嫌気が差して、フランボーを殴り倒そうとしたのだろう。しかし、退位したとはいえ〝やくざ者の王《ロワ・デザパーシュ》〟に勝負を挑んで、楽なゲームになるわけがない。

フランボーはさらにアトキンソンに飛びかかり、押さえつけようとしているところだったが、そこで神父に軽く肩を叩かれた。

「ミスター・アトキンソンとは仲直りしてください」と神父は言った。「互いに謝って、別れの挨拶をしてください。ミスター・アトキンソンを引き止めておく必要はもうありませんから」アトキンソンは狐につままれたような顔をして立ち上がると、帽子とステッキを拾い上げて庭のほうへ歩き去った。ブラウン神父は、そのあとはもっと真剣な声音で続けた。「あのインド人はどこにいますか？」

三人（そのときには医者も加わっていた）はともに反射的に揺れる木立のあいだにぼんやりと見えている、草の生えた土手を振り返った。茶色い肌をした男が体を揺らしながら奇妙な祈りを捧げていたその場所は、今は紫色にたそがれていた。が、インド人の姿はもうそこにはなかった。

「あの野郎」と医者が激しく地団太を踏んで言った。「わかったぞ。あのニガーがやったんだ」

「あなたは魔術は信じておられないと思っていましたが」とブラウン神父はおだやかな声音で言った。

「もちろんです」と医者はあきれたように眼玉をぐるりとまわして言った。「ただ、私はあの黄色い悪魔がインチキ魔術師と思ったから、毛嫌いしてたんです。それが本物だったことがわかったら、もっと毛嫌いするようになって当然でしょうが」

「まあ、あいつが逃げちまってもどうでもいいことだよ」とフランボーが言った。「どっちみち、おれたちには何も証明できないんだから。あいつに対して何もできないんだから。魔術だの自己暗示のせいで人が自殺したなんて話は、管区の巡査のところには持っていけないよ」

ふたりがそんなことを話しているあいだにもブラウン神父は家の中にはいり、死んだ男の妻にその知らせを伝えにいった。

また出てきたとき、神父の顔は少し青ざめ、悲愴さを漂わせていた。しかし、夫人とのあいだにどんなやりとりがあったにしろ、それが明かされることはなかった。すべてが明らかになったのちも。

医者と静かに話していたフランボーは、友人がやけに早く戻ってきたのに驚いた。が、ブラウン神父のほうはそんなことを気にした様子もなく、医者を少し離れたところに引っぱっていって言った。「警察はもう呼びにやらせましたね?」

「ええ」とハリスは答えた。「あと十分もすれば来るでしょう」

「ひとつ頼みがあるのですが」と神父はおだやかな声音で言った。「実を言うと、私はこうした奇妙な話を集めていまして。こういう話には往々にして――われらがインド人の場合のように――警察の報告書には載せられない要素も含まれることがあります。そこで私としては、私の個人的な目的のために、あなたにこの事件の報告書を書いていただきたいのです。あなたは実に賢い商売をなさっておられます」そう言って、神父はいたって真剣なまなざしでまっすぐに医者の顔を見すえた。「だから、あなたはきっとご存知だと思うのです。今度の事件には口外しないほうがいい詳細があることを。あなた自身口外しないほうがいいと思っておられることがあることを。私もあなたと同様、秘密を重んじる仕事をしています。だから、あなたが私のために書いてくださったことの秘密は厳に守ります。それでも、すべてを包み隠さず書いてください」

医者は小首を傾げ、思案げな顔で聞いていたが、神父の顔をいっときまっすぐに見て言った。「わかりました」そう言って、書斎にはいるとドアを閉めた。

「フランボー」とブラウン神父は言った。「あそこのヴェランダに長椅子があります。あそこなら雨に濡れずに一服できるでしょう。あなたは世界でただひとりの私の友です。だから話がしたいのです。いや、ほんとうのところはあなたと沈黙を共有したいのかもしれませんが」

ふたりはヴェランダの長椅子にくつろいで腰をおろした。ブラウン神父は日頃の習慣を破って上等な葉巻を受け取り、黙って吸いつづけた。雨が甲高い叫び声をあげてヴェランダの屋根を叩いていた。

「わが友よ」とかなり長いこと経って神父が言った。「これは実に奇妙な事件です。ほんとうに奇妙な事件です」

「そうでしょうとも」とフランボーは身震いとも見える仕種をして言った。

「あなたもそう思うなら、私もそう思いますが」とブラウン神父は言った。「実のところ、ふたりはまるで正反対のことを思っているのです。現代人は常に異なる概念を混同します——たとえば驚嘆すべき不思議と複雑な不思議を混同したりします。奇蹟というものの厄介なところの半分はそこにあります。奇蹟は驚嘆すべきものですが、単純なものです。奇蹟であるがゆえに単純なのです。奇蹟というのは自然や人間の意志を通して間接的にやってくる力ではなく、神（あるいは悪魔）から直接もたらされる力です。今度の事件は奇蹟的なものだから、邪悪なインド人によっておこなわれた魔術によるものだから、驚嘆すべきだとあなたは思っています。私にしてもこの事件が霊的でもなければ悪魔的でもないと言うつもりはありません。そこのところはわかってください。人の暮らしに罪がはいり込んでくるのは人を取り巻くいかなる影響力によるものなのか、それを知っているのは天国と地獄だけです。しかし、現時点で私が言いたいのはこういうことです——あなたが思うとおり、今度のことが純然たる魔法によるものなら、それ自体は驚嘆すべきことですが、不思議なことではありません。畢竟、複雑なことではないということです。奇蹟というのは性質として不思議なものですが、実際に起こってみれば、それは単純きわまりないことだからです。しかし、今回の事件の起こり方は単純とはまるで正反対のものだったのです」

いっとき収まっていた嵐がまた勢いを増したようで、遠いかすかな雷の重い響きが伝わってきた。ブラウン神父は葉巻の灰を落としてからさきを続けた。「この事件は天国や地獄のまっすぐな閂《かんぬき》には属さない、ねじけて醜い性質を帯びています。カタツムリが曲がって這った跡が人にわかるように、私にはある男の曲がった足跡が見えます」

白い稲妻が巨大な片眼を開いて一度まばたきをし、そのあと空はまた閉じた。神父は続けた。「そうした曲がったものすべての中で一番ひん曲がっていたのがあの紙切れの形でした。クウィントンを殺した短剣よりひん曲がっていました」

「クウィントンが自殺することを明かした紙のことだね?」とフランボーは言った。

「正確にはクウィントンが〝私は自分の手で死ぬ〟と書いた紙のことです」とブラウン神父は言った。「わが友よ、あの紙の形はまちがった形をしていました――私がこの邪悪な世界でそういうものを見たことがあるとすれば、まさにあの紙の形こそがまちがった形でした」

「ただ角がひとつ切り落とされてただけじゃないのかい？」とフランボーは言った。「クウィントンが使っていた紙はみんなそんなふうに切られてたんじゃないのかい？」

「あれは実におかしな切り方でした。私の趣味と好みで言えば、実に嫌な切り方がしてありました。いいですか、フランボー、このクウィントン――神が彼の魂を迎え入れてくださいますように――少しやくざなところはあったかもしれませんが、真の芸術家でした。ペンを持たせても鉛筆を持たせても。彼の筆跡は読みづらくても、大胆で美しいものでした。私には自分がこれから言うことを証明することはできません。実際、私には何も証明はできません。それでも、充分確信を持って言わせてもらいます。クウィントンが紙の角をあんな下品なやり方で切り落とすわけがないのです。何かに紙を合わせるにしろ、紙を綴じるにしろ、何にしろ、何か目的を持って切ったのだとすれば、はさみでまったく異なる形に切ったはずです。あの形を覚えていますか？　ほんとうに下品な形でした。こんな形でした。覚えていますか？」

ブラウン神父は暗闇の中で火のついた葉巻を動かし、不規則な四角形を描いたが、その動きがあまりに速かったので、フランボーは闇の中に浮かび上がった象形文字でも見せられているような気がした――そう、神父がまえに言ったような、読めないまでも少なくともいい意味ではないことだけはわかる象形文字だ。

「だけど」とフランボーは言った。ブラウン神父は葉巻をまた口にくわえ、うしろにもたれて屋根を見上げた。「誰かほかのやつがはさみを使ったとして、なんでそいつはそんなことをしなきゃならないんだね？　クウィントンの原稿箋の角を切り落として、彼に自殺させなきゃならなかったんだね？」

ブラウン神父はまだうしろにもたれて屋根を見上げていたが、葉巻を口から取ると言った。「クウィントンは自殺などしていません」

フランボーは神父をまじまじと見つめて大きな声をあげた。「ええ、なんだい、そりゃ。だったらどうして自殺の告白なんかしたんだね？」

神父はまたまえ屈みになると、両肘を膝について地面を見ながら、低くともきっぱりとした声で言った。「彼は自殺の告白などしていません」

フランボーは葉巻を置いて言った。「だったらあの書き置きは偽物だったのか？」

「いや」とブラウン神父は言った。「あれを書いたのは確かにクウィントンです」

「ほらほら」とフランボーは苛立たしそうに言った。「クウィントンは〝自分の手で死ぬ〟って書いた。自分の手で、まっさらな紙に」

「まちがった形の紙に」とブラウン神父は落ち着いた声で言った。

「形なんかどうでもいい！」とフランボーは怒鳴った。「形がいったいどうしたっていうんだね？」

「角を切り落とした紙が二十三枚ありました」とブラウン神父は少しも動じることなく続けた。「しかし、切り落とされた紙の端っこは二十二枚しかありませんでした。その一枚の端っこはどこかに捨てられたのでしょう。それはおそらくあのクウィントンのことばが書かれた紙の端っこです。そのことから何か想像できませんか？」

やっと光明が見えたという顔になって、フランボーは言った。「クウィントンはほかにも何か書いていた。何か別のことを。〝私は自分の手で死ぬ〟のまえに〝人は言うことだろう〟とか。〝このことばを信じてはならない〟とか」

「子供なら、〝近い、近い〟というところかもしれませんが」と神父は言った。「あの紙の端っこは半インチの幅もありませんでした。単語ひとつだって書けません。単語五つなど言うに及ばず。心に地獄を持つ人間が自分に不利な証拠になると思って、破り捨てなければならず、おまけにそれはコンマほどの大きさしかない。あなたはそういうもので何か思いつきませんか？」

「さっぱり思いつかないね」とフランボーはしばらく考えてから最後に言った。

「だったら引用符は？」神父はそう言って、火のついた葉巻を闇に放った。葉巻は流れ星のように遠くへ飛んでいった。

フランボーはどんなことばも思いつかないようだった。ブラウン神父は基本に立ち返った人のように言った。「レナード・クウィントンは伝奇作家で、魔術や催眠術に関する東洋の物語を書いていました。彼は――」

そのとき背後のドアが勢いよく開き、帽子をかぶった医者が出てきた。医者は神父の手に細長い封筒を渡して言った。

「お望みの文書です。私はもう帰らなければ。では、ごきげんよう」

「ごきげんよう」ブラウン神父も言った。医者は足早に門のほうへ歩いていった。玄関のドアが開け放しにされたので、ガス灯の明かりがひとすじふたりの上に射した。その明かりのもと、ブラウン神父は封筒を開いて次のような文面を読んだ。

親愛なるブラウン神父――ガリラヤ人《びと》よ！　汝は勝てり（ローマ皇帝ユリアヌスのことば。死に際し、自分の死後、キリスト教がローマ帝国の国教となることを予言した。ガリラヤ人とはキリストのこと）。あるいは、こう言いましょうか、どこまでも鋭いきさまの眼よ、呪われよ、と。つまるところ、あなたたちキリスト教徒のたわごとにもなんらかの意味がある。そんなことがありうるのでしょうか？

私は子供の頃からずっと自然を信じてきた男です。人がそれを道徳的と呼ぼうと不道徳と呼ぼうと、あらゆる自然の作用と本能を信じてきた男です。医者になるずっと以前、ハツカネズミやクモを飼っていた小学生の頃から、私は善き生きものであることがこの世で最善のことと信じてきました。しかし、今その信念が揺らいでいます。私はずっと自然を信じてきましたが、どうやら自然も人間を裏切ることがあるようです。あなたたちキリスト教徒のたわごとにも一理あるということでしょうか？　私は今、ほんとうに病的な気分になっています。

私はクウィントンの妻を愛していました。それのどこがまちがっているのでしょう？　私は自然に命じられたのです、そうせよと。愛こそこの地球をまわしているものです。私は心からこうも思いました、彼女はわたしのような清潔な動物と一緒にいるほうが人を悩ますあの狂人と一緒にいるよりよほど幸せなはずだ、と。それのどこがまちがっているのでしょう？　私は科学の徒としてひたすら現実を直視していただけです。彼女はもっともっと幸せになれたはずです。

私の信条に照らせば、クウィントンを殺すことにはなんの差しさわりもありませんでした。それが誰にとっても、彼にとってさえ最善のことでした。しかし、健全な動物として、私には自分を殺すつもりなどさらさらなかったので、自分が罪に問われずにすむ好機が見つかるまでは、決してやるまいと心に決めていました。その機会が今朝見つかったのです。

私は今日、都合三回クウィントンの書斎にはいりましたが、最初にはいったとき、クウィントンは現在執筆中の『聖者の呪い』という気味の悪い物語の話ばかりしていました。

それはあるインドの隠者が相手のことを思うだけでイギリス人の大佐を自殺させるという話で、クウィントンは原稿の最後の数枚を私に示し、終わりの一節を読み上げてくれました。それはだいたいのところこんな文句でした――ただの黄色い骸骨となっても、それでもまだ巨人のように大きなパンジャブの征服者は、どうにか身を起こし、肘をつくと、喘ぎながら甥の耳元で囁いた、「私は自分の手で死ぬ。それでも私は殺されて死ぬのだ!」。百にひとつの偶然で、この最後のことばは新しい原稿箋の最初に書いてありました。私は部屋を出ると、この恐ろしい機会が訪れたことに興奮し、庭にはいりました。

すると、私たちが家のまわりを歩いていたときに、私に都合のいい出来事がさらにふたつ起こりました。まずあなた方はインド人を不審に思い、続けていかにもそのインド人が使いそうな短剣を見つけました。私は機会を見つけてこっそり短剣をポケットにしまうと、クウィントンの書斎に戻りました。そして、ドアに鍵をかけ、彼に睡眠薬を飲ませました。クウィントンはアトキンソンに返事をすることさえ嫌がりましたが、アトキンソンに呼びかけ、あの男を黙らせるようクウィントンを促しました。私が部屋を出たときにはクウィントンはまだ生きていたという、明白な証拠が欲しかったからです。そのあとクウィントンは温室の長椅子の上に横になり、私は書斎を抜けて引き返しました。私は手先の器用な人間です。だから、やりたかったことをすべてやりおえるのにほんの一分半ほどしかかかりませんでした。クウィントンの物語の最初の部分はすべて暖炉に放り込んで燃やし、灰にしました。それから引用符が邪魔なので、その部分は切り落としました。さらに、それが不自然に見えないよう、ほかの原稿箋も一束全部、端っこを切り落としました。そうやって、クウィントンの自殺の告白が書斎のテーブルの上にあり、クウィントンはまだ生きてはいても眠っているのを確かめてから、部屋を出ました。

最後の一幕はそれはもう必死でした。それはあなたにも想像がつくと思います。私はまるでクウィントンが死んでいるのをそのとき発見したかのようなふりをして、温室に駆け込みました。そして、例の紙切れであなたの行動を遅らせ、さっきも言ったように私は手先の器用な人間ですから、あなたが自殺の告白を見ているあいだに、クウィントンを殺したのです。彼は睡眠薬が効いて、半分眠った状態でした。そんな彼の手に短剣を持たせ、彼の体に突き刺したのです。あの短剣はとても変わった形をしており、外科医でもなければあの短剣が心臓に達している角度を見定めることはできないでしょう。ひょっとしてあなたはそのことにも気づかれたのでしょうか？

それらすべてをやり遂げたあと、それはもう驚くべきことが起こりました。自然が私を見捨てたのです。私自身の気分が悪くなったのです。自分が何かまちがったことをしたような気分になったのです。頭脳が壊れかかっている。今はそんな気がします。このことをこうして誰かに打ち明けているのだと思うと――結婚して子供ができたら、私はこのことをひとりで抱え込まなければならないわけですが、もうそんな心配は要らないのだと思うと——むしろ無性に喜びを覚えます。いったい私はどうしてしまったのでしょう?……これが狂気というものなのでしょうか……それとも、バイロンの詩の中の人間のように、人は悔恨というものを持ちうるものなのでしょうか! もうこれ以上は書けません。

ジェームズ・アースキン・ハリス

ブラウン神父は手紙を丁寧にたたんで胸のポケットにしまった。ちょうどそのとき門の呼び鈴がけたたましく鳴った。外の道では数人の警官のレインコートが雨に濡れてつややかに光っていた。

サラディン公爵の罪

The Sins of Prince Saradine

　フランボーは、ウェストミンスターのオフィスをひと月離れて休暇を取るときには、小型の帆船の上で過ごす。帆船と言ってもとても小さな船なので、たいていは漕ぎ船として使われる。おまけにフランボーは東部地方のとても小さな川にその船を浮かべるので、まるで魔法の船が陸の草地や麦畑を帆走しているかのようにも見える。船に心地よく乗れるのはせいぜいふたりで、あとは必要なものしか載せられない。フランボーは今回も彼一流の哲学から必要と思われるものを積み込んだ。それはどうやら四つのものに絞られたようで、腹がすいたときのためのサケの缶詰、闘いたいときのための装塡ずみのリヴォルヴァー、失神したときのためのブランデー、それに神父がひとり。たぶんこれは死んだときのためだろう。こういった軽い荷物で、ノーフォーク州の小川をゆっくりとくだり、最後には湖沼地帯に出るつもりだった。そこまでは、川岸に沿って進みながら、川すじに突き出した庭園や草原や、川面に映る屋敷や村の景色を愛《め》でたり、川の流れがゆるやかなところや淵では船を泊めてのんびりと釣りをしたりして愉しんだ。

真の哲学者のように、フランボーは休暇になんの目的も持っていなかったが、これまた真の哲学者のように、口実は持っていた。半ば目的めいたものがあったのだ。うまくいけば旅行に花を添えられ、だからといって、うまくいかなくても旅行が失敗に終わることもないといった程度には、真面目に考えていることがあったのである。何年もまえ、まだ彼が盗っ人の王で、パリ一番の著名人だった頃には、称賛や非難の手紙、さらには恋文までもらったものだが、その中に不思議と記憶に残る一通があった。それはイギリスの消印のある封筒で送られてきたただ一枚の名刺で、緑のインクでその名刺の裏に、フランス語でこう書かれていた――〝いつか引退して、堅気になられたら、ご来訪ください。お会いしたいのです。というのも、私は私の時代のほかの大人物にはもう全員と会っているのです。ある刑事に別の刑事を逮捕させたあなたのあの策略は、まさにフランス史上最高の見物《みもの》でした〟。名刺の表側には〝ノーフォーク州リード島リード荘、サラディン公爵〟と形式ばった浮き出し印刷で刷られていた。

フランボーは当時、この公爵が南イタリアの華やかな上流人士であることを確かめただけだったが、なんでもまだ若かりし頃に身分の高い人妻と駆け落ちをしたことがある男のようだった。そんな冒険は公爵の属する社交界ではことさら驚くほどのことでもなかったが、その一件には悲劇が加わったために人の記憶に残ったらしい。妻を寝取られた夫がシチリア島の断崖から身を投げて自殺したのである。公爵はその頃しばらくウィーンに住んでいたようだが、近年は旅から旅へ、落ち着きのない暮らしを送っているようだった。フランボーも公爵同様、ヨーロッパでの〝名声〟を捨ててイギリスに移住した人間だった。それでふと、ノーフォークの湖沼地帯にいる高貴な海外生活者をひょっこり訪ねて、驚かせようと思い立ったのである。居所をちゃんと探しあてられるかどうかはわからなかった。実際、そこは実に小さな忘れられた島だった。が、行ってみると、思いのほかあっさりと見つかった。

ふたりが丈のある草と刈り込んだ短い木々に包まれた土手の下に船をつないだときには、もう夜になっていた。さんざん船を漕いだあとだったので、ふたりとも早々に眠りについた。そのため翌朝は明るくなるまえに眼が覚めた。もっと正確に言うと、夜明けまえに目覚めた。大きなレモン色の月が丈のある草の森にようやく沈みかけていて、空は鮮やかな青紫色をしており、朝まだきとはいっても明るかった。ふたりとも同時に子供の頃を――丈のある草が森のようにわれわれに覆いかぶさっていた、妖精と冒険の時代を――思い出した。空の低いところにある大きな月を背景に伸び立つヒナギクが、ほんとうに巨人のヒナギクに見えた。タンポポもほんとうに巨人のタンポポに見えた。その景色はどこかしら壁紙を貼った子供部屋の腰板を思い出させた。川床が落ち込んでいるので、ふたりは灌木や花の根元より低いところにいて、草を下から見上げていた。

「いやいやいや!」とフランボーが言った。「まるで妖精の国にいるみたいだ」

ブラウン神父は船の上で急に上体を起こすと、胸のまえで十字を切った。その仕種があまりに唐突だったので、フランボーは驚き顔で、どうしたのかと尋ねた。

「中世の物語詩《バラッド》を書いた人々は」と神父は言った。「妖精についてはあなたより詳しかった。妖精の国で起こるのは何も愉しいことばかりではありません」

「ばかばかしい!」とフランボーは言った。「こんな無邪気な月の下じゃ、いいことしか起こらないよ。おれとしちゃ、今すぐにも先に行って、何が起こるのか見てみたいね。こんな月にもこんな思いにも二度とめぐり合わないうちに、おれたちは死んじまって朽ち果てるかもしれないんだから」

「わかりました」とブラウン神父は言った。「私だって妖精の国にはいるのが常に悪いことだと言っているわけではありません。ただ、常に危険がともなうと言っただけです」

ふたりは次第に明るくなる川をゆっくりと漕ぎ進んだ。空の鮮やかな紫も月の淡い金色も徐々に薄くなり、夜明けの色が射すまえの茫漠とした無色の宇宙の中に消えていった。やがて赤と金《きん》と灰色のかすかなストライプが地平線全体に現われ、続いて前方の川沿いの町か村の黒い影がそのストライプをさえぎった。川沿いの寒村の屋根が川の上に迫り出してくるあたり、橋の下に差しかかる頃には、すでに心地よい薄明かりが射し、あらゆるものが見えるようになった。長くて低い屋根の家々がうずくまり、まるで川に水を飲みにきているように見えた、灰色や赤の巨大な牛さながら。白々と空に広がる暁が、働く昼の光に変わっても、静かな村の桟橋にも橋にもどんな生きものの姿もなかった。それでも、ようやく裕福そうで、もの静かなシャツ姿のひとりの男に出くわした。その男の顔はさきほど沈んだ月のようにまんまるで、そのまんまるの下半分に頬ひげを伸ばしていた。そんな顔で支柱にもたれかかり、よどんだ川の流れを見下ろしていた。分析不能の衝動に駆られたフランボーが揺れる船の上ですっくと立ち上がった。そして、リード島かリード荘を知っているかと大声で尋ねた。裕福そうな男は笑みをわずかに広げて、川上の次の曲がり目を無言で指差した。フランボーのほうもそれ以上は何も言わず、ただ船を進めた。

船は草の生えたいくつもの川の曲がり目を曲がり、アシの茂るいくつもの直線流域を進んで、探すのに飽きるまえにひときわ急な曲がり目を曲がったと思ったら、池か湖のようなひっそりとしたところに出た。その景色からふたりは直感的にその場所に興味を覚えた。その広々とした水面の真ん中にまわりをイグサに縁取られた細長くて平たい小島があり、竹か何か丈夫な熱帯の籐《とう》のようなもので造った、これまた細長くて平たいバンガローが建っていた。壁に使ってある直立した竹の棒は薄い黄色で、斜めに渡した屋根の竹の棒は、それより濃い赤か茶色だったが、それ以外の点では、その細長い建物は反復と単調の所産だった。早朝のそよ風が島のまわりのアシをざわめかせ、奇妙な肋材でできたその家の中で歌を歌っていた、まるで巨大なアシ笛でも吹くかのように。「これはこれは！」とフランボーが驚きの声をあげた。「やっと見つけた！　アシ《リード》の島なるものがあるとすれば、まさしくこれだね。アシ《リード》の荘なるものがどこかにあるとすれば、まさしくこの家だ。頰ひげを生やしたさっきの太っちょはきっと妖精だったんだよ」「もしかしたら」とブラウン神父は感情を交えることなく言った。「でも、ほんとうにそうだったら、悪い妖精ですね」

せっかちなフランボーは神父が言いおえもしないうちから、ざわつくアシのあいだに船をつけた。ふたりは細長い風変わりな小島に建つ、古くてひっそりとした家のそばに立った。

家は川とただひとつの浮き桟橋に、言うなれば背を向けて建っていた。正面の入口は川の反対側にあり、そこからは細長い島の庭を見下ろせた。ふたりは家のほぼ三面をめぐっている小径伝いに、低い軒の下を歩いて玄関に向かった。三つの異なる側面にある三つの異なる窓から、同じひとつの細長くて明るい部屋の中がのぞけた。その部屋は軽い羽目板張りで、大きな鏡が何枚も掛けられ、食卓には上品な昼食の用意がなされていた。ふたりはぐるっとまわり込む恰好で正面玄関に出た。玄関のドアの両側にはトルコ石色の植木鉢が置いてあった。ドアを開けたのはいかにも陰気なタイプの——長身瘦軀で、白髪で、ものうげな——執事で、サラディン公は今は留守だが、一時間もすればお戻りになる、とつぶやくように言った。さらに、この家では公爵と客のためにいつでももてなしの用意ができているとも。緑のインクで走り書きした名刺を見せると、その陰気な召使いの羊皮紙のような顔に一瞬、生気がよぎり、いささか心もとない慇懃さではあったが、それでも見知らぬふたりの客に公爵を待つように勧めた。「殿下はすぐにもお戻りになるやもしれません。ほんの少しのいきちがいで、お招きしたお客さまとお会いになれなかったとあっては、さぞ残念がられるでしょう。私どもは殿下とご友人のためにいつも簡単な昼食をご用意するよう言いつかっております。殿下にあられてもおふたりが召し上がっていかれることをお望みかと存じます」

フランボーは好奇心をそそられ、このささやかな冒険をしてみる気になり、申し出を優雅に受け入れ、老執事についていった。執事はフランボーと神父を軽い羽目板を張った細長い部屋に案内した。その部屋に特別なものは何も置かれていなかったが、細長く低い窓がいくつもあり、その窓のあいだの低いところに細長い鏡がいくつも掛けられていた。そのように窓と鏡が交互に連なるという奇妙な按配の部屋で、明るさと空想がないまぜになったような独特の雰囲気がかもされ、ふたりはまるで戸外で昼食を食べているような気分になった。部屋の隅には地味な額がふたつばかり掛けられていて、ひとつは軍服を着たまだ若い男の大きな灰色の写真で、もうひとつは髪の長いふたりの少年を赤いチョークで描いたスケッチ画だった。軍服姿の人物が公爵か、とフランボーが執事に尋ねると、老執事は言下に否定し、公爵の弟のスティーヴン・サラディン大尉だと答えたあとは、まるでことばを忘れてしまったかのように、会話に対する興味をにわかに失ってしまったかのように、寡黙になった。

上等のコーヒーとリキュールで昼食が終わると、ふたりの客は庭と書斎に案内され、さらに女中頭に紹介された――髪の黒い凛々しい顔つきで、なかなか威厳があり、冥界のマドンナとでもいった風情の女性だった。その女中頭と執事だけがもともと外国の出の公爵の使用人の生き残りらしく、今現在、家にいるほかの使用人はみな女中頭がノーフォークで集めた新顔のようだった。女中頭はミセス・アンソニーと呼ばれていたが、話すことばにいくらかイタリア訛りがあるところを見ると、アンソニーというのはラテン系の名前をノーフォーク風に呼び換えたのだろう――フランボーは確信を持ってそう思った。執事のミスター・ポールにもどことなく外国人めいた雰囲気があったが、国際人の貴族に仕える洗練された男の召使いのご多分に洩れず、ことばづかいも執事らしい立ち居振る舞いもイギリス風だった。

家それ自体は、ユニークで洒落てはいたが、奇妙に光り輝く悲哀が漂っていて、そんな家にいると、数時間経つのが数日のようにも思われた。窓がいくつもある細長い部屋には陽射しがあふれていたが、それがまるで死んだ陽射しのように感じられた。加えて、話し声やグラスの触れ合う音、召使いの足音といったすべての日常の音越しに、常に陰鬱な川の音が四方八方から聞こえていた。

「私たちはまちがったところを曲がって、まちがった場所に来てしまったみたいですね」とブラウン神父が灰緑色のスゲと銀色の川の流れを窓の外に見ながら言った。「しかし、それでよしとしましょう。まちがった場所にいても正しい人間でいることで人には善いおこないもできるのですから」

ブラウン神父というのは普段は無口な男だが、妙に感応力のある小男で、果てしなく長かったこの二、三時間を経て知らず知らず、探偵が本職のフランボーより深く、すでにこのリード荘の奥にはいり込んでいた。噂話を仕入れるのになにより大切なこつ——友好的な沈黙というべきもの——を心得ていて、自分はほとんどひとことも発しなくても、新しい知り合いから、彼らがいずれ話しそうなことを全部聞き出してしまうのである。実際、この執事も自分からは多くを語らなかった。執事として当然のことである。それでも、主人に対しては、陰気でほとんど動物的と言えそうな情愛を心に秘めていることがわかった。さらに、この執事に言わせると、サラディン公はこれまで何かとひどい目にあってきたらしく、その主たる加害者がどうやら公爵の弟のようだった。その名前を口にするだけで、老執事はひょろ長い顔をさらに伸ばし、オウムのような鼻に皺《しわ》を寄せて冷笑した。スティーヴン大尉は実際ごくつぶしらしく、寛大な兄から何百、何千ポンドと搾り取っていて、そのために兄は社交界を捨て、この隠れ家に閑居しなければならなくなったらしい。執事のポールが話したのはそれだけだったが、いずれにしろ、この執事が公爵の味方であることだけはまちがいなさそうだった。

イタリア人の女中頭のほうはもう少し口が軽かった。それはそのぶん不満があるからだろう、とブラウン神父は思った。主人について語るその口ぶりには、畏敬の念がそこそこ込められていなくもなかったが、ほんの少し棘《とげ》があった。ブラウン神父がフランボーと鏡の間でふたりの少年の赤いスケッチ画を眺めていたところへ、何かの用事でずかずかとはいってきたのだが、輝く鏡を張りめぐらした部屋の常として、はいってきた者の姿が四、五枚の鏡に一度に映し出された。そのため、この一族の批評をしていたブラウン神父は振り返ることもなく、話の途中でことばを切った。一方、絵に顔を寄せていたフランボーのほうは、すでに大声でこんなことを言ってしまっていた。「これはサラディン兄弟だね。ふたりとも罪のない顔をしてるから、これじゃどっちが善いほうでどっちが悪いほうか、見分けるのはむずかしいね」フランボーはそこで女中頭に気づき、話題をごくつまらないことに変えると、庭のほうにぶらぶらと出ていった。ブラウン神父はそれでも赤いチョークのスケッチ画をじっと見つづけた。ミセス・アンソニーのほうもそんなブラウン神父をじっと見つづけた。

茶色の彼女の眼は大きく、黄褐色のその顔は好奇心と苦痛に満ちた驚きに、暗く輝いていた——見知らぬ者の素性と目的を訝しむように。それでも、小柄な神父の僧服と宗旨に、南の地での懺悔の記憶が呼び覚まされたのか、それとも事実とは無関係に、神父は事情に通じていると勝手に想像したのか、悪だくみの仲間にでも話すかのように声をひそめて神父に言ったのである。「お友達のおっしゃったことはある意味ではあたっています。どっちが善い兄弟で、どっちが悪い兄弟か選ぶのはむずかしいとおっしゃったでしょう？　ええ、そのとおりです。善いほうを選ぶのはそれはもうものすごくむずかしいでしょうよ」

「いったい何を言っておられるのかな」とブラウン神父は言って、立ち去ろうとした。

すると、彼女は神父ににじり寄った。眉を曇らせ、牡牛が角を下げるように身を屈めて。

「善いほうなんていないからです」と彼女は吐き捨てるように言った。「あれだけのお金を持っていった大尉も悪いけれど、お金を与えた公爵だってそれほど善人とは言えないと思います。そもそも公爵の弱みを握っているのは大尉だけじゃないんですから」

ブラウン神父は顔をそむけていたが、なるほどとばかりその顔に光が射した。声にこそ出されなかったが、口の形だけで彼は〝脅迫〟と言った。そのときにはもう彼女はうしろを振り返っており、いきなり顔色をなくして倒れそうになっていた。ドアが音もなく開いていて、血色の悪いポールが戸口に立っていたのだ。姿を映す鏡のせいで、五人のポールが五つのドアから同時にはいってきたかのようだった。

「殿下が今お戻りになりました」と彼は言った。

その声と同時にひとりの男が最初の窓の外を通り、照明に照らされた舞台を歩くように陽のあたっているガラスのまえを横切った。次の瞬間には第二の窓の外を通った。いくつもの鏡が同じワシのような横顔と闊歩する姿を映し出していた。背すじをぴんと伸ばし、いかにも俊敏そうに見えたが、髪はすでに白く、肌は象牙のように黄ばんだ妙な色をしていた。短く弧を描くいわゆるローマ鼻をしていて、そういう鼻には普通長くて細い頬と顎がつきものだが、彼の頬と顎は口ひげと皇帝ひげに覆い隠されていた。口ひげは顎ひげよりずっと黒々としており、それが彼をいくらか芝居がかって見せていた。着ているものも派手な役どころにふさわしかった。白い山高帽、上着に挿したランの花、黄色いヴェスト。さらに黄色い手袋をはめ、歩きながらその手袋をひらめかせたり、振ったりしていた。玄関にたどり着いたのだろう、かしこまったポールがドアを開ける音に続いて、帰ってきた主人の陽気な声が聞こえた。「今、帰ったぞ」かしこまったポールがなにやら聞き取れないことばでそれに応じた。ふたりのやりとりはそのあとしばらく聞こえなくなったが、最後に「何事もご随意に」という執事の声がして、サラディン公爵が手袋をひらめかせながら客を迎えに陽気に部屋にはいってきた。ブラウン神父とフランボーはまたあの幽霊の登場を思わせる光景を見た——五人の公爵が五つのドアから部屋にはいってきた。

公爵は白い山高帽と黄色い手袋をテーブルに置いて、なんとも丁重に手を差し出して言った。

「ここでお会いできてこんなに嬉しいことはありません、ミスター・フランボー。こんな言い方をするとかえって失礼になってしまうかもしれませんが、お噂からあなたのことはよく存じ上げています」

「失礼だなんてことはないよ」とフランボーは笑いながら言った。「おれはそんな繊細な人間じゃないんでね。だいたい汚れのない美徳で評判になるなんてことはめったにないことだ」

　公爵は一瞬、相手に鋭い眼を向け、その返答には個人に向けたあてこすりが含まれているのかどうか見きわめようとした。が、そのあとは一緒に笑い、客に椅子を勧め、自分も椅子に腰をおろすと、どこかしら他人事のように言った。

「ここは気持ちのいいところですね。残念ながら、することはあまりないが、釣りは最高です」

　ブラウン神父は赤ん坊のような真剣な眼で公爵を見ていた。なんとも言いようのない考えが頭から離れなかったのである。神父は公爵の入念に輪にしたグレーの髪、黄色味を帯びている白い顔、すらりとした洒落者の体つきを観察した。それらにはフットライトを受けている者の扮装のように、いささかめだつ《プロノンセ》ところはあったが、不自然とは言えなかった。神父がなんとも言えない興味を覚えたのは、それ以外のもの、顔の造作そのものだった。実のところ、以前に見たことがある顔だというあやふやな記憶に悶々としていたのである。が、そこでいきなり鏡のことを思い出し、人の顔が同時にいくつも映し出されるのを見たことによる心理作用で、こんな想像をしてしまうのだろうと思い直した。

サラディン公爵は上機嫌で、ふたりの客それぞれに如才なく社交的に接した。スポーツ心あふれる探偵のフランボーがこの休暇を大いに愉しみたがっていることがわかると、フランボーとフランボーの船を川一番の釣り場に案内した。そして、そのあと二十分もすると自分のカヌーで戻ってきて、書斎にいたブラウン神父にも同じように礼儀正しく接し、神父の哲学的な愉しみの相手をした。釣りについても書物についてもいかにも知識が豊富なようだった。ただ、彼の知る書物はことさら人を教化する類いのものではなかった。公爵は五、六ヵ国語を話したが、そのどれもがその国の俗語だった。さまざまな都市の雑多な社会で暮らしたことがあるのは明らかで、最も愉快な彼の話の中には、賭場や阿片窟、オーストラリアの奥地に住む山賊やイタリアの山賊が登場した。かつての名士サラディンがここ二、三年はしょちゅう旅行をしていることは、ブラウン神父も知っていたが、これほどいかがわしい、あるいはこれほど愉しい旅をしているとは思っていなかった。

実際、サラディン公爵は世慣れた人間の威厳のようなものを備えてはいたものの、ブラウン神父のような鋭敏な観察者には、落ち着きのない者、さらには信用のできない者の気配も感じられた。顔つきは潔癖そうでも、眼には野卑なところがあり、酒や麻薬に傷められた者の神経質そうな癖があった。加えて、この家の舵取りをしてもいなければ、舵取りをしている振りさえしていなかった。この家のすべてはふたりの古い使用人に任されていた。とりわけ執事に。執事がこの家の屋台骨であるのは明らかだった。実際、ミスター・ポールは執事というより家令か式部官といった趣きで、食事は奥でこっそりとっていたが、料理そのものは主人が食べるものと変わらないくらい贅沢なものだった。使用人全員から恐れられ、公爵とあれこれ話し合うときにも、礼儀正しくはあっても唯々諾々とはしていなかった――むしろ公爵の弁護士といったふうだった。それに比べると、陰気な女中頭はただの影にすぎなかった。めだたないように振る舞い、まるで執事だけに仕えているかのようで、兄を強請《ゆす》る弟のことをブラウン神父に打ち明けたときのような、火山が噴火するような陰口を聞くことはもうできなかった。だから、公爵がどこかよそにいる大尉に金を搾り取られていることの真偽はもう確かめられなかったが、それでもサラディンという人物にはどこかしら不安げで、秘密めいたところがあり、ブラウン神父には、女中頭のあの陰口もまんざらつくり話ではなさそうに思えた。

ブラウン神父とサラディン公爵が窓と鏡の細長い広間に戻った頃には、黄色いたそがれが川と土手の柳に垂れ込め、妖精が小さな太鼓を叩くようなサンカノゴイの鳴き声が遠くから聞こえていた。悲しくて邪悪な妖精の国のあの独特の感じが、灰色の雲のようにブラウン神父の胸をまたよぎった。「フランボーが早く戻ってこないものか」と神父はぼそっとつぶやいた。

「あなたは運命《ドゥーム》を信じますか？」落ち着きのないサラディン公爵がだしぬけに訊いてきた。

「いいえ」と神父は答えた。「私が信じているのは審判の日《ドゥームズ・デイ》です」

公爵は窓辺から振り返ると、独特の風情で神父を見つめた。夕陽を背景に公爵の顔が影になっていた。「どういう意味です？」

「私たちはタペストリーの裏側にいるということです」とブラウン神父は言った。「今ここで起きることには意味などないように思われますが、それはどこかよそで意味を持つのです。天罰というのはどこかよそで真の罪人にくだるものです。ここではしばしばまちがった者にくだるように思われます」

公爵は獣のような妙なうめき声をあげた。影になった顔の中で眼が奇妙に光っていた。神父の心の中で新たな鋭い考えが静かに閃いた。才気と唐突さがないまぜになったサラディン公の性格には、何か別な意味があるのだろうか？　果たして公爵は――果たして彼は完全に正気なのだろうか？　公爵は同じことばを繰り返していた。「まちがった者――まちがった者」感嘆の気持ちを社交的に表わすにしては不自然なほど何度も。

実のところ、ブラウン神父は遅ればせながらそこでふたつ目の真実に気づいたのだった。音もなく開いたドアが神父のまえのいくつかの鏡に映っていた。その戸口にミスター・ポールが相変わらず青白い顔をして、これまた音もなく立っていた。

「すぐにお知らせすべきだと思いまして」とミスター・ポールは長年仕えている一族の弁護士さながら堅苦しく丁重な口調で言った。「男六人が漕ぐ船が桟橋に着きました。船尾におひとり紳士が乗っておられます」

「船！」と公爵は相手のことばを繰り返した。次いで「紳士？」と言って立ち上がった。

そのあとは驚きに満ちた沈黙が流れた。時折、スゲの中の鳥がたてる音だけがその沈黙を破った。誰も何も言わなかった。するとそのとき、陽のあたっている三つの窓の外を男がひとり通り過ぎた。その新たな横顔と姿が見えた。ちょうど一、二時間前に公爵が通ったときのように。しかし、たまたまふたりともワシ鼻という偶然の一致を除くと、ふたりに共通点はほとんどなかった。サラディンの山高帽は白くて新しかったのに対し、今現われた男のほうは、古めかしい、あるいは異国風の形をした黒い帽子をかぶっていた。帽子の下の顔は若く、いかめしい顔つきで、ひげをきれいに剃った顎は青く、決然とした風情が漂い、どこかしら若きナポレオンを思わせるものがあった。いでたち全体に先祖代々の服装を変えるつもりなどさらさらないとでもいった、古くて風変わりなところがあるので、よけいそんな連想が湧くのだろう。くたびれた青いフロックコートに赤い軍人風のヴェストを着て、粗布の白いズボンを穿いていた。そのズボンはヴィクトリア朝初期ならごく普通のものだっただろうが、今の時代にはなんとも不釣り合いだった。そういった古着の中から、異様に若く、恐ろしく真剣な黄褐色の顔がのぞいていた。

「くそ！」サラディン公爵はそう言うと、白い帽子をかぶり、夕陽に映える庭に向けて玄関のドアを開け放って外に出た。

そのときにはもう新参者とその従者たちは、劇中の小さな軍隊のように芝生に整列していた。六人の漕ぎ手は船を岸に引き上げ、櫂《かい》を槍のようにまっすぐに立てて持ち、ほとんど威嚇するように船を守っていた。陽に焼けた男たちで、イアリングをしている者もいた。そのうちのひとりがまえに進み出て、赤いヴェストを着た若者の横に立った。見なれない形をした大きな黒い箱を持っていた。

「あなたが」と若者は言った。「サラディンか？」

サラディンはむしろなげやりにうなずいた。

若者は鋭さとは縁遠い犬のような茶色の眼をしており、落ち着きのない公爵のきらきらとした灰色の眼とはとことんかけ離れていた。なのに、ブラウン神父はどこかでこんな顔を見たことがあるという感覚にまたしても苛《さいな》まれた。そこで、また鏡の間で像が反復することを思い出し、これもそのせいだろうと思い直してつぶやいた。「なんと忌々しい水晶の館であることか。なんでも何度も見えすぎる。まるでこれでは夢ではないか」

「あなたがサラディン公爵なら申し上げよう」と若者は言った。「私の名はアントネッリだ」

「アントネッリ」と公爵はものうげに言った。「どこかしら聞き覚えのある名だ」

「自己紹介をさせてもらおう」と若いイタリア人は言った。

そう言って、左手で古風な山高帽を恭《うやうや》しく取ると、右手でサラディン公爵の顔を叩いた。ぴしゃりという音がした。白い山高帽が階段の上を転げ落ち、青い植木鉢のひとつが台の上で揺れた。

どんな人物であれ、公爵が臆病者でないことだけは明らかだった。相手の咽喉元に飛びつくと、もう少しでうしろの芝生に押し倒しそうになった。ところが、意外にも彼の敵は慌てて礼儀を取りつくろうような、なんとも場にそぐわない動きで難を逃れた。

「これでいい」若者は息を切らせてたどたどしい英語で言った。「私はあなたを侮辱した。かくなる上はあなたを満足させてあげよう。マルコ、箱を開けろ」

黒い大きな箱を持って若者の横に立っていたイアリングの男がまえに進み出て、箱についていた錠をはずした。そして、箱の中から柄も刃も見事な鋼でできた、イタリア風の細身の長い小剣を二本取り出し、切っ先を下にして芝生に突き立てた。復讐に燃える黄色い顔を門のほうに向けて立つ新参者の若者に、墓場のふたつの十字架のように芝生に刺された二本の剣に、背後に並ぶ漕ぎ手――これらすべてがどこか野蛮な土地の裁きの場のような奇妙な風情をかもしていた。とはいえ、それ以外のものには何ひとつ変わりなく、それがよけいにこの出来事の唐突さをきわだたせていた。金色の夕陽は今も芝生を照らし、サンカノゴイが小さくともおぞましい運命を告げるかのように、ホウホウと鳴いていた。

「サラディン公爵」とアントネッリと名乗った男は言った。「私がまだゆりかごの赤ん坊だった頃、おまえは私の父を殺して母を奪った。父のほうがおまえなどに奪われた母などより幸運だったと言えるだろうが、おまえは父を正々堂々と殺そうとはしなかった。私がこれからおまえを殺すようには殺さなかった。おまえと邪悪な私の母は父をシチリアの人《ひと》気《け》のない峠に連れ出し、崖から突き落として立ち去った。おまえの真似をしようと思えばできなくもないが、おまえの真似をするというだけで汚らわしい。私はこれまでおまえを世界じゅう追いまわしたが、おまえは常に私から逃れた。しかし、ここは地の果てだ――そして、おまえの死に場所だ。もう逃がさない。それでも、おまえが私の父には与えなかったチャンスをやろう。剣を選べ」

サラディン公爵は眉間に皺《しわ》を寄せて、しばらく迷っているように見えた。若者にぶたれた耳がまだ鳴っていた。それでも勢いよくまえに出ると、片方の剣の柄をつかんだ。ブラウン神父もまえに飛び出していた。仲裁にはいろうとしたのだ。が、すぐに自分の存在が事態をより悪くしていることに気づいた。サラディンはフランスのフリーメイソンの会員で、筋金入りの無神論者でもあったので、相反の法則から聖職者の存在はそんなサラディンをかえって刺激した。もうひとりについては、聖職者だろうと俗人だろうと、何人《なんぴと》にも影響を受けるところがなかった。ナポレオンの顔をしたこの若者は清教徒よりはるかに厳格だった――まさに異教徒だった。地球の黎明期の単純なる殺戮者、石器時代の男、石の男だった。

残る希望はただひとつ、家の者を誰か呼ぶことだ。ブラウン神父は慌てて家の中に駆け込んだ。が、下働きの者たちはみな専制君主のポールに休暇を与えられ、岸に上がっており、陰気なミセス・アンソニーがただひとり細長い部屋を落ち着きなく歩きまわっているだけだった。しかし、彼女が青ざめた顔をブラウン神父のほうに向けるや、この鏡の館《やかた》の謎のひとつが一気に解けた。鋭さとは縁遠いアントネッリの茶色の眼は、まさしく鋭さとは縁遠いミセス・アンソニーの茶色の眼だった。神父にはたちまちこの家の事情の半分が見えた。

「息子さんが外にいます」と神父はよけいなことばを弄することなくずばりと言った。「このままでは息子さんか公爵のどちらかが殺されてしまいます。ミスター・ポールはどこです？」

「桟橋です」とミセス・アンソニーは弱々しい声で言った。「彼は——彼は——助けを呼ぼうとしています」

「ミセス・アンソニー」とブラウン神父は真剣な声音で言った。「無駄話をしている時間はありません。私の友人は自分の船に乗って下流へ釣りに行ってしまいました。息子さんの船はお付きの人たちに守られています。残るはあのカヌーだけです。ミスター・ポールはそれで何をしようとしているのです？」

「ああ、マリアさま！　わたしにはわかりません」彼女はそう言うと、気を失って敷物を敷いた床に倒れてしまった。

ブラウン神父は彼女を抱え上げてソファに寝かすと、ポットの水を彼女にかけ、大声で助けを呼んだ。それから小島の桟橋まで走った。が、カヌーはもうすでに川の中ほどまで出ており、老ポールが彼の歳の人間には考えられないほどの力で櫓を漕いで、上流に向かっていた。

「私がなんとしても旦那さまを助けます」とポールは眼を狂人のように爛々と光らせて叫んだ。「今からでもなんとしてでも!」

ブラウン神父としては船が流れに逆らって上流へ向かうのを見送り、手遅れにならないうちに老執事が小さな町に、この緊急事態を知らせてくれることを祈るしかなかった。

「決闘というのはそもそもよくないことだが」と神父は土埃色の乱れた髪を撫で上げながらつぶやいた。「この決闘にはそんな決闘としても何かよくないところがある。それが直感でわかる。しかし、何がまちがっているのか?」

その場に立って川面を、夕陽を映す鏡を見つめていると、島の庭の反対側から小さくとも聞きまちがえようのない音が聞こえてきた——鋼と鋼がぶつかる冷たい音。神父は振り返った。

細長い小島の岬とも突端とも言えそうなあたり、バラの植え込みの最後の列が終わるさらに先に、細長い芝生があり、決闘者たちはそこですでに剣を交えていた。頭上の夕空が純金の丸天井となり、遠く離れているのに、ふたりの姿は細かいところまではっきりと見えた。ふたりとも上着を脱ぎ捨てていて、サラディンの黄色いヴェストと白髪、アントネッリの赤いヴェストと白いズボンが、横から射す光を受けて、ゼンマイ仕掛けの踊り子の人形の色彩のように光っていた。二本の剣も切っ先から柄頭までダイアモンドの飾りピンのように輝いていた。それほどきらきらとして、それほど小さく見えるふたりの姿には、なんともそら恐ろしいものがあった。ふたりはまるで互いをピンで刺して、コルク板にとめようとしている二匹のチョウのようだった。

　ブラウン神父は短い脚を車輪のように動かして全速力で走った。が、戦いの場に来て、すでに遅すぎ、かつまだ早すぎたことがわかった。いかめしいシチリア人が櫂に寄りかかって立っているすぐそばで決闘を止めるには、もう遅すぎた。一方、いかなる惨状が出来《しゅったい》するかを予測するには早すぎた。というのも、ふたりの男は剣の腕前が見事なほどに拮抗《きっこう》していたからである。公爵は一種シニカルな自信を持って技を繰り出し、シチリア人のほうは残忍なまでに細心の注意を払って剣を操っていた。葉の茂る川に浮かぶこの忘れられた島で、丁々発止と繰り広げられたこの決闘ほどのフェンシングの試合は、観客で埋まった古代の円形闘技場でも見られなかったことだろう。そのめくるめく戦いは拮抗したままかなり長く続いた。決闘を止めたいと思っている神父の心にまた希望が湧いてきた。ポールがもうすぐ警察を連れて戻ってくるはずだ。フランボーが釣りから帰ってくるだけでもいくらかは心強い。フランボーの腕っぷしは男四人分に相当する。しかし、フランボーが帰ってくる気配も、それより妙なことにポールが警察を連れて戻ってくる気配もなかった。川に浮かべるものとしては筏《いかだ》もなければ、櫂一本残されていなかった。彼らは名もない広い池のこの忘れられた島にいて、太平洋の岩礁にいるのと変わらなかった。同じくらい孤立していた。

神父がそんなことを思ったのとほぼ同時に小剣のぶつかり合う音が速まり、公爵の両腕が高く上げられ、肩甲骨のあいだから剣の切っ先が突き出した。腕立て側転を半分やりかけた少年のように、公爵は体を大きく横に回転させると、地面に倒れた。剣が彼の手から流れ星のように飛んでいき、遠くの川に落ちた。公爵自身、地面を揺るがすほどの勢いで倒れ込んでいた。その拍子に大きなバラの木が折れ、赤土の土埃が宙に舞い上がった。異教の生贄から立ち昇る煙のように。シチリアの若者が父の霊に血の供物を捧げた瞬間だった。

ブラウン神父はすぐさま亡骸のそばにひざまずいたが、ただそれがすでに亡骸であることがわかっただけだった。気休めの蘇生を試みていると、遠い川上からそのとき初めて人の声が聞こえてきた。警察の船が猛スピードで桟橋に向かっているのが見えた。巡査とその上司も乗っていた。興奮したポールも。小柄な神父は顔をしかめ、不審な思いをあらわにして立ち上がるとつぶやいた。

「はてさて、いったいどうして――いったいどうしてもっと早く戻ってこられなかったのか？」

　その七分後には、島は町の人間と警察の人間に占められ、後者は決闘の勝利者に手をかけ、あなたの話すことはすべてあなたに不利な証拠として利用されることがあるとお定まりの警告を与えた。

「何も言うことはない」と偏執狂の若者は平和に満ちた晴れ晴れとした顔で言った。「もう言うことは何もない。私はとても幸せなのだから。あとは縛り首にしてもらうこと以外、なんの望みもない」

　警察に連行されるときにも彼は口を利かなかった。さらに奇妙ながら、まぎれもない事実として、彼はそれ以降、この世で二度と口を開くことはなかったのである。裁判の席で自ら「有罪」と言った以外はもう二度と。

　ブラウン神父はにわかににぎやかになった庭を眺めた。殺人者の逮捕劇を目撃し、医者が検分したのち運び出された死体を見送りもした今、何か醜悪な夢の覚めぎわを見ているような気分だった。その悪夢の中の人間のように、ただじっとしていた。目撃者として警察に名前と住所を教えたあとは、岸まで船で送ろうという申し出を断わり、ひとり島の庭に残り、折れたバラの木と、不可解ないっときの悲劇が演じられた緑の舞台をただじっと眺めつづけた。川から光が消え、湿った土手に霧が立ち、ねぐらに急ぐ数羽の鳥が断続的に飛び過ぎた。

彼の潜在意識（ブラウン神父のそれは並はずれて活発なのだが）にはまだ説明がつかないものがあった。ことばにはできない確信が頑固にこびりついていた。一日じゅう彼につきまとっているこの感覚は「鏡の国」に関する思いつきをあてはめても、十全には説明がつかなかった。何かのゲームか仮面劇を見ている気分だった。しかし、人は下手な芝居のために絞首刑になったりもしなければ、剣で人の体を突き刺したりもしない。

栈橋の階段に腰かけ、考えをめぐらせていると、夕陽に照る川面を高く黒い帆影が音もなく近づいてきた。神父は弾かれたように立ち上がった。胸がつまり、ほとんど泣きそうな気分になっていた。

「フランボー！」と叫んで、友達の手を握りしめると、何度も振りまわした。釣り道具を手に岸に上がってきたスポーツ好きの男は驚き顔を隠せなかった。「フランボー、殺されてはいなかったのですね？」

「殺される?!」と釣り人は驚きをさらに深めて訊き返した。「なんでおれが殺されなきゃならないんだね？」

「ほかの人間がほぼ誰も彼も殺されたからです」と神父は興奮したまま言った。「サラディンは殺され、アントネッリは縛り首になりたがっています。彼の母親は気絶して、たとえばこの私だって、この世にいるのかあの世にいるのかわからない。ところが、ありがたや、あなたとこうして同じ世界にいられたとは」神父はそう言って、まだまごついているフランボーの腕を取った。

　ふたりは桟橋をあとにして、低い竹の家の軒下にはいり、最初にこの島に来たときのように窓のひとつから家の中をのぞき見た。ふたりの眼を惹くように計算され、ランプに照らされた室内を見た。その細長いダイニングルームのテーブルには、サラディンを殺した男が嵐のように島にやってきたときに用意されていた料理が今も並べられており、しかも今その同じテーブルで晩餐が進められていた。末席にミセス・アンソニーが不機嫌そうに坐り、上席には大執事のミスター・ポールが坐っていた。最上の料理と酒を愉しんでいるミスター・ポールの青みがかって潤んだ眼が、顔から妙に飛び出して見えた。もの淋しいその顔つきからは彼が何を考えているのか、計り知ることはできなかったが、それでもまんざら満足していないわけでもなさそうだった。

　フランボーは暴力的なまでに苛立った身振りで、窓をがたがた言わせてこじ開けると、ランプに照らされた部屋に憤然とした顔を突き出して怒鳴った。

「おい！　何か食べなきゃならんというのはわかるが、主人が殺されて庭に倒れているときにその主人の夕食をくすねるというのはいったい――」

「私は愉しく長い人生の中で実に多くのものを盗んできました」と奇妙な紳士は平然と答えた。「この夕食はそんな私が盗まなかったものの数少ないひとつです。この夕食とこの家とこの庭はたまたま私のものなんで」

フランボーは何か考えが浮かんだような顔をして言った。「ということは、つまりサラディン公は遺言で――」

「私がそのサラディン公なのだよ」と老人は塩で味をつけたアーモンドを咀嚼しながら言った。

外の鳥を眺めていたブラウン神父はまるで銃に撃たれたかのように飛び上がり、カブのように白い顔を窓から差し入れ、甲高い声で訊き返した。

「あなたがいったい誰ですって？」

「サラディン公爵ポールめにございまする」と由緒ある家柄の老人は慇懃に言って、シェリー酒のグラスを掲げた。「ここで静かに暮らしております。なにぶん家庭的な男なものでね。慎み深くポールと名乗っているのは、不幸な弟のスティーヴンと区別するためです。彼は死んだそうですね、つい最近、この庭で。敵がここまで彼を追ってきたとしても、それは私が悪いんじゃない。弟が嘆かわしくもだらしない暮らしを送っていたからです。弟は家庭的な性格とは言えませんからな」

そう言って黙り込むと、向かいの壁――うなだれた女性の暗い頭の上あたりをじっと見つめた。その顔つきには死んだ男と同じ一族の相似形が今ははっきりと見て取れた。やがて何かを咽喉に詰めたかのように、公爵の老いた肩が持ち上がり、いくらか震えだした。が、表情にはなんの変化もなかった。

「なんてやつだ！」とフランボーがややあって叫んだ。「こいつ、笑ってやがる！」

「行きましょう」と言ったブラウン神父は顔面蒼白になっていた。「この地獄の家から離れましょう。真正直な船に戻りましょう」

ふたりが島を離れる頃には、夜がイグサにも川にも垂れ込めていた。ふたりは二本の大きな葉巻で自らの心を慰め、真っ暗な川をくだった。葉巻が真っ赤な船の角灯のように光っていた。ブラウン神父が葉巻を口から離して言った。

「あなたにももう想像がついていることと思いますが、これはつまるところいたって原始的な話だったのです。ある男にはふたりの敵がいました。しかし、その男は賢かった。だから、敵がふたりいるということはひとりいるより都合のいいことに気づいたのです」

「そこがなんともまるでわからない」とフランボーは言った。

「いや、実に単純なことです」とブラウン神父は答えた。「単純だけれども、無邪気さとは縁遠い話です。サラディン兄弟はふたりともやくざ者でした。しかし、公爵のほうはトップにのぼりつめるタイプで、弟のほうは奈落に落ちるタイプのならず者でした。このあさましい将校は物乞いから恐喝者に落ちぶれ、あるあさましい日に兄の公爵の弱みをつかんだのです。それがちょっとやそっとの弱みではないことは明らかです。なぜとならば、率直なところ、ポール・サラディン公爵というのは大変な〝放蕩児〟で、社交界の罪ぐらいで傷つくような評判など端《はな》から持たない男だったからです。実際のところ、その弱みは縛り首にもなりかねないことで、スティーヴンは文字どおり、兄の首に縄をかけていたのです。どういういきさつかはわかりませんが、シチリアでの一件の真相を探り出して、兄が山中でアントネッリの父親を殺した証拠を握っていたのでしょう。そして、十年ものあいだ、口止め料をたんまりとせしめたわけです。その結果、さしもの公爵の財産も最後にはいささか馬鹿らしく見えてくるほどのものになってしまいました。

しかし、サラディン公爵は血を吸うヒルのようなこの弟のほかにももうひとつ、自分は厄介事を背負っていることを知ることになります。父親を殺したときにはまだ子供だったアントネッリがその後、野蛮なシチリアの忠孝心を叩き込まれ、ただひたすら父親の仇を討つために生きていることを知るのです。それも彼を絞首台に送ろうというのではなく（アントネッリにはスティーヴンが握っていたような証拠はなかったので）昔ながらの血の復讐をやり遂げるつもりでいることを。アントネッリ少年は武芸の鍛錬をして必殺の技を磨きました。そして、その技を駆使できるほどの年齢に達した頃、新聞の社交界欄も報じたようにサラディン公爵は旅を始めます。しかし、実のところ、彼は自らの命を守るために逃げ出したのです。追われる犯罪者のように各地を転々としていたのです。執拗な若者にあとを追いかけられていたのです。これがサラディン公爵の陥った境遇で、それはとても愉しいものとは言えなかったでしょう。アントネッリから逃げるために金をつかうと、スティーヴンへの口止め料が足りなくなり、黙らせるためにスティーヴンにたっぷり払えば、アントネッリから逃げおおす望みがなくなります。しかし、そういう境遇に陥って、公爵は自分が偉大な人間であることを示すのです――それこそナポレオンのような天才であることを。

このふたりの敵に抗うのではなく、いきなり両者に降参してしまうのです。日本の格闘家のように一歩退き、逆にふたりの敵を自らのまえに屈服させるのです。公爵は世界じゅうを逃げまわるのをやめて、若きアントネッリに自ら住所を教え、弟にすべてを譲り渡しました。粋な服を着て快適な旅ができるだけの金をスティーヴンに送り、それにおよそのところこんな手紙を添えました。〝残っている金はこれだけだ。おまえにすっかり搾り取られてしまった。それでもまだノーフォークに小さな家がある。そこには召使いもいれば、酒蔵もある。もっと私から欲しいのなら、それを取れ。それでいいなら、そこに来てそれを自分のものにするがいい。私はおまえの友人か代理人として、そこで静かに暮らせればそれでいい〟。公爵は知っていたのです、シチリア人の若者はサラディン兄弟をおそらく絵や写真でしか見たことがないことを。実際、この兄弟はいくらか似ており、ともに灰色のとがった顎ひげを生やしていました。そうして公爵は自分だけひげを剃ると、待ち受けました。獲物はまんまと罠にかかりました。不運な大尉は新調した服に身を包み、公爵として家にはいり、そのままシチリア人の剣のまえに立たされたのです。

ただひとつだけ問題が起こりましたが、それは誉れある人間性によるものでした。サラディンのような悪党はしばしば人間の美徳を考慮しないために失敗することがよくあるものですが、彼はイタリア人が襲ってくるとすれば、自分がやったように卑劣で野蛮な闇討ちにちがいないと決めつけていました。闇夜にナイフで刺されたり、生け垣の陰から撃たれたりして、襲われたほうは声もなく死んでいくにちがいない、と。だから、アントネッリが騎士道精神を発揮して、正式な決闘を申し込んできたのは、ポール公爵にとってまさに悪夢以外の何物でもなかったでしょう。なぜといって、弟が事情を説明してしまうかもしれないからです。だから、公爵は眼を血走らせて船を出そうとしたのです。アントネッリに正体を知られないうちに、帽子もかぶらず、屋根も何もない船で逃げ出そうとしたのです。

しかし、慌てふためいてはいても、公爵は希望を失ってはいませんでした。弟が冒険家であることも、アントネッリが狂信的な若者であることも彼にはわかっていました。芝居のように役どころを演じる愉しみにしろ、手に入れたばかりの快適な住まいを失いたくないという欲にしろ、幸運と剣の腕を信じるならず者らしい気持ちから、冒険家のスティーヴンが黙っていることも大いに考えられました。狂信的なアントネッリのほうはまちがいなく口を閉ざし、一家の恥を他言することなく、絞首台に向かうはずでした。だから、公爵は決闘が終わったとわかるまで川で時間をつぶしたのです。それから町に知らせにいき、警察を呼び、敵がふたりとも打ち負かされていなくなったことを見届けると、ほくそ笑みながら夕食の席に着いたというわけです」

「冗談じゃない、あいつはほんとに笑ってたよ！」とフランボーは言うと、派手に震えてみせた。「悪党というのはそういう悪知恵を悪魔から授かるのかね？」

「いや、あなたから借りたのです」と神父は言った。

「なんだって！」とフランボーは叫んだ。「このおれから？　いったいそれはどういう意味だね？」

神父はポケットから名刺を取り出すと、葉巻のわずかな光にかざした。その名刺には緑のインクの走り書きがあった。

「あの男があなたにそもそも寄越したこの招待状のことは覚えていますね？　あなたの犯罪の手並みを誉めていたでしょう？　〝ある刑事に別の刑事を逮捕させたあなたのあの策略〟と書いてあります。公爵はあなたのその策略をただ真似しただけです。ふたりの敵に左右から迫られ、ひょいと身をかわして、両者がぶつかり合い、殺し合うようにしむけたのです」

フランボーは神父の手からサラディン公爵の名刺をつかみ取ると、ずたずたに引きちぎった。

「これでどくろ印（毒薬の壜などに付される危険の印。もとは海賊の旗印）ともおさらばだ」そう言って、彼は現われては消える暗い川の波間に名刺を撒き散らした。「だけど、魚が毒にあたっちまいそうだな」

白い名刺と緑のインクの最後の薄光は水に沈むと、闇に消えていった。朝のようなかすかな震える色が空を変え、草の向こうで月の色が淡くなった。ふたりはしばらく無言で船に揺られていた。

「神父」とフランボーがいきなり言った。「みんな夢だったんだろうか？」

否定したのか、それともわからないと言ったのか、神父はただ首を振っただけで何も答えなかった。サンザシと果樹園の香りが闇を漂ってきて、風が眼を覚ましたことをふたりに告げた。次の瞬間、その風は小さな船を揺らし、帆をふくらませた。そして、ふたりを川の下流へと、もっと幸せな場所へと、もっと無害な人たちが住むところへと運んでいった。

神の鉄槌

The Hammer of God

ボーン・ビーコンというのは丘の上にちょこんとのっかった小さな村だが、丘の傾斜があまりに急なので、村の教会の高い塔も小山の頂にしか見えない。鍛冶屋が一軒、その教会の真下にあって、そこではたいてい炎が赤々と光り、あたりには金槌や鉄くずが散らばっている。その鍛冶屋の正面——丸石を敷いた道の十字路の向こう——には『青猪亭《ブルー・ボア》』という村でただひとつの宿屋兼酒場があり、鉛色と銀色の夜明けが訪れる頃、兄弟ふたりが出会ったのはこの十字路でのことだった。ただ、ひとりはこれから一日を始めるところで、もうひとりは終えるところだった。どこまでも信心深いウィルフレッド・ボーン師のほうは、暁の祈りか瞑想の厳しい勤行に向かうところだったが、およそ信心深くない兄のノーマン・ボーン大佐のほうは、夜会服を着て、『青猪亭』の軒先のベンチに腰かけ、まだ酒を飲んでいるところだった。その酒を火曜日最後の酒と見なすか、水曜日最初の酒と見なすかは、哲学的観察者のあいだでも意見が分かれるところだろうが、大佐はそもそもそんな細かなことを気にする男ではなかった。

ボーン家は実際にその歴史を中世にまでさかのぼれる数少ない貴族の家系で、この一族の槍の旗は嘘偽りなくパレスティナの地を見ていた。しかし、そういった一族が気高い騎士道の伝統を守っていると思ったら大まちがいである。貧乏人以外に伝統を守ろうと思う者などめったにいない。貴族というのはそもそも伝統に生きているのではなく、流行に生きている人種である。実際、ボーン家もアン女王時代にはモーホック団（十八世紀のロンドンで夜に市中を荒らしまわった上流階級の悪党団）の一員だったし、ヴィクトリア女王時代の一族の男は女たらしばかりだった。さらに、真に古い家系にはよくあることだが、ボーン家の人間もこの二世紀のあいだに、ただの飲んだくれと堕落した洒落者に落ちぶれ、ついには狂気の噂さえ囁かれるほどに成り下がっていた。確かに、オオカミのように快楽を貪る大佐のさまには人間離れしたところがあり、朝になるまで決して家に帰ろうとしない頑固さがいつまでも続いているところなど、ぞっとするほど澄んだ不眠症の気配が感じられた。大佐自身は背が高く、精悍な獣のような体格で、歳はとっていても髪はまだ驚くほど黄色かった。だから純粋に、金髪でライオンのような風貌に見えてもいいはずなのだが、眼がひどく落ちくぼんでいるせいで、その青い色が誰にも黒にしか見えなくなっていた。また、眼と眼のあいだも狭すぎた。やけに長い黄色い口ひげをしていて、その左右、小鼻から顎にかけて、ひだとも深い皺《しわ》とも言える線が刻まれ、せせら笑うと、顔に切れ込みがはいったかのように見えた。夜会服の上に奇妙に色の薄い上着を羽織っていたが、それはオーヴァーコートというよりごくごく軽い部屋着のように見えた。後頭部にかぶっているのは異様につばの広い鮮やかな緑の帽子で、東洋の珍品をそのときの衝動に駆られて手に入れたのだろう。大佐はこうした不調和な服装で人前に出ることを自慢にしていた。自分が着れば不調和でなくなることが自慢だったのである。

副牧師の弟もやはり黄色い髪で、優雅な体つきをしていたが、黒服のボタンを顎の下まできちんととめ、ひげもきれいに剃って、見るからに教養のありそうな顔をしていた。いくらか神経質そうには見えたとしても。ひたすら信仰に生きているように見えたが、村人の中には（とりわけ長老派信者の鍛冶屋などは）彼が愛しているのは神よりむしろゴシック建築であり、幽霊みたいに教会に入りびたっているのは、兄を酒と女に狂わせたほとんど病的なほどの美への渇望がもっと純粋な形を取ったのにすぎない、などと言う者もいた。しかし、この非難は疑わしい。弟の敬虔な振る舞いには一点の曇りもなかったからだ。だいたいのところ、こういう非難は、孤独とひそかな祈りというものに対する無知がなせる誤解だが、彼に対する誤解は彼がしばしば祭壇のまえではなく、地下聖堂や桟敷や果ては鐘楼といった奇妙な場所でひざまずいているのをよく人に見られることによるものだった。今、弟は鍛冶屋の敷地を抜けて教会にはいろうとしたところで、洞穴のようにくぼんだ兄の眼がじっと同じ方向を見つめているのに気づいて立ち止まった。そして、いくらか怪訝な顔をした。といっても、兄の大佐が教会に関心を持ったのではないか、などと考えて時間を浪費するようなことはなかった。となると、あとには鍛冶屋が残るだけで、鍛冶屋の主《あるじ》は清教徒で、彼の教会の信者ではなかったが、ウィルフレッド・ボーンにしても、村でよく知られる鍛冶屋の美人の女房の醜聞は、ちらほらと聞いたことがあった。それで、疑わしげな一瞥を鍛冶屋の小屋の向こうに向けると、大佐が立ち上がり、笑いながら話しかけてきた。

「おはよう、ウィルフレッド。よき地主として、おれは寝ずに領民を見張ってるんだよ。これから鍛冶屋を訪ねようと思ってる」

ウィルフレッドは地面を見ながら言った。「鍛冶屋は留守だ。グリーンフォードへ行った」

「知ってるよ」と兄は答え、声をあげずに笑った。「だから訪ねていくんだろうが」

「ノーマン」と聖職者は道路の丸石を見ながら言った。「兄さんは雷が怖いと思ったことはないのか？」

「何が言いたい？」と大佐は訊き返した。「おまえは気象学が趣味なのか？」

「私が言いたいのは」とウィルフレッドは顔を起こすことなく言った。「道で神さまの罰があたるかもしれないと思ったことはないのかということだ」

「なんだって」と大佐は言った。「おまえの趣味は民俗学なのか」

「兄さんの趣味が神の冒瀆だということは知ってるよ」信心深い男は自らの心の唯一生きとしたところを刺激され、言い返した。「でも、神を恐れることはなくても、人間を恐れる理由は兄さんには山ほどありそうだね」

兄は儀礼的に眉を吊り上げて言った。「人間を恐れる？」

「鍛冶屋のバーンズはこのあたり四十マイル四方では一番の大男だ。腕っぷしも強い」と聖職者は容赦なく言った。「兄さんが臆病者でも弱虫でもないのは知っているけれど、あの男ならそんな兄さんでも塀の向こうに軽々と投げ飛ばすだろうよ」

これは真実だった。だから、急所を突かれ、大佐の口と小鼻の脇に刻まれた陰気な線がいっそう暗く、濃くなった。大佐はそんな重苦しい冷笑を浮かべてしばらく立っていたが、すぐにいつもの薄情な快活さを取り戻し、高笑いをすると、黄色い口ひげの下に犬のような前歯をのぞかせ、こともなげに言った。「そういうことなら、ウィルフレッド、ボーン家最後の当主が一部なりとも鎧を身につけてきたのは賢明だったな」

そう言って、兄の大佐は緑の奇妙な丸い帽子を取ると、その帽子に鋼の裏張りがしてあるのを見せた。ウィルフレッドは、それが日本か中国の軽い兜で、一族の屋敷の古い広間に掛かっている戦利品から剝ぎ取ってきたものであることに気づいた。

「一番手近にあった帽子だ」と兄は屈託のない調子で言った。「常に手近な帽子に――常に手近な女というわけだ」

「鍛冶屋はグリーンフォードに出かけているが」とウィルフレッドは静かに言った。「いつ帰ってくるとも知れないぞ」

彼はそれだけ言うと、兄に背を向け、頭を垂れ、不浄な霊を払うかのように十字を切って教会にはいった。こうした下劣なことは、天井の高いゴシック様式の回廊のひんやりとした薄明かりの中で忘れたいところだったが、その朝、彼の静かな勤行はいたるところで妨げられることが運命づけられていた。まず教会にはいると、その時刻に人がいたためしなどこれまで一度もなかったのに、ひざまずいていた人影が慌てて立ち上がり、入口の明るい陽射しの中に出てきた。その姿を見て、副牧師は驚いて立ち止まった。その早朝の礼拝者は誰あろう、村の阿呆だったのだ。鍛冶屋の甥で、教会にもほかのどんなことにも関心を示すわけがない男――いつでもどこでも〝阿呆のジョー〟と呼ばれ、ほかに名前のないらしい男――だったのである。黒い眼をして、逞しい体をまえ屈みにして歩く男で、たるんだ白い顔にまっすぐな黒い髪を垂らし、年がら年じゅう口をぽかんと開けていた。すれちがっても、その愚鈍な顔つきからは、それまで何をしていて、何を考えていたのか、副牧師には想像もつかなかった。そもそもジョーがお祈りをするなど、これまで聞いたことがなかった。いったいどんなことを祈っていたのだろう？　それが珍妙な祈りであることはまちがいないにしろ。

ウィルフレッド・ボーンはまるで根が生えたようにしばらくその場に突っ立って、ジョーが外の日向に出ていくのを見送った。放蕩者の兄がジョーに、伯父か誰かのようにふざけて声をかけたところも見た。最後に彼の眼にはいったのは、兄がジョーの開いた口を狙ってペニー硬貨を何枚か投げつけるところだった。大佐は本気でジョーの口にあてようとしていた。

陽射しの中、この禁欲家は地上の愚かさと残酷さを絵に描いたような醜悪な光景を尻目に、浄化と新たな思索のために祈ろうと思い、桟敷の信徒席に上がった。そこには彼の魂をいつでも静めてくれる、彼の好きなステンドグラスの窓があった。ユリの花を持つ天使が描かれた青い窓で、そこにいると、土気色の顔に魚のような口をしたあの阿呆のことも、恐ろしい飢えに取り憑かれてうろつきまわる痩せたライオンのような、邪悪な兄のことも忘れられた。ウィルフレッドは銀色の花々とサファイア色の空の冷たく甘美な色の中に深く、さらに深く身を沈めた。

三十分後、急ぎの用でやってきた村の靴屋のギブズがその場で彼を見つけた。ウィルフレッドは慌てて立ち上がった。ギブズがこんなところまでやってくること自体只事ではなかった。そんなことは容易に知れた。靴屋というのはどの村でもたいていそうだが、無神論者で、ギブズが教会に姿を見せるのは〝阿呆のジョー〟が現われるよりさらに異常な事態と言えた。ことほどさようになんとも神学上の謎に満ちた朝だったのである。

「どうしました?」とウィルフレッド・ボーンはいささか硬い口調で、震える手を帽子にあてて尋ねた。

無神論者はこの男にしては驚くほど恭《うやうや》しい口調で言った。そのかすれた声には同情さえにじんでいた。

「お邪魔をしてあいすいません」と靴屋はしゃがれ声で囁くように言った。「だけど、すぐに知らせなきゃと思いましてね。大変なことが起こったんです。お兄さんが――」

ウィルフレッドは華奢な両手を握りしめた。「今度はどんな悪さをしたんです?!」興奮のあまり、思わず怒鳴り声になっていた。

「それが――」と靴屋は空咳《からぜき》をして言った。「何もしちゃいません。これからももう何もしないでしょう。お亡くなりになったんです。とにかく下に降りてきてください」

副牧師は靴屋のあとについて折れ曲がった階段を降り、通りより少し高いところにある出口に出た。そして、悲劇が平面図のように足下に広げられているのを一目で見て取った。鍛冶屋の敷地に五、六人の男が立っていて、だいたいが黒い服を着ており、ひとりは警部の制服を着ていた。さらに、医者と長老派の牧師、鍛冶屋の女房がかよっているローマ・カソリック教会の神父もいた。その神父は実のところやけに早口に女房になにやら話しかけていた。赤金色の髪をした女房はすばらしい美人だったが、ベンチに坐って身も世もなく泣いていた。このふたつのグループのあいだ、金槌の大きな山のすぐそばに夜会服を着た男が手足を広げ、地面にうつぶせになって倒れていた。ウィルフレッドが立っている少し高い場所からでも、男の服装も見てくれもそのひとつひとつが、指にはめたボーン家の指輪まで、はっきりと見えた。男の頭蓋骨は不気味につぶれていた、黒い色をした血の星のように。

ウィルフレッド・ボーンとしては一目見るだけで充分だった。すぐに鍛冶屋の敷地に駆け込んだものの、ボーン家のかかりつけの医者が挨拶をしたのにもほとんど気づかなかった。つっかえつっかえこういうのが精一杯だった。「兄が……死んだ。どういう……どういうことだ？　なんなんだ、この恐ろしい……謎は？」気づまりな沈黙がいっとき流れ、その場にいた者の中で一番ずけずけとものを言う靴屋が答えた。「恐ろしいことにちがいないけれど、副牧師さん、謎は大してありません」

「どういうことです？」とウィルフレッドは蒼白な顔のまま言った。

「わかりきってます」とギブズは言った。「ここいら四十マイル四方に人をあんな力でぶっ叩けるやつはひとりしかいません。でもって、そいつには誰よりそういうことをする理由があるんだから」

「何事も決めてかかるのはよくないが」と黒い顎ひげを生やした背の高い医者がいくらか神経質そうな声音で横から言った。「それでも私としてもミスター・ギブズがあの打撃の性質について言っておられることは正しいと思います。あんなことができるのはこのあたりにひとりしかいないとミスター・ギブズは言われたが、私に言わせれば、あんな真似は誰にもできないことです」

副牧師の細い体に迷信の戦慄が走った。彼は言った。「私には理解できない」

「ミスター・ボーン」と医者は低い声で言った。「何かに喩えようとしてもそれは文字どおり無理なことです。頭蓋骨が卵の殻さながら粉々に砕かれた、などというのも言い得てはいません。土壁に銃弾がめり込むみたいに、骨のかけらが地面と体にめり込んでるんです。これはもう巨人の仕業としか思えません」

医者は眼鏡越しにしばらくむっつりと黙り込んでからつけ加えた。「ただ、このことにはひとつだけ利点があります——たいていの人の容疑がただちに晴れるという利点です。あなたや私のようなこの国の普通の体格をした者がこの罪を問われても、絶対無罪放免になるでしょう。赤ん坊がトラファルガー広場のネルソン記念柱を盗んだと咎められても、絶対に無罪放免になるのと同じように」

「だから言ってるじゃないですか」と靴屋がそばから執拗に言った。「こんなことができるのはひとりだけだって。でもって、そいつはこういうことをしかねないんです。鍛冶屋のシメオン・バーンズはどこにいるのかな？」

「グリーンフォードです」と副牧師が言った。

「それよりフランスのほうがありそうだな」と靴屋はぼそっと言った。

「いや、そのどちらでもないようです」と冴えない小さな声がした。靴屋たちのグループにさきほどから加わっていた、小柄なカソリック教会の神父の声だった。「実のところ、彼は今道路を歩いてこっちへやってきています」

短く刈った茶色の髪に、まんまるの鈍そうな顔をした小柄な神父は、見るかぎり人の興味を惹きそうな人物ではなかった。しかし、彼がアポロンのような立派な姿をしていたとしても、誰も彼を見なかっただろう。誰もが振り返って眼を凝らし、丘の裾の原っぱをくねくねと横切る道を見ていた。その道を鍛冶屋のシメオンが金槌を肩に担いで、いつもどおりの大股で歩いていた。シメオンはくぼんだ黒い陰険な眼をして、黒い顎ひげを生やした骨太の大男だった。歩きながら、別のふたりの男とひそかな声で話をしていた。ことさら愉快そうには見えなかったが、それでもいたってくつろいだ様子だった。

「なんてこった《マイ・ゴッド》！」と無神論者の靴屋が叫んだ。「凶器の金槌を担いでやがる」

「ちがうね」と薄茶色の口ひげを生やした賢そうな警部がそこで初めて口を開いた。「犯行に使われた金槌はあっちの教会の壁のそばにある。金槌も死体もまだそのままにしてある」

全員が警部に言われたほうを見た。背の低い神父がそこまで行き、無言で金槌を見下ろした。ごく小さな軽い金槌で、ほかのものと一緒に置かれていたら、ことさら眼にとまらなかっただろう。ただ、その金槌の鉄の角には血と黄色い髪の毛が付着していた。

沈黙ののち、小柄な神父が顔を起こすこともなく口を開いた。その単調な声にはそれまでなかった新たな響きがあった。「ミスター・ギブズは、謎はないと言われましたが、それは正しいとは言えません。それほどの大男がそれほどの一撃を加えるのに、どうしてこんなに小さな金槌を使ったのか。少なくともそれは謎でしょう」

「いや、そんなことは大したことじゃないよ」とギブズは興奮した声で言った。「それよりおれたちはシメオン・バーンズをどうすりゃいいんだね？」

「放っておけばいいでしょう」と神父は落ち着いた声で言った。「どっちみちここへ来ますから。私は彼の連れのふたりを知っていましてね。グリーンフォードに住んでいるとてもいい人たちです。ふたりは長老派の礼拝堂のことでやってきたのです」

神父がそう言っているあいだにも、背の高い鍛冶屋は教会の建物の角をまわり、自分の敷地の中にはいってきた。が、そこで固まったように立ちすくみ、金槌を手から落とした。それまでほかと一線を画すように泰然としていた警部がすぐに近づいて言った。

「ミスター・バーンズ、ここで起きたことについてあんたが何か知っているかどうか、それをあんたに訊こうとは思わない。あんたにはそのことを自分から話す義務はないからね。私としてはあんたが何も知らず、何も知らないことをあんたが証明できることをむしろ願ってるよ。それでも、形式上、国王の名においてあんたをノーマン・ボーン大佐殺害の容疑で逮捕しなきゃならない」

「何も言う必要はないからな」と興奮した靴屋が横からお節介な口を利いた。「全部証明しなきゃならないのは警察のほうなんだからな。だいたいあれがボーン大佐だってことすらまだ証明されてないんだから。頭があんなふうになっちまったんじゃね」

「そんな話が通用するわけがない」と医者がブラウン神父にだけこっそりと言った。「今靴屋が言ったのは探偵小説の中だけの話です。私は大佐のかかりつけの医師です。だから、彼の体のことは本人よりよく知っています。大佐はとてもきれいな手をしていたけれど、同時にとても特徴のある手でもあった。人差し指と中指の長さが同じなんです。ええ、あれはまちがいなく大佐です」

そう言って、医者は脳味噌を飛び散らして地面に倒れている死体を見やった。それまでじっと身動きもしなかった鍛冶屋も鉄のように冷たい眼で医者の視線を追った。そして、視線をそこにとどめたまま、どこまでも静かな声で言った。

「ボーン大佐が死んだのか？　だったら地獄行きだな」

「何も言うな！　おい、もう何も言うな」と無神論者の靴屋が叫び、興奮してあたりを跳ねまわってイギリスの法制度を誉め讃えた。善良な世俗主義者ほど法を重んじる者もいない。

鍛冶屋は肩越しに振り返ると、狂信者のいかめしい顔を靴屋に向けて言った。

「おまえのような不信心者はせいぜいこの世の法律に守ってもらって、キツネのように逃げ隠れしてればいいだろうよ。しかし、神はご自身が愛《め》で給う者をご自身のポケットに入れて守ってくださる。今日おまえはその眼でそれを見ることになるだろうさ」

そのあと鍛冶屋は大佐を指差して言った。「あの犬が罪にまみれて死んだのはいつのことだ？」

「ことばを慎みなさい」と医者が言った。

「聖書がことばを慎むなら、おれも慎むよ。あいつはいつ死んだんだ？」

「今朝の六時に会ったときにはまだ生きていました」とウィルフレッド・ボーンが口ごもりながら言った。

「神こそ善良なるものだ」と鍛冶屋は言った。「警部さん、逮捕されることについちゃおれにはなんら異存はないよ。だけど、おれの逮捕にはむしろあんたのほうから異存が出てくるんじゃないかな。おれはおれの人格に汚れのかけらさえつくことなく、法廷を出ることになるだろうから、それでおれは一向にかまわない。一方、あんたのほうは経歴に汚点を残して出ることになる。それはあんたとしても困るんじゃないのかい」

実直なる警部はそこで初めて生き生きとした眼で鍛冶屋を見た。ほかのみんなも鍛冶屋を見ていた。ただひとり、小柄な変わり者の神父を除いて。神父は恐ろしい一撃を加えた小さな金槌を今もまだ見ていた。

「おれの店の外に男がふたりいる」と鍛冶屋は重々しくはっきりとした声で続けた。「みんなも知ってるグリーンフォードのちゃんとした商人《あきんど》だ。このふたりがおれは昨日の夜中から明け方まで、いや、そのあとも信仰復興運動のための会議室にいたことを証言してくれるだろう。会議は夜どおしおこなわれるんだよ。それだけ早く人々の魂を救うことができるからな。グリーンフォードの町にも、おれがずっとあっちにいたことを証言してくれる人が二十人はいるだろう。もしおれが異教徒なら、警部さん、あんたがしくじるのを放っておくかもしれない。だけど、おれはキリスト教徒だ。キリスト教徒としちゃ、やはりあんたに機会を与えなきゃいけない。だから訊くよ、おれのアリバイはここで確かめるか、それとも法廷で確かめるか、どっちにする？」

警部はそのとき初めてまごついた様子を見せた。「もちろん、今すぐここであんたの容疑が晴れるのならそれに越したことはないよ」

鍛冶屋はそれまでどおり悠然と大股で歩いて敷地から出ると、グリーンフォードから来たふたりの友人のいるほうへ戻っていった。実際のところ、ふたりはその場にいるほぼ全員の友人でもあった。そのふたりがそれぞれ二言三言ことばを発した。そのことばを疑う者など誰もいなかった。ふたりが話したあとは、鍛冶屋シメオンの潔白は頭上にそびえる教会の建物と同じくらい堅固なものとなった。

どんなことばより奇妙で耐えがたい沈黙というものがある。一同はそんな沈黙に襲われた。副牧師が必死になって、ただ会話をするためだけにカソリックの神父に話しかけた。

「金槌にずいぶんと関心をお持ちなんですね、ブラウン神父」

「ええ、そうです」とブラウン神父は答えた。「どうしてあの金槌はあんなに小さいのでしょう?」

医者が振り返って大きな声をあげた。

「まったくです。大きな金槌がそこらにいくつも転がっているのに、わざわざ小さなものを選ぶ者がどこにいるでしょう?」

医者はそのあと声をひそめて副牧師の耳に囁いた。「もっとも、それは大きな金槌を持ち上げられない人間を除けばの話ですが。これは男と女の強さの差や度胸の差の問題じゃありません。単にものを持ち上げる腕力の問題です。大胆な女なら軽い金槌で十人殺しても平然としているでしょう。だけど、重たい金槌じゃ虫一匹殺せません」

ウィルフレッド・ボーンは恐ろしさのあまり、まるで催眠術でもかけられたみたいに呆然として、医者を見つめた。一方、ブラウン神父は首を少しだけ一方に傾げて、興味深そうに医者の話を聞いていた。医者は声をひそめながらも勢いづいて続けた。「どうして世の愚かな連中は、妻の情夫を憎むのは夫だと決めてかかるんですかね? 妻の情夫を憎んでいるのは、十中八九、妻本人なんです。あの男が彼女にどれほど横柄な真似をしたか、あるいは彼女を裏切ったか、そんなことは誰にもわからない、でしょ?――ほら、見てください!」

そう言って、医者はベンチに坐っている赤毛の女を一瞬の仕種で示した。彼女もようやく顔を起こしていた。美しい顔から涙もようやく乾きかけていた。しかし、ぎらぎらとして、どこか呆けたようにも見えるその眼は死体に釘づけになっていた。

ウィルフレッド・ボーン師は知りたいという思いを払うかのように、弱々しい身振りをした。一方、ブラウン神父のほうは鍛冶屋の炉から飛んできた灰を払うような仕種をして、例によって淡々とした口調で言った。

「いかにもお医者さんらしいですね。あなたの心理学は実に示唆に富んでいます。しかし、まったくもってありえないのはあなたの物理学のほうです。姦通の罪を問う原告より罪に問われる女のほうが共同被告を殺したがるというのには賛成です。女性なら必ず大きな金槌より小さな金槌を選ぶというのも同感です。しかし、問題は物理的に不可能だということなのです。人間の頭蓋骨をあんなふうにぺしゃんこにするというのは、どんな女にもできないことです」そのあと少し考えてから、彼はつけ加えた。「ここにいる方々はみな事件の全容をつかんでおられません。被害者は文字どおり鉄の兜をかぶっていたのです。それが一撃でガラスのように砕け散ったのです。あの女性をご覧なさい。あの腕を」

沈黙がまた全体を包み、そのあと医者がいくらか不機嫌そうに言った。「まあ、私の意見がまちがっているのかもしれないけれど。何にでも異論はつきものですからね。それでも、肝心なところは譲れません。大きな金槌を使えるのにあんな小さな金槌を選ぶのは阿呆ですよ」

そのことばにウィルフレッド・ボーンの痩せた両手が震えながら頭のほうに上がった。その手でわずかな黄色い髪を今にもつかみそうに見えた。が、すぐに手をおろすと、叫んだ。「私はそれが言いたかったんです。それを今、あなたが言ってくださった」

そう言ったあとは動揺を抑えて続けた。「今、〝小さな金槌を選ぶのは阿呆だ〟とおっしゃいましたね」

「ええ」と医者は答えた。「それが何か?」

「これは」と副牧師は言った。「ほかでもないその阿呆がやったんですよ」ほかの者たちの眼もみな彼に釘づけになっていた。彼は熱病にでもかかったかのように、女のように、ひどく興奮し、声をうわずらせて言った。

「私は聖職者です。聖職者は人に血を流させるようなことをすべきではありません。それは——それはつまり、人を絞首台に送るようなことはしてはならないということです。犯人がわかったことを私は神に感謝します——なぜなら、わかった犯人は絞首台に送れるような人間ではないからです」

「それはその阿呆は告発されないということですか?」と医者は言った。

「たとえ告発されても絞首刑にはならないでしょう」とウィルフレッドは突飛な、同時に妙に幸せそうな笑みを浮かべて言った。「私が今朝教会にはいると、狂った男がひとりで祈っていました——あの気の毒なジョー、生まれながらの障害を持った彼がひとりで祈っていたのです。何を祈っていたのかは神のみぞ知ることですが、ああいう変わった男のことですから、祈りがすべて逆さまになっていても不思議ではありません。つまり、狂人というのは人を殺すまえに神に祈ったりするのかもしれないということです。私が最後にジョーを見たとき、ジョーは兄と一緒でした。兄がジョーをからかってたのです」

「ほほう！」と医者は大きな声をあげた。「やっと話が面白くなってきたけれど、でも、それだけでは説明はつかないのじゃ——」

真実がほのかに見えてきた興奮に、ウィルフレッド師はもうほとんど体を打ち震わせていた。「みなさん、どうしてわからないのです？」と熱く語った。「奇妙な点をふたつとも解明し、ふたつの謎を解く鍵はこれしかありません。ふたつの謎とは小さな金槌と大きな力のことです。犯人が鍛冶屋なら大きな力で殴れたかもしれないが、小さな金槌を選ぶはずがありません。奥さんなら小さな金槌を選んだかもしれないが、あんなに大きな力で殴ることはできません。しかし、狂人ならその両方をやりかねません。小さな金槌について言えば——そう、彼は頭がおかしいわけで、何を手に取ってもおかしくありません。大きな力について言えば——先生、発作を起こした狂人が十人力になったりするという話は聞いたことがあるでしょう？」

医者は深く息を吸ってから言った。「なんとなんとなんと。あなたの言うとおりだと思います」

ブラウン神父はその眼を長いことウィルフレッドに据えていた。自分の牡牛のような大きな灰色の眼は、自分の顔のほかの部分ほどつまらないものではない、とでもいったことを証明しようとするかのように。いっとき沈黙ができたあと、神父はことさら敬意を込めて言った。「ミスター・ボーン、あなたの推理はこれまでに述べられたものの中で唯一すべての点ですじが通っていて、根本的に反駁しがたいものです。だからこそ、私としては私自身の確実な知識に基づいて、あなたの推理は真実ではないと申し上げなければなりません」そう言うと、この珍妙な小男は少し歩いて、再度金槌をしげしげと見た。

「あの男は知ってはならないことまで何か知っているようですね」と医者がウィルフレッドに不機嫌そうな声で囁いた。「カソリックの坊主というのはそれはもうずる賢い連中ですからね」

「いや、いや」とウィルフレッドは言った。すでに疲労困憊し、いくらかおかしくなっているようだった。「犯人は狂人です。犯人は狂人です」

ふたりの聖職者とひとりの医者のこのグループは、すでに警部と警部が逮捕した男を含む、より公的なグループから離れていたが、グループ自体が解けてばらばらになると、警部たちのグループの声が聞こえてきた。ブラウン神父は鍛冶屋が大声で次のようなことを言っているのを聞いて、おもむろに上を見上げ、またその眼を戻した。「もうわかってもらえたと思うが、警部さん。そりゃおれは力持ちだよ。だからといって、グリーンフォードからここまで金槌を飛ばすなんて真似はできない。おれの金槌には垣根を越えて原っぱを越えて、半マイル飛ぶ羽だって生えちゃいないんだから」

警部は愛想よく笑って言った。「確かに。どうやらあんたは容疑者からはずしてもよさそうだ。こんなおかしな偶然もめったにないだろうが、かくなる上は、私としてはあんたと同じくらい体が大きくて力も強い男を探すのに、できるかぎりご協力願いたいと言うしかないね。そうそう、犯人を取り押さえるだけのためにもあんたには役に立ってもらえそうだ。あんた自身には犯人の心あたりはないだろうね？」

「いや、なくもないが」と鍛冶屋はいくらか青ざめた顔で言った。「それは男じゃない」そこで相手の驚いたような眼がベンチに坐っている自分の妻に向かったのに気づくと、妻の肩に手を置いて続けた。「女でもない」

「それはまたどういう意味だね？」と警部はおどけた口調で言った。「牛が金槌を使ったとでも言うんじゃないだろうね？」

「あの金槌を手にしたのは肉体を持つ存在じゃないと思う」と鍛冶屋は押し殺した声で言った。「生死のことに関して言えば、あの男はたったひとりで死んでいったんだよ」

これにはウィルフレッドが憤然と身を乗り出し、燃えるような視線を鍛冶屋に向けた。

「おまえさんはこういうことを言いたいのかい、バーンズ」と靴屋が咎めるような口調で言った。「金槌が勝手に飛び上がって、あいつをぶっ叩いたって言いたいのかい？」

「そう、あんたらはみんなびっくりして笑うかもしれないが」と鍛冶屋は言った。「あんたら坊さんは日曜の説教で、神さまがいかに静かにセナケリブを滅ぼした（旧約聖書の列王紀下十九章三十五節ほか。神はイスラエルの民を守るためアッシリア王セナケリブの十八万五千人の陣営を一夜にして滅ぼした）かなんて話をしてるじゃないか。おれは誰の眼にも見られることなく、家々を歩いておられるお方がおれの名誉を守ってくださって、あの汚らわしい男をおれの家の門前でぶち殺してくださったんだって信じてる。その一撃は地震を起こす力と同じだってな。それ以下の力じゃありえない」

　ウィルフレッドはなんとも形容しづらい声を発して言った。「私もノーマンには言ってたんです、雷に気をつけろと」

「そういう犯人は私の管轄外だな」と警部が薄い笑みを浮かべて言った。

「だけど、あんただって神の管轄外にいるわけじゃない」と鍛冶屋が言った。「だから気をつけることだよ」そう言うと、幅の広い背を向けて家の中にはいっていった。

　ブラウン神父はまだ動揺しているウィルフレッドをその場から引き離すと、気安い親しげな口調で言った。「この恐ろしい場所から逃げ出しましょう、ミスター・ボーン。教会の中を見せてください。イギリス最古の教会のひとつだと聞いています。われわれカソリックの者もいささか関心を持っているのです」神父はそこでおどけたしかめっつらをして言いさした。「イギリスの古い教会には」

ウィルフレッドはにこりともしなかった。ユーモアというのは彼の得意科目ではなかった。それでも勢いよくうなずいたのは、長老派の鍛冶屋や無神論者の靴屋より気持ちをわかってくれそうな相手に、ゴシック建築のすばらしさを説明したかったからである。

「いいですとも」と彼は言った。「こちら側からはいりましょう」そう言って、石段を数段上がったところにある横手の入口へ案内した。ブラウン神父もそのあとに続き、最初の石段を上がろうとすると、何者かがうしろから彼の肩に手をかけた。振り向くと、色の黒い痩せた医者だった。その顔が疑念に一層黒くなっていた。

「神父さん」と医者はしゃがれ声で言った。「この凶悪事件に関して何か秘密をご存知のようにお見受けしました。ひとつ訊かせてください。それをあなたは自分の胸にずっとしまっておかれるつもりなのですか？」

「そうですね、先生」とブラウン神父はいかにも嬉しそうな笑みを浮かべて言った。「私のような職にある者は確信がないときには胸にしまっておくことが求められるものですが、それにはもっともな理由があります。そもそも確信があっても常に胸にしまっておくのがわれわれの義務だからです。しかし、そういう態度があなたやほかのどなたかに対して礼を失するものになるのなら、私が自分に許せるぎりぎりのところまでお話ししましょう。とても大切なヒントをふたつお教えしましょう」

「ほう、ヒントですか」と医者はむっつりと言った。

「まずひとつ」とブラウン神父は落ち着いた声で言った。「今度のことはあなた自身の専門領域に属しています。自然科学の問題ですから。もちろん、鍛冶屋が言ったことはまちがいです。あの一撃は神の御業《みわざ》と言った点については、もしかしたらまちがっていないのかもしれませんが、それが奇蹟によって起きたというのはまちがいです。先生、あれは奇蹟でもなんでもありません。もっとも、奇妙で、邪悪で、それでいながら英雄的な心も持つ人間の存在そのものが奇蹟と言うなら話は別ですが。大佐の頭蓋骨を砕いた力は科学者がよく知っている力です。自然の法則の中でも最も頻繁に議論されるもののひとつです」

医者は眉をひそめ、一心に聞いていたが、口にしたのは次の疑問だけだった。「もうひとつのヒントは？」

「もうひとつのヒントはこういうことです」とブラウン神父は続けた。「鍛冶屋が奇蹟を信じると言いながら、金槌に羽が生えて半マイルもまっすぐに飛ぶなどありえない、そんなものはおとぎ話だと言って鼻で笑ったのを覚えていますか？」

「ええ、覚えています」と医者は言った。

「実のところ」とブラウン神父は満面に笑みを浮かべて言った。「あのおとぎ話こそ今日みなさんが語った中で一番真実に近づいた話でした」それだけ言うと、彼は医者に背を向け、副牧師を追って石段をのぼった。

ウィルフレッド師は待たされ、青い顔をして、いささか苛立っていた。まるでこのちょっとした遅れだけでも自分の張りつめた神経は音を上げてしまいそうだと言わんばかりに。それでも、神父がやってくると、すぐに自分のお気に入りの場所へ案内した。それは桟敷の一角で、彫刻を施した天井に一番近く、天使が描かれた窓から射す光に照らされていた。小柄なカソリックの神父はあらゆるものを微細に見ては感嘆の声をあげ、愉しげに、それでも低い声でずっとしゃべり続けた。そして、そんな探検の中、脇の出口と螺旋階段を見つけると――兄が死んだとき、ウィルフレッドが駆け降りた階段だ――サルのように敏捷に、その階段を降りるのではなく駆け上がった。やがて彼の澄んだ声が屋外にある上方の踊り場から聞こえてきた。

「来てください、ミスター・ボーン。風にあたれば気分もよくなります」

ウィルフレッドも神父のあとから建物の外にある石の回廊か、バルコニーといった場所に出た。そこに立つと、この小さな丘のまわりの広大な平地を見渡すことができた。森が紫の地平線まで続き、村や農場が点々としているのが見えた。眼下には、くっきりと四角い、それでもちっぽけな鍛冶屋の敷地があり、今もまだ警部が立って、なにやらメモを取っていた。つぶれたハエみたいに死体もまだ地面に横たわったままだった。

「まるで世界の縮図のようです」と神父が言った。

「ええ」とウィルフレッドはいかにも生真面目な口調で応じてうなずいた。

ふたりのすぐ下、それにまわりにもゴシック建築の線が宙に突き出していた。自殺にも似た胸が悪くなるようなすばやさで。中世の建築物には巨人のエネルギーを思わせる要素があり、どの角度から見ても暴れ馬の逞しい背のように、どこかへ逃げていくように見える。その教会は太古のもの言わぬ石を切り出して造られたもので、古い苔がひげのように生え、鳥の巣に汚されていた。それでも下から見れば、噴水のように星空に噴き上げ、今のように上から見れば、滝のように声なき奈落に流れ落ちている。塔の上の彼らはゴシック建築の最も恐ろしい側面——奇怪な短縮遠近法と不均衡、めくるめく透視図法——とともにその場にただふたり取り残される恰好になった。実際、大きなものが小さく、小さなものが大きく見えていた。それはまさしく宙に浮かぶ、石でできたあべこべの世界だった。近くにあるので、巨大に見える石の細部装飾が、遠くにあるので小さく見える原っぱと農園を背景に、くっきりときわだって見えた。建物の角に彫られた鳥や獣の彫像が、歩いたり飛んだりして、下の牧場や村を荒らしている巨大な龍のように見えた。さらに、全体の雰囲気はめくるめく危険なもので、旋回する巨大な精霊たちの翼の只中に、宙吊りにされてしまったような感じがした。大聖堂にもひけを取らない、高く華美なこの古い教会そのものが、陽の射す田園の上に、豪雨のごとく坐り込んでいるかのようだった。

「たとえ祈るためではあっても、こういう高い場所に立つのはなんだか危険な気がします」とブラウン神父が言った。「この高さは上から下を見下ろすためではなく、下から上を見上げるためにつくられたものでしょう」

「落ちるかもしれないとおっしゃってるんですか？」とウィルフレッドは尋ねた。

「肉体は落ちなくても魂は落ちるかもしれないということです」ともうひとりの聖職者は答えた。

「よくわかりませんが」とウィルフレッドは不明瞭な声で言った。

「たとえば、あの鍛冶屋を見てください」とブラウン神父はおだやかに続けた。「善良な男ですが、キリスト教徒ではありません。頑なで、傲慢で、赦しというものを知りません。まあ、彼が信じるスコットランドの宗教は丘や険しい岩山で祈り、天を見上げるより世界を見下ろすことを学んだ人々がつくった宗教ですからね。謙遜は巨人の母です。谷間からは偉大なものが見えても、山のてっぺんからは小さなものが見えるだけです」

「しかし、彼は――あの男は犯人ではありません」とウィルフレッドは震える声で言った。

「ええ」とブラウン神父は奇妙な声で応じた。「彼が犯人でないのはわれわれみんなにわかっていることです」

いっときあって、彼はその薄い灰色の眼で静かに平地を見渡しながらさらに続けた。

「私は以前こんな男を知っていました。その男も最初はほかの者たちとともに祭壇のまえで祈っていたのですが、そのうち鐘楼や尖塔の一隅といった、高くてあまり人の来ないところで祈ることが好きになりました。眼がくらむようなそういった場所、全世界が自分の下で車輪のようにまわっているように思われる場所にひとたび来るようになると、彼の頭脳もまわりはじめ、その男は自分を神と錯覚するようになりました。そのため、善良な男だったのに、大きな罪を犯すようになってしまったのです」

ウィルフレッドは顔をそむけていたが、その骨ばった手の色が青白く変わったことから、彼が石の欄干をきつく握りしめたことがわかった。

「その男は世を裁き、罪人に罰を与える仕事が自分に与えられていると思うようになったのです。ほかの者たちとともに床にひざまずいていたら、そんな考えは決して頭に浮かばなかったでしょう。しかし、彼はすべての人間が虫けらのように歩きまわるのを見てしまいました。そんな中でも彼のすぐ真下をとりわけ尊大に気取って歩いている虫がいました。明るい緑の帽子をかぶっているので、はっきりとわかりました――そして、その虫は毒虫でした」

ミヤマガラスが鐘楼の角のまわりで鳴いただけで、神父がまた口を開くまでなんの音もしなかった。

「もうひとつ彼を誘惑したのは、自然界の動力の中でも最も恐るべき力を手にしていたことです。つまり重力です。加速するあの狂ったような勢い――解き放たれると、地上の被造物はすべて母なる地球の中心に向けて飛び帰らざるをえなくなるあの力です。ご覧なさい、警部が鍛冶屋の敷地を歩いています。今、この欄干から小石を放ったら、その小石が彼にあたる頃にはそれこそ弾丸のような速さになっているでしょう。だから、それが金槌だったら——たとえそれが小さなものでも——」

　ウィルフレッド・ボーンは片足を欄干にかけた。ブラウン神父はすんでのところで副牧師の襟をつかむと、どこまでもおだやかに言った。

「そのドアではありません。そのドアはあなたを地獄に導くドアです」

　ウィルフレッドはよろよろとあとずさり、壁にもたれると、恐ろしい眼で神父を睨んだ。

「どうしてわかったんです？　あなたは悪魔なのか？」

「私は人間です」とブラウン神父はいかめしい声音で言い、そのあと一呼吸置いてから続けた。「だから、あらゆる悪魔を心に飼っています。よく聞いてください。私はあなたがしたことを知っています。お兄さんと別れたあと、あなたはそれ自体決してまちがっていない怒りに苦しめられました。その怒りは思わず小さな金槌を取り上げてしまうほどのものでした。汚いことばを口にしたお兄さんを半ば本気で殺したくなったのです。しかし、一度は尻込みをしました。そして、ボタンをかけた上着の下に金槌を隠して、教会に飛び込むと、あちこちで狂ったように祈りました。天使の窓の下で、階上《うえ》の踊り場で、さらにその上の踊り場でも。その踊り場からはお兄さんがかぶっている東洋の帽子が地を這う甲虫の緑の背中のように見えました。そのとき、あなたの魂の中で何かが弾けてしまったのでしょう。あなたは神の稲妻の矢を放ちました」

　ウィルフレッドは片手を頭にやって、低い声で尋ねた。「兄の帽子が緑の甲虫に見えたことまでどうしてあなたにわかったんです？」

「ああ、それは」とブラウン神父はうっすらと笑みを浮かべて言った。「常識的な感覚からです。それよりもう少し聞いてください。私はすべてを知っていると思います。しかし、それを他言しようとは思いません。これからどうするかはあなた次第です。私はこれ以上何もしません。このことは懺悔の封印によって封じることにします。どうしてそうするのかお尋ねになるなら、理由はいくらもありますが、あなたに関係する理由はひとつだけです。あなたに今後のことを任せるのは、人殺しとしてあなたはまだそれほど悪には染まっていないからです。鍛冶屋に罪をなすりつけることもできたのに、あなたはそんな真似はしませんでした。鍛冶屋の女房についても同じです。あなたは例の阿呆に罪を被《き》せようとはしましたが、それは阿呆が苦しむことがないことを知っていたからです。人殺しにこうした光明を見つけるのも私の仕事のひとつです。それでは下の村に行って、風のごとく自由にあなたの道を進んでください。私は言うべきことをもうすべてお話ししました」

ふたりは螺旋階段を無言で降りると、鍛冶屋のそばの日向に出た。ウィルフレッド・ボーンは木でできた敷地の門を慎重に開けると、警部のところまで歩いた。そして、警部に言った。「自首したいと思います。兄を殺したのは私です」

アポロの眼

The Eye of Apollo

　テムズ川には一種独特のきらめきがある。それは濁っていながら澄んでいるとでもいったまさに一種独特のきらめきで、テムズ川の奇妙な謎だが、太陽がウェストミンスターの真上に昇るにつれて、次第にそのきらめきは灰色から輝きの極みへと変わる。ちょうどそんな時間帯、ふたりの男がウェストミンスター橋を渡っていた。ひとりはきわめて背が高く、もうひとりはきわめて背が低かった。議事堂のいばりくさった時計塔と、ウェストミンスター寺院の謙虚にちぢこまった肩。このふたりを面白可笑しく喩えれば、そんなふうに言えるかもしれない。というのも、背の低いほうは僧衣をまとっていたからである。背の高いほうを改めて説明すると、名はミスター・エルキュール・フランボー、私立探偵で、アビー寺院の入口に面した新しいビルの中にある新しい自分のオフィスに向かっていた。背の低いほうを改めて説明すると、テムズ川南岸の地区、キャンバーウェルの聖フランシスコ・ザビエル教会所属のJ・ブラウン神父で、キャンバーウェルで宗徒の臨終に立ち会ったあと、友人の新オフィスを見にきたのである。

その新しいビルは天にも届きそうな高さがアメリカ風なら、電話やエレヴェーターといった機械が効率的に備えられているところもアメリカ風だった。ただ、まだ完璧に完成したわけではなく、入居者の数も充分ではなかった。実際、まだ三組の借り手しかおらず、フランボーのすぐ上の階とすぐ下の階は埋まっていたが、上の階のさらに上の二階と下の階のさらに下の三階はまだどこも空いていた。しかし、それよりこの背の高い新築ビルには一瞥して、眼を惹かれるものがあった。まだいくらか残っている足場のほかになにやらぎらぎらと光る物体がひとつ、フランボーのオフィスのすぐ上のオフィスの窓の外に突き出ているのだ。それは人間の眼を象《かたど》った金ぴかの巨大な像で、金色の光線をまわりに放ち、オフィスの窓二、三枚分のスペースを占めていた。

「あれはいったいなんです?」ふと立ち止まって、ブラウン神父が尋ねた。

「ああ、あれは新興宗教だよ」とフランボーは笑って言った。「あなたはどんな罪も犯しちゃいないなんて言って、人の罪に赦しを与える新手の宗教のひとつさ。クリスチャン・サイエンスみたいなものなんじゃないかな。カロンなんて名乗るやつが（本名は知らないけど、それが本名でないことだけは確かだね）上の階を借りたんだよ。下の階にはタイピストの女性がふたりいて、上の階にはこの神がかりの山師がいるってわけだ。なんでも

〝アポロの新しき司祭〟を自認してて、太陽を崇めてるんだよ」

「だったら、注意するように言ってあげるといいですね」とブラウン神父は言った。「太《ア》陽神《ポロ》というのはすべての神々の中でも一番残酷な神ですから。でも、あの怪物みたいな眼はなんなのです？」

「おれが聞いたところじゃ」とフランボーは言った。「心がどこまでもしっかりしてたら、どんなことにも耐えられるっていうのが連中の教義みたいだね。でもって、あのふたつの巨大な象徴は太陽と見開かれた眼で、人がほんとうに健康なら太陽も見つめられるなんて言ってるんだよ」

「人がほんとうに健康なら」とブラウン神父は言った。「むしろ太陽を見つめようなんて気は起こさないでしょう」

「まあ、その宗教についておれに言えるのはそれだけだね」とフランボーは気楽な口調で言った。「あとは、そう、体の病いならどんな病いも治せるなんて言ってる、もちろん」

「だったらこのひとつの心の病いはどうなんでしょう？」とブラウン神父は真面目な関心を示して言った。

「このひとつの心の病いっていうのは？」とフランボーは笑いながら尋ねた。

「ああ、それはどこもかしこも自分は健康だと考えることですよ」と神父は答えた。

実のところ、フランボーは階上《うえ》の派手な神殿より階下《した》の静かで小さなオフィスに興味があった。フランボーというのは頭脳明晰な南国出身者で、カソリック教徒か無神論者か、そのどちらか以外の自分を考えるなどおよそできない男だった。だから、快活で冴えない新興宗教は苦手だった。一方、人間そのものは常に彼が得意とする分野で、それが美形ともなればなおさらだった。加えて、階下《した》の女性はそれぞれに個性のあるふたりだった。ふたりの姉妹がオフィスの借り手で、どちらもほっそりとした黒髪で、ひとりは背が高く、はっとするような美人だった。ワシ鼻で、激しさを感じさせる横顔をしており、ある種の武器の鋭利な刃のように、人が思い浮かべるのは常にその横からの姿といった女性で、自ら人生を切り拓くタイプにも見えた。驚くほどきらきらと輝く眼をしていたが、それはダイアモンドの輝きというより鋼の輝きで、背すじがぴんと伸びた細い体つきも、優雅というにはほんの少しばかり強ばりすぎているように感じられた。そっちが姉で、妹のほうは姉の影法師を小さくしたような存在だった。顔色が少し悪く、くすんだ感じで、姉よりだいぶ地味だった。着ているのはふたりともカフスと襟のある男っぽい事務的な黒い服で、ロンドンのオフィスにはそういった精力的で愛想のない女など何千といるが、この姉妹に関して興味深いのは、ふたりのうわべではない現実の立場だった。

というのも、姉のポーリーン・ステイシーは、名家の紋章と一州の半分と莫大な富の相続人だったのである。そもそもお城と庭園の中で育てられていたわけだが、そのうち（現代女性特有の）形式的な激しさに駆られ、彼女は本人が考えるところのもっと厳格でもっと高尚な存在になろうと思ったのだ。とは言っても、財産を放棄したりはしなかった。そういうことは、彼女の専横的な合理主義に照らせば、現実離れした、あるいは宗教がかった愚行以外の何物でもなかった。だから、きっと彼女はこういうだろう、財産は実用的で社会に役立つ目的のために手元に残したのだ、と。それで、その財産のいくらかを自分の事業――タイプ印刷市場の核となるような模範的な会社――に注ぎ込んだのである。また、財産の一部は女性のあいだにそのような仕事を広めることを目的とした団体や活動に寄付した。妹のジョーンが共同経営者として、このいささか散文的な理想主義にどれだけ共鳴していたのかは誰にもわからない。それでも、ジョーンはまさに犬のような愛情を持って指導者に従っており、悲劇的な趣きのあるその雰囲気はどこか魅力的だった。少なくとも姉の高邁さより。姉のポーリーン・スティシーは悲劇についてはどんなことばも持ち合わせない女性で、まわりからは悲劇の存在すら否定する人間と思われていた。

初めてこのビルに来たときのことだが、フランボーには彼女のこの柔軟性のない性急さと冷酷なまでの不寛容がなんとも面白かった。そのとき、彼は玄関ホールのエレヴェーターのまえでエレヴェーター・ボーイを待っており、通常、このエレヴェーター・ボーイが来訪者を各階に案内することになっているのだが、よく光るタカの眼をしたこの女性は、そうした形式ばったことで待たされるのを公然と拒否したのだ。自分はエレヴェーターのことならなんでも知っており、ボーイなんか――あるいは男なんか――に頼りはしないときっぱり言うと、彼女のオフィスまではたったの三階だったが、そこまで上がるほんの数秒間のあいだに、フランボーに自分の基本的な考えをあれやこれやぶっきらぼうに語ったのである。その主旨はだいたいのところ、自分は現代的職業婦人であり、働く現代的な機械をこよなく愛しているというものだった。そのとき、きらきら光る彼女の黒い眼は、機械科学の非をあげつらっていわゆるロマンの復興を求める輩に対する観念的な怒りに、燃えたぎっていた。自分がこうしてエレヴェーターを操るように、万民が機械を操れるようにならなければいけない。それが彼女の主張だった。だから、フランボーがエレヴェーターのドアを彼女のために開けたことさえ、腹立たしいことのようだった。フランボーのほうはその昔、この手の自衛本能を持った癇癪持ちの女がいたことを思い出し、なんとなく複雑な思いで苦笑しながら、そのときは階上《うえ》の自分のオフィスに上がったのである。

実際、彼女は活発で実務的な性格で、細くて優美な手の動きなど唐突で予測がつかず、破壊的でさえあった。フランボーがタイプを打つ仕事のことで彼女のオフィスを訪ねたときのことだ。彼女が妹の眼鏡を床の真ん中に放り出し、それを踏みつけたところに出くわしてしまった。彼女はそのときすでに、眼鏡のような器具が意味する倫理的な過ち――〝病的な医学的概念〟と人間的な弱さの病的な是認――について滔々とまくし立てていた。このような人工的で不健全ながらくたをここにまた持ち込んだらどうなるか、と妹を威嚇していた。木の脚やかつらやガラスの眼をわたしにつけさせたいのか、と詰《なじ》ってさえいた。

恐ろしい水晶のようにその眼を光らせながら。

フランボーはその狂信的な態度にすっかり面食らったが、（直接的なフランス風のロジックから）ミス・ポーリーンに訊かないわけにはいかなかった。どうして眼鏡がエレヴェーターより人間の弱さの病的な是認になるのか、また、人間の営みにおいて、あるものは科学に手助けしてもらってもよくて、別のものはどうしていけないのか。

「だって全然ちがうじゃありませんか」とポーリーン・ステイシーはお高くとまって言った。「バッテリーやモーターといったものは人間《マン》の力の象徴です――そうです、ミスター・フランボー、わたしたち女《ウーマン》の力の象徴でもあります！　これからはわたしたち女が距離をちぢめ、時間に挑む偉大な機械を駆使する番になるでしょう。そういうものは高尚ですばらしいものです。ほんとうの科学です。でも、医者がわたしたちに売りつける補強器具や絆創膏は、ええ、あんなものは腑抜けの勲章です。医者はわたしたちが生まれながらの障害者か病気の奴隷みたいに脚や腕にこだわります。でも、わたしは自由の身に生まれついてるんです、ミスター・フランボー！　人がそういうものを必要と思うのは、それは力や勇気ではなく不安の中で教育されるからです。馬鹿な子守りが子供に太陽を見るなと教えるから、子供たちはまばたきをせずに太陽を見ることができなくなるのです。それと同じです。でも、星の中でどうして見てはいけない星がひとつだけあるのです？　しかも太陽はわたしたちの主《あるじ》なのに。だから、わたしはいつでも好きなときに眼を開けて太陽を見るようにしてるんです」

「あなたのその眼で見つめられたら」とフランボーは外国風のお辞儀をして言った。「太陽もきっとどぎまぎすることでしょう」彼はこの強ばった考えの風変わりな美人にお世辞を言うのが好きだった。というのも、お世辞を言うと、彼女はいつも不意を突かれたような顔をするのだ。それでも階上《うえ》に戻りながら、フランボーは深く吸った息を音をたてて吐いて胸につぶやいた。「ということは、彼女も階上《うえ》にいる金《きん》の目玉の手品師にたぶらかされているということか」フランボーはカロンの新宗教のことはよく知らなかったし、関心もなかったが、それでも太陽を見つめることに何か特別な考えを持っている宗教だということだけは、聞いて知っていた。

その後ほどなく、上の階と下の階には霊的な結びつきがあり、その結びつきがどんどん強くなっていることもわかった。自らをカロンと名乗る男は堂々とした見てくれで、その風貌からすれば、確かにアポロの大祭司にふさわしい男だった。フランボーにさえ負けないくらい上背《うわぜい》があり、フランボーとは比べものにならないほどの美形で、金色の顎ひげを生やし、その青い眼にはいわゆる目力《めぢから》があり、髪をライオンのたてがみのようにうしろになたなびかせていた。肉体的にはまさにニーチェが言った〝金毛獣〟そのものだったが、純粋な知性と精神性がそんな動物的な美しさを高めもし、煌《きら》めかせもし、和らげもしていた。サクソン族の偉大な王のひとりのようにも見えれば、聖者でもある王のようにも見え、それもロンドンのど真ん中という不釣り合いな環境にあってもそう見えたのである。そんなヴィクトリア地区のビルの中ほどにある彼のオフィスには、事務員（カフスと襟のあるシャツを着た普通の若者）がひとり、彼の私室と廊下とをへだてる応接室に坐っていた。真鍮のプレートには彼の名が刻まれ、通りの上には彼の教義そのものである金色の紋章が突き出ていた、眼医者の看板さながらに。なんとも俗っぽい小道具である。ところが、そんなものがそれほどそろっていても、カロンという男の魂と肉体から発せられる生き生きとした威圧感と霊感が損なわれることはなかった。この山師と相対すると、人は偉大な人物と相対しているような気分にさせられてしまうのである。実際、カロンはオフィスでゆったりとしたリンネルのスーツを仕事着に着ていても、堂々として魅力のある人物に見えたが、白い祭服を身にまとい、小さな金《きん》の輪の頭飾りをつけて日課の太陽礼拝をおこなうときには、それはもう神々しいほどで、通りを歩く人々の口から笑い声がやむこともしばしばだった。この現代の太陽崇拝者は日に三度小さなバルコニーに出て、ウェストミンスターじゅうの人間をまえに、輝ける主《しゅ》に祈りのことばを捧げていた。一度は夜明けに、もう一度は正午の鐘が鳴るときに、最後は日没に。フランボーの友人、ブラウン神父が初めて白い祭服のこのアポロの司祭を見たのは、議事堂の塔や教会の正午の鐘の響きがまだ震えながら、かすかに残っているときのことだった。

フランボーはこの太陽神に捧げる日々の礼拝をすでにさんざん見ているので、聖職者の友人がうしろからついてきているかどうか確かめることもなく、その高いビルの外玄関にはいった。一方、ブラウン神父のほうは職業柄その手の儀式に関心があるのか、あるいはただ個人的にそういう馬鹿な真似が好きなのか、どちらにしろ、立ち止まって太陽崇拝者のバルコニーをしばらく見上げていた。パンチとジュディの夫婦が織りなす滑稽な人形劇でも見るみたいに。銀色に光る衣をまとった預言者カロンは背すじをまっすぐに伸ばして立ち、両手を高く差し上げていた。太陽への祈りを捧げるその声は奇妙によく通り、にぎやかな通りのはるか遠くにいても聞こえた。祈りはすでに半ばに差しかかっていて、彼の眼は燃える日輪にひたと据えられていた。この地上の物や人が彼に見えていたかどうか。それはそもそも疑わしいが、短軀で丸顔の神父が下の群衆に交じって眼をぱちくりさせているることになど気づきもしなかったことだけは、まちがいないだろう。そして、その点こそ遠くかけ離れたこのふたりの最も顕著な相違点だっただろう。ブラウン神父は何を見るにもまばたきをせずにはいられない男で、一方、アポロの司祭は瞼をぴくりとさせることもなく太陽を見つめることができたのである。

「おお、太陽よ」と預言者は叫んでいた。「おお、偉大なるがゆえに星々の中にはおられぬ太陽よ！　宇宙と呼ばれる神秘の場所で静かに湧き出る泉よ！　すべての白く清らなるもの、白き炎、白き花、白き峰々の白き父よ！　なにより無垢にしてなにより静かなるあなたの子らより無垢なる父よ、原始の純潔よ、その平和に向けて――」

そのとき、花火が逆さに上がったようなすさまじくも慌ただしい音がして、それと同時に甲高く長々と続く悲鳴が聞こえた。五人の人間がビルに飛び込み、三人が中から出てきていっとき大声をあげ合い、互いに互いの耳を聾した。何か恐ろしいことが起きたという感覚が通りの半分に広がった。悪い知らせとともに――誰もその内容を知らないがためにより悪くなった悪い知らせとともに。その騒ぎに動じない男がふたりいた。バルコニーに立つ太陽を信じる美男の司祭とその下にいるキリストを信じる醜男の司祭である。

最後に巨人のようなエネルギーがみなぎるフランボーの長軀がビルの入口に現われた。彼はちょっとした人だかりを制すると、霧笛のような大声で、誰か、誰でもいいから医者を呼んでくれ、と叫んだ。そう叫ぶと、すぐにまた人で混み合う入口に戻った。彼の友人のブラウン神父もそっとそのあとについた。ブラウン神父がそうして人をよけたり掻き分けたりしているあいだも、泉や花の友である幸福な神に呼びかける太陽の司祭の朗々とした声がなんの変化もなく聞こえていた。

ブラウン神父も中にはいった。フランボーがほかの六人とともに、囲われたスペースのまわりに立っていた。そこはエレヴェーターが降りてくるスペースなのだが、エレヴェーターは今、降りてきていなかった。ほかのものが降りてきていた。本来ならエレヴェーターに乗るべきものが。

フランボーはさきほどから四分ほどもそれをじっと見下ろしていた――悲劇の存在を否

定した美しい女性の姿を。脳味噌が飛び散り、血まみれになったその姿を。それがポーリーン・ステイシーであることを彼は微塵も疑っていなかった。また、医者を呼びにやらせはしたが、すでに死んでいることも微塵も疑っていなかった。

自分はこの女性が好きだったのか嫌いだったのか、はっきりとは彼には思い出せなかった。好きなところも嫌いなところもたくさんあったからである。それでも、言うまでもなく、彼女もフランボーにとってひとりの人間だった。だから、些細な記憶や慣れのようなものによる耐えがたい思いが喪失の短剣となって彼を刺していた。彼女のきれいな顔や生意気なしゃべり方がいきなりひそかに鮮やかに心に甦った。まさしくそれこそ死というものが持つ辛さである。一瞬のうちに、青天の霹靂のように、虚空から雷が落ちるように、あの美しい挑戦的な肉体がエレヴェーターの縦穴を急降下して、死の奈落に落ちたのである。自殺だったのか。あんな傲慢な楽観主義者が自殺するとはとうてい思えない。だったら殺人か？　しかし、まだろくに入居者もいないビルの誰が人を殺すというのか。フランボーはしわがれた声でまくし立てた。あのカロンという男はどこにいる？　と本人は強い調子で怒鳴ったつもりだったが、なんとも弱々しい声になっているのにすぐに気づいた。カロンは十五分前から階上《うえ》のバルコニーで太陽を拝んでいる、とその声が教えてくれた。フランボーはそのブラウン神父の声を聞き、肩に手を置かれて、浅黒い顔をうしろに振り向け、とっさに言った。「あいつがずっとそこにいたとしたら、だったら、やったのは誰なんだ？」

「階上《うえ》に行けばわかるかもしれません」と神父は言った。「警察が来るまであと三十分ぐらいはあるでしょう」

フランボーは殺された女相続人の世話は医者たちに任せ、階段を勢いよく駆け上がってタイプ印刷のオフィスに向かった。が、誰もいなかったので、次に自分のオフィスまで駆け上がった。そこにはいると、またすぐに出てきて、青い顔で友人と鉢合わせした。

「妹のほうは」と彼は深刻な声音で腹立たしげに言った。「妹のほうは散歩にでも出かけたみたいだ」

ブラウン神父はうなずいて言った。「あるいは、あの太陽のご仁のオフィスに行ったのかもしれません。まずそれを確かめてから、あなたのオフィスでみんなで話し合うのがいいのではないかと……いや」神父はそこでふと何かを思い出したかのように言いさした。「私のこの頭の悪さはいったいいつになったら治ることやら。もちろん、話し合う場所はあなたのオフィスの階下《した》の彼女たちのオフィスです」

フランボーは眼を見開き、階段を降りてステイシー姉妹のオフィスに向かう神父を見送った。何を考えているのか誰にも忖度《そんたく》しにくいブラウン神父は、彼女たちのオフィスに着くと、入口のすぐそばの赤い革張りの椅子に坐って待った。そこからは階段と踊り場が見通せた。長くは待たされなかった。四分もすると、真面目くさったところだけが共通する人物が三人、階上《うえ》から階段を降りてきた。ひとりは死んだ女性の妹のジョーン・ステイシー――どうやらそれまでアポロの仮の神殿にいたようだった。ふたり目は祈禱を終えたアポロの司祭その人で、威風あたりを払うがごとく階段を降りてきた。その白い衣と顎ひげがどこかしらフランスの画家ドレの『裁きの庭を去るキリスト』を思わせた。三人目はフランボーで、眉をひそめ、いささか戸惑った顔をしていた。

黒い髪に若白髪の交じるミス・ジョーン・ステイシーは強ばった面持ちで、自分の机にまっすぐに歩み寄ると、いかにも事務的な手つきで書類を広げた。ただそれだけの所作でほかの誰もがわれに返った。ミス・ジョーン・ステイシーが犯人なら、なんとも冷静な犯人ということになる。ブラウン神父は奇妙な薄笑いを浮かべて、しばらく彼女を見ていたが、その眼をそらすことなく別の人物に話しかけた。

「預言者さん」相手はどう考えてもカロンだった。「あなたの宗教についていろいろとおうかがいできると嬉しいのですが」

「それは光栄なことですが」とカロンは冠をかぶった頭を少し傾げて言った。「あなたは何をおっしゃりたいのでしょう？　ご意向がよくわかりません」

「いや、何、こういうことです」とブラウン神父は疑念を率直に表明するいつもの口調で言った。「われわれはこんなふうに教わります――ほんとうによくない第一原則が人間にあるとすれば、その責任の一端は本人にあると。しかし、そうだとしても人間の純粋な良心を卑しめる者と、詭弁によって曇らせてしまった良心を持つ者とは、区別できるはずです。さて。あなたは殺人をそもそも悪《あく》だと考えておられますか？」

「これは告発ですか？」とカロンはきわめて静かな声音で訊き返した。

「いいえ」とブラウン神父も同じくらい静かに答えた。「これはむしろ弁護側の陳述です」

　どこか驚いたような沈黙が長く続く中、アポロの預言者はゆっくりと立ち上がった。そのさまはまさに陽が昇るようで、カロンは部屋を光と命で満たした。ソールズベリー平原（ストーンヘンジのあるイギリス南部の広い平原）でも容易に満たすだろうとさえ人に思わせる所作だった。衣をまとった彼の姿が部屋全体に古代の垂れ布を掛けたかのようで、その堂々たる動きに部屋の奥行きが深まったかのように思えた。その効果は、現代の小さな黒い聖職者の姿が場ちがいに、ついにはギリシアの栄光を汚す丸く小さな黒いしみのような存在にさえ見えかねないほどだった。

「やっと会えましたね、カヤバ殿（イエスの裁判を主催したユダヤ教の大司祭）」と預言者は言った。「あなたの教会と私の教会はこの世で唯一の現実です。私は太陽を崇め、あなたは太陽の陰りを崇める。あなたは死にゆく神の司祭であり、私は生ける神の司祭です。あなたが今なさっておられる猜疑と中傷はあなたがまとっておられる上着と教義にこそふさわしい。あなたの教会は暗黒の警察にほかなりません。あなたたちは裏切りや拷問によって、人々から罪の告白をもぎ取ろうとしているスパイや探偵にすぎません。あなたは人に罪を言い渡し、私は人に無実を言い渡す。あなたは人に罪を信じさせ、私は人に美徳を信じさせる。

悪徳の書物を読む人よ、あなたの根拠のない悪夢を永遠に吹き払うまえにひとことだけ言わせてください。あなたにはまったく理解できないでしょうが、あなたが私を有罪にできようとできまいと、そんなことなど私はいささかも気にしてはいません。あなたたちが汚辱とか恐ろしい絞首刑とか呼ぶものなど、私にとっては大人にとっての子供の絵本の人食い鬼と同じものです。これはむしろ弁護側の陳述だとあなたはさっきおっしゃいました。だったら、私のほうは告発の陳述をしましょう、人生という幻の世界には私はさして興味がありませんので。今回の件に関して、私に不利な点がひとつだけあります。それを自分から言いましょう。死んだ女性は私の恋人であり、私の花嫁でした。あなたたちの安ぴかの礼拝堂が合法とするやり方ではなく、あなたたちにはとても真似できない、もっと純粋で厳格な法に則って、私たちは結婚したのです。彼女と私はあなたたちとは異なる世界を歩み、あなたたちがレンガでできたトンネルや回廊をとぼとぼ歩いているときに、水晶の宮殿を歩いたのです。そう、警察官というものは、神学的な警察官であれ、そうでない警察官であれ、愛のあったところにはやがて憎しみが生まれるものと思いたがる人たちのことです。だから、そこに告発のまずひとつの根拠があります。しかし、第二の根拠のほうが根拠としてはずっと強力でしょう。それも惜しまずお教えしましょう。ポーリーンが私を愛していたことはまぎれもない事実ですが、同時に、ちょうど今朝、死ぬ直前に彼女が、私と私の新しい教会に五十万ポンドを遺贈する旨の遺言書を書いたことも事実だからです。さあ、どうぞ。手錠はどこですか？　あなたたちが私にどんな愚かなことをしようと、私がそれを少しでも気にすると思いますか？　私にとって懲役刑など路傍の停車場で彼女を待つようなものです。絞首刑すら車に乗って大急ぎで彼女のもとに向かうようなものです」

カロンは心を揺さぶる雄弁者の権威を保ち、滔々と語った。フランボーとジョーン・スティシーは感嘆の眼でただ彼をじっと見すえていた。一方、ブラウン神父の顔には途方もない苦悩の色が浮かんでいた。そうとしか見えなかった。神父は額に苦悩の皺《しわ》を一本刻んでじっと床を見つめていた。太陽の預言者はいかにも気楽に暖炉の炉棚に寄りかかり、弁論を続けた。「私は自分の不利になることすべてを簡潔に今あなたたちにお話ししました。不利になりうる唯一のことを。今からさらに簡潔にそれを粉々に打ち砕いてみせましょう。私が犯罪を犯したのかどうかについて言えば、真実はひとことに尽きます。私にはこの犯罪を犯せたわけがないのです。ポーリーン・スティシーは十二時五分すぎにこの階から一階に転落しました。私は正午の鐘が鳴る少しまえから十二時十五分すぎまで――公のまえで祈るいつもの時間帯です――私のオフィスのバルコニーに立っていました。そのことについては百人の人々が証人台に立って証言してくれることでしょう。私のところの事務員

（クラッパム出身のまっとうな若者で、私とはなんの縁故もありません）も誓って証言するはずです――自分は午前中ずっと私のオフィスの応接室にいたが、その間、誰ひとりその部屋を通った者はないと。私自身は、十二時十分前、すなわち事故が起こる十五分前にはオフィスに着いて、そのあとバルコニーからもオフィスからも出ていないと誓って証言するでしょう。これほど完璧なアリバイもないと思います。私はウェストミンスターの住民の半分を証人として呼ぶことができるのですから。だから手錠は引っ込めることです。

これでもうすべて解決ということです。

それでも最後に、愚かな疑念が少しでも残らないよう、あなたたちの知りたいことをお教えしましょう。私には私の不幸な友人がどうして死ぬようなことになってしまったのか、わかる気がするのです。そうしたければ、少なくともそのことで私を責めるのは、あるいは私の信仰と哲学を責めるのは、あなたたちの自由です。しかし、だからといって私を牢屋に入れることはできません。より高い真実を学ぶ者のあいだではよく知られていることですが、歴史上、いわゆる達人、いわゆる霊能者の中には空中浮揚の技――すなわち何も使わずに宙に浮く能力を獲得した人たちがいます。われわれの神秘学では物質の征服がなにより肝要なことで、空中浮揚はその一部にすぎませんが。その点、可哀そうなポーリーンは衝動的で野心的な気性の女性でした。正直なところ、実際以上に自分のことを神秘的な人間だと考えていたようです。事実、一緒にエレヴェーターに乗って下に降りるときに私によく言っていました。強い意志さえあれば、人間にだって、羽根のようにふわふわと浮いて、怪我をすることなく地面に降りることができるはずだと。私は心から信じていますが、彼女はきっと崇高な思いがもたらす恍惚のうちに、奇蹟を試みたのでしょう。ところが、きわめて重要なときに、彼女の意志、あるいは信仰が揺らいでしまい、物質の下等な法則から恐ろしい復讐を受けたのです。みなさん、これが今回のことの全容です。実に悲しい事故です。また、あなたたちが思っておられるように、身のほど知らずで、実に邪悪な行為です。しかし、犯罪でないことは明らかです。私とはいかなる関係もないことも。法廷の速記録には自殺と書いたほうがいいことです。私は今後、この件を科学の進歩と時間のかかる天国への登攀《とはん》のための雄々しい失敗と呼びつづけることでしょう」

フランボーはブラウン神父が打ちのめされるのをそのとき初めて見た。神父は今もなお坐ったまま床を見つめていた。まるで恥辱の中にいるかのように、苦しげに眉間に皺《しわ》を寄せていた。部屋には翼を持った預言者のことばに少なからず煽られた雰囲気が漂っていた。それは誰もが認めないわけにはいかなかった。人を疑うことを職業にしている不機嫌な男が今ここにひとり、生まれながらの自由と健康を備えた高貴で純粋な精神に圧倒されている。その事実は覆うべくもなかった。どこか具合が悪そうに眼をしばたたきながら、ブラウン神父がようやく口を開いた。「なるほど、もしそういうことなのだとしたら、あなたが言われた遺言状を持って、このまま出ていかれたらいいでしょう。そう言えば、可哀そうなあのご婦人はその遺言状をどこに置かれたのでしょうか」

「ドアのそばにあるあの机の上でしょう」とカロンはその態度自体が身の潔白を証明していると言わんばかりの無邪気な態度で言った。「今朝書くとわざわざ私に言っていました。それにエレヴェーターで階上《うえ》に上がるとき、書いているところを私もこの眼で見ました」

「ということは、そのときにはドアは開いていたのですね？」と神父は床の敷物の隅を見つめながら言った。

「そうです」とカロンは落ち着いた声音で答えた。

「ほほう！　ということは、それからずっと開けっ放しになっていたのですね」神父はそう言うと、また黙々と敷物の観察を続けた。

「ここに紙があります」と不愛想なミス・ジョーンがどことなく奇妙な声音で言った。彼女はいつのまにかドアのそばの姉の机のところまで行っており、青い用箋を手に持っていた。その顔にはこのような場面にとてもふさわしいとは思えない、意地の悪そうな笑みが貼りついていた。フランボーは顔を暗くしてそんな彼女をまじまじと見た。

預言者カロンはそれまで押し通してきた王者の無頓着を変えることなく、その紙には近づこうともしなかった。フランボーがジョーンの手から紙を取り上げて読んだ。読むなりとことん驚いた。実際のところ、それは正式な遺言状の形で書かれていたが、〝死去の際に所有する一切の財産を以下の者に贈与する〟という文言のあとは文字がいきなり途切れており、そこにはなにやら引っ掻いたような跡があるだけで、遺産受取人の名前はどこにも書かれていなかったのである。フランボーは首をひねって、それを友人に手渡した。神父はそれを一瞥すると、黙ったまま太陽の司祭にまわした。

その一瞬ののち、この大司祭は神々しい衣を翻して大股の二歩で部屋を横切ると、ジョーン・ステイシーのまえに立ちはだかった。顔からその青い眼が飛び出ていた。

「てめえ、ここでどんな猿芝居をしやがったんだ?」とカロンは怒鳴った。「ポーリーンが書いたのはこれだけじゃねえだろうが」

カロンがそれまでとは打って変わった、いかにもヤンキー風の甲高い声で話すのを聞いて、みな愕然とした。荘重な物腰も上品な英語もマントを脱ぎ捨てたように消え去っていた。

「机の上にあったのはそれだけよ」ジョーンはカロンに相対し、なおも邪悪な笑みを顔に貼りつかせたまま言った。

カロンは手のひらを返したように口汚く罵りはじめた。信じられないようなことばを滝のごとくぶちまけた。彼がそうして仮面を取り去るさまにはぞっとするものがあった。人間を人間たらしめている顔が剝がれ落ちていくかのようだった。

「おい、こら!」とカロンは悪態をついて息が切れると、ヤンキー丸出しになって叫んだ。「おれは山師かもしれない。が、おまえは人殺しだ。そうとも、紳士のみなさんよ、これであの女が死んだ謎が解ける。空中浮揚抜きでな。あの哀れな女がおれに有利な遺言を書いてるところへこの呪われた妹がやってきた。でもって、姉さんが書きおえるまえにペンを取り上げて、姉さんをエレヴェーターの縦穴のところまで引きずってって、突き落としたんだ。このくそったれ！　やっぱ手錠は要るみたいだぜ」

「あなたがさきほどおっしゃったとおり」とジョーンが醜悪なまでに落ち着き払って言い返した。「おたくの事務員は立派な若者で、宣誓のなんたるかもきっとご存知でしょう。だから、どこの法廷でも証言してくださるはずです。姉が転落する五分前から五分後まで、わたしが階上《うえ》のあなたのオフィスにいて、タイプの仕事の手配をしていたことを。わたしがそこにいたことはミスター・フランボーもきっと証言してくださるでしょう」

沈黙ができた。

「ということは」とフランボーが言った。「転落したときポーリーンはひとりだった。やっぱり自殺だったのか！」

「転落したとき、彼女はひとりでした」とブラウン神父が言った。「しかし、自殺ではありません」

「だったらどうやって死んだんだ？」とフランボーはもどかしげに尋ねた。

「殺されたのです」

「だけど、ひとりきりだったんじゃないのかい？」と私立探偵は反論した。

「ひとりきりでいるときに殺されたのです」と神父は言った。

全員が神父を見ていた。しかし、神父は丸い額に一本皺を寄せたまま、やはり打ち沈んだ様子で椅子に坐っていた。個人的とは言えない恥と悲しみを味わっているように見え、悲しみに満ちた声には生気がなかった。

「おれが知りたいのは」とカロンが悪態まじりに怒鳴った。「いつになったら警察が来て、この根性のクソひん曲がった妹を捕まえるのかってことだ。こいつが血を分けた自分の姉を殺して、五十万ポンドをおれからくすねやがったんだ。真正な権利によっておれのものになった金を横取りしや——」

「まあ、まあ、預言者さんよ」とフランボーが冷笑を浮かべて横から言った。「こういうときには思い出すことだ、この世はすべて夢幻《ゆめまぼろし》だってことを」

太陽神の司祭はまた台座によじ登ろうとして言った。「これはただ単に金の問題ではありません。しかし、金があれば教えを世界じゅうに広めることができます。それは私の最愛の女性の願いでもありました。ポーリーンにとってこれは神聖なことでした。ポーリーンの眼は——」

弾かれたように神父が立ち上がった。その拍子に椅子がうしろに倒れた。その顔は死人のように青ざめていた。にもかかわらず、彼の眼は希望に燃えているように見えた。輝いていた。

「それです！」と神父は澄んだ声で叫んだ。「それが糸口です。ポーリーンの眼は——」

長身の預言者は小さな神父のまえからあとずさった。狂気を感じさせるほどに慌てまくり、繰り返し叫んだ。「何が言いたいんだ？　いったい何が——」

「ポーリーンの眼は」と神父はますます眼を輝かせて繰り返した。「その続きを言ってください——後生ですから、その続きを。悪魔にそそのかされてどれほどおぞましい罪を犯しても懺悔をすれば心が軽くなります。だから、お願いします、どうか懺悔を。さあ、続きを言ってください。その続きを。ポーリーンの眼は——」

「もうほっといてくれ、この悪魔野郎」とカロンは手足を縛られた巨人のように身悶えしながら怒鳴った。「いったいおまえは何者なんだ——この呪われたスパイ野郎、おれのまわりにクモの巣を張りやがって、のぞき見したり盗み見したりしやがって。おれはもう行くからな」

「止めようか？」とフランボーが戸口に急いで向かいながら言った。カロンはすでにドアを開けていた。

「いや、行かせてやりましょう」とブラウン神父は言って、まるで宇宙の深みから出てくるような深くて奇妙なため息をついた。「神のまえから去ってもカインもまた神のものなのですから」

カロンが出ていくと、部屋は長い沈黙に包まれた。その沈黙はフランボーの激しい頭脳にとっては苦痛に満ちた長い尋問のときとなった。ミス・ジョーン・スティシーは平然としたものだった。机の上の書類を片づけていた。

「神父」とフランボーはようやく言った。「これはおれの義務だよ。つまりおれの好奇心だけじゃないってことだ。できることなら、この犯罪を犯したやつを捕まえるのがおれの義務だと思うんだ」

「犯罪というと？」とブラウン神父は訊き返した。

「おれたちが今扱ってる犯罪だよ、もちろん」と神父の友人はじれったそうに言った。

「私たちはふたつの犯罪を扱っています」ブラウン神父は言った。「罪の重さがまるでちがうふたつの罪です――犯人もまるでちがうふたつの罪です」

ミス・ジョーン・スティシーは書類をまとめて片づけ、引き出しに鍵をかけようとしていた。ブラウン神父は話を続けた。ジョーンがほとんど神父に気づいていないのと同じように、神父のほうも彼女にほとんど気づいていないかのようだった。

「ふたつの犯罪は」と神父は言った。「同一人物の同じ弱点を突いたものでした。すべてはお金のためですが、より大きな罪を犯した者がより小さな罪を犯した者に邪魔をされ、より小さな罪を犯した者がお金を手に入れたのです」

「ねえ、そんな説教師みたいな話し方はやめてくださいよ」とフランボーは不平を言った。「二言三言で説明してくださいよ」

「だったらひとことで言えます」とフランボーの友人は言った。

ミス・ジョーン・ステイシーは小さな鏡のまえで、ビジネスライクな黒い帽子を頭にピンでとめ、暗いビジネスライクな渋面をつくると、話がまだ続いているあいだにそそくさとハンドバッグと傘を持って部屋から出ていった。

「真相はひとことに尽きます」とブラウン神父は言った。「ポーリーン・ステイシーは眼が見えなかったのです」

「眼が見えなかった！」とフランボーは繰り返すと、おもむろに立ち上がり、その巨体をそびやかした。

「そういう血すじだったのです」とブラウン神父は続けた。「妹のほうもポーリーンに許されていたら眼鏡をかけはじめていたことでしょう。しかし、病気に負けて病気を助長させてはいけないというのが、ポーリーンの特別な哲学、あるいは気まぐれでした。それで眼に雲がかかっていることを認めようとしなかったのです。あるいは、意志の力でその雲を吹き散らそうとしていたのです。そのため、無理をするから眼はますます悪くなりました。しかし、一番ひどい無理はそのあとやってきます。あのご立派な預言者だかなんだかが現われ、燃える太陽を裸眼で見ることを彼女に教えたときに。それこそアポロを受け入れることだと称して。ああ、あの手の新しい異教徒が昔の異教徒のようだったら、彼らにしてももう少し賢いことをするだろうに！　昔の異教徒は、無防備な自然崇拝には残酷な面がつきものであることを知っていました。アポロの眼には人を萎れさせ、人を盲《めし》いさせる力のあることを」

　神父は少し間を置いてから、やさしく沈んだ声で続けた。「あの悪魔が故意に彼女を盲目にしたのかどうかはわかりませんが、彼女が盲目であることを利用して彼女を殺したことは明らかです。この犯罪は胸が悪くなるほど単純なものです。あなたも知っているでしょう、カロンもポーリーンも係の手を借りないでエレヴェーターを利用していました。これもあなたは知っているでしょう、あのエレヴェーターは実になめらかで音もたてずに動きます。それでカロンはエレヴェーターを彼女の階に停めると、彼女が約束の遺言書を――眼が見えないわけですから、ゆっくりと書いていたことでしょう――書いているところを開けたままのドアから見ました。そうしてエレヴェーターを停めて待っていると、明るく彼女に声をかけたのです。準備ができたら出てくるようにと。そう言うと、ボタンを押して音もなく自分の階に上がり、オフィスを通り抜け、バルコニーに出て、混み合った通りを下に見ながら、祈禱を始めたわけです。自分はどこまでも安全に。一方、哀れなポーリーンのほうは遺言書を書きおえると、恋人とエレヴェーターが待っているはずのところへ喜び勇んで駆けていきました。そして、虚空に足を踏み出し――」

「もうやめてください！」とフランボーは大きな声をあげた。

「あの男はボタンを押すだけで五十万ポンドの大金を手に入れるところだったのです」と

小柄な神父はこうした恐ろしいことを語るときの抑揚のない声で続けた。「しかし、彼の計画は頓挫してしまいました。彼と同じようにお金を欲しがり、同じようにポーリーンの視覚の秘密を知っていた人間がもうひとりいたからです。さっきの遺言書に関してたぶん誰も気づいていない点がひとつあります。あの遺言書は署名のない未完成のものですが、証人の署名は終わっています。もうひとりのミス・ステイシーと彼女の使用人の署名です。妹のジョーンはさきに署名をして、ポーリーンには、姉さんはあとですればいいとでも言ったのでしょう。法的な手続きに対するいかにも女性的な侮蔑を込めて。そう、ジョーンは証人のいないところで姉に署名をさせたかったのです。どうしてか？　私はポーリーンが盲目だったことがわかったときに確信しました。ジョーンがポーリーンにひとりで署名させたかったのは、畢竟、署名させたくなかったからなのです。

ステイシー姉妹のような人たちは必ず万年筆を使いますが、これはポーリーンには特に言えることでした。習慣と強い意志と記憶のおかげで、ポーリーンにはまるで眼が見えているかのように、上手に字を書くことができました。しかし、ペンにインクを入れる必要があるかどうかまではわかりません。だから、常に妹がぬかりなく補充していたのです――一本の万年筆だけを除いて。その一本の万年筆だけはぬかりなく補充しないでいたのです。だから、残っていたインクで何行かは書けたでしょうが、そのあとはもうすっかり書けなくなりました。預言者はこうして五十万ポンドを失ったのです。人類史上例を見ない凶悪で狡猾な殺人をやり遂げながら、一ペニーも得られなかったというわけです」

　フランボーは開かれたドアのところまで歩いた。警察が階段を上がってくる音がした。

彼は振り返って言った。「カロンの犯行だということを十分で突き止めるとはね。よほど細かいことまで考えたんだね」

　ブラウン神父は驚いたような身振りをして言った。

「あの男のことに関してですか？　いやいや、細かいところまで考えなければならなかったのは、むしろミス・ジョーンと万年筆のことです。カロンが犯人だということはこのビルの玄関にはいるまえからわかっていました」

「嘘でしょ！」とフランボーは叫んだ。

「いいえ、ほんとうです」と聖職者は答えた。「あの男がやったことは初めからわかっていました。何をやったのかもわからないうちから」

「いったいどうして？」

「ああいう異教の禁欲主義者は」とブラウン神父は考える顔つきになって言った。「常に自分の強さのためにしくじるのです。大きな音と叫び声が聞こえてきたのに、あのアポロの司祭は驚きもしなければ、まわりを見もしませんでした。そのときには私にもそれがなんなのかまではわかりませんでした。それでもあの男が予測していたことが起きた。それだけはわかったのですよ」

折れた剣の看板

The Sign of the Broken Sword

森の千本の腕は灰色をし、百万の指は銀色をしていた。濃い緑がかった青い石板色の夜空には星が氷のかけらのように寒々しくまたたいていた。深い森が広がり、住む者もまばらなこの地方全体が固い大霜に凍《い》てついていて、木と木のあいだの隙間があの非情のスカンディナヴィアの地獄、極寒地獄の底なしの黒い洞穴のように見えた。教会の四角い石塔さえ異教のものに見えるほど何もかもが北方的で、アイスランドの海辺の岩場に立つ蛮族の塔のようだった。こんな夜にそんな教会墓地を探索するのは誰にとっても尋常なことではない。一方、これを逆から見れば、この墓地にはそれだけ探索の価値があるということになるだろうか。

荒涼とした灰色の森から、星影のもと、今は灰色に見える緑の芝生の背中のこぶか肩のように、いきなり突き出ているのがその墓地だった。大部分の墓が斜面にあって、階段ほどにも急な小径が一本教会まで延びており、丘のてっぺんの唯一平らな場所に、この地を有名にしている記念碑が建っていた。その記念碑は特徴のないまわりの墓と奇妙な対照をなしていたが、それはその像が現代ヨーロッパでも有数の大彫刻家の作だからである。もっとも、その彫刻家の名声はすぐに忘れ去られてしまったが。彫刻のモデルとなった人物の名声に埋もれてしまったのだ。星明かりの小さな銀のペンシルに触れられ、闇に浮かび上がっているその像は、横たわった軍人の巨大な金属像で、永遠の祈りを捧げるかのように逞しい両手を合わせ、銃を枕に大きな頭を休めていた。神さびてさえ見える顔には、ニューカム大佐（十九世紀の英国作家サッカレー作『ニューカム家の人々』の登場人物）のような古風でふさふさとした顎ひげ、というか頬ひげを生やし、軍服を着ていた。その軍服は彫像では数本の線だけで表現されていたが、それでも現代戦のものであることがわかる。体の右側には切っ先の折れた剣、左側には聖書があった。まぶしい夏の午後には何台もの軽四輪馬車に乗って、アメリカ人や郊外族が墓所見学にやってくるのだが、そんなときでさえ、だだっ広い森の中でただ一個所、丸屋根のように盛り上がったこの墓地と教会は妙に寡黙で、見捨てられた場所のように思われる。それが今は真冬の凍てつく闇の中、誰であれ星々とたったひとり取り残されたように感じてもおかしくない。にもかかわらず、木戸を軋ませてこの凍えた森の静寂を破るふたつの人影があった。黒い服を着た、ぼんやりとした人影で、墓に通じる小径を連れだって歩いていた。

凍てつくような星明かりはごくわずかだったので、ふたりの風体はよくわからなかったが、ふたりとも黒い服を着ており、ひとりは雲を突くような大男で、もうひとりは（その対比のせいもあるのだろう）驚くほど小柄な男だった。ふたりは歴史に名を遺す戦士の立派な墓までたどり着くと、立ったまま数分その墓をじっと見つめた。あたりには人っ子ひとりおらず、どんな生きものもいなかったかもしれない。病的な想像力の持ち主なら、果たしてこのふたりもほんとうに人間なのかどうか、疑問を覚えたかもしれない。いずれにしろ、ふたりの会話の始まりは誰の耳にも奇妙に聞こえたことだろう。最初の沈黙のあと、小柄なほうが相手に言った。「賢者が小石を隠すのはどこでしょう？」

背の高いほうは低い声で答えた。「浜辺だね」

小男はうなずき、短い沈黙ののちに言った。「だったら、賢者が木の葉を隠すのは？」

連れは言った。「森の中」

また沈黙ができて、今度は背の高いほうが言った。「本物のダイアモンドを隠すときには賢者は偽物のダイアモンドの中に隠すことで知られている。そう言いたいのかね？」

「いえ、いえ」と小男は笑って言った。「昔のことは忘れましょう」

そう答えると、小男はしばらく足踏みをして冷たくなった足を温めてから言った。「そのことを考えていたのではありません。私が考えていたのはもっと別のことです。すみませんが、マッチをすってくれませんか？」

大男はポケットからマッチを取り出してすった。炎が墓碑の平らな側面全体を金色に照らした。そこにはこれまで大勢のアメリカ人が恭《うやうや》しく読んできた有名な碑文が黒い文字で刻まれていた。〝アーサー・セントクレア卿の思い出に捧ぐ。英雄にして殉死者なる故人は常に敵を打ち倒し、常に敵を赦し、ついには敵の奸計によりて殺害されたり。願わくは故人の頼みし神が故人に報い、復讐し給わんことを〟。

マッチが大男の指を焼き、炎が消え、地面に落ちた。大男はもう一本マッチをすろうとした。連れの小男がそれを止めて言った。「もう、けっこうです、フランボー。見たいものはもう見ました。というか、見たくないものは見ませんでした。これから近くの宿屋まで一マイル半ほど道を歩かなければなりません。着いたらすべてをお話ししましょう。暖炉の火とビールがなければとても語れないような話なのです」

ふたりは急な坂道をくだり、錆びついた木戸の掛け金をかけ直すと、凍りついた森の道をざくざくと音をたてて踏みしめながら歩いた。四分の一マイルほど歩いたところで、小男がまた口を開いて言った。「そう、確かに賢者は小石を浜辺に隠します。しかし、小石だらけの浜がなければどうするでしょう？　あなたはセントクレアの大難について何か知っていますか？」

「ブラウン神父、おれはイギリスの将軍についちゃ何ひとつ知らないよ」と大男は笑って言った。「イギリスの警察官のことならいくらか知ってるが。おれにわかってるのは、あんたにあちこち引きずりまわされて、この男がどういう男にしろ、こいつの霊廟を見てまわったってことだけだよ。少なくとも六個所のちがった場所に埋められてるんだね。この男の記念碑はウェストミンスター寺院でも見た。テムズ川の川岸の通りに建ってる、馬に乗ってる勇ましい銅像も見た。将軍が生まれた町じゃ、円形浮き彫りの肖像も見た。そういうものは彼が住んでた町でも見た。その挙句、今度は日も暮れてから、彼の棺が埋められてる村の墓地までやってきたというわけだ。だから、おれとしちゃこのお偉いさんにちょっとうんざりしてきたよ。そもそもおれにはこいつが何者だかもさっぱりわかってないんだから、なおさらだね。地下の聖堂や像をあれこれ見てまわって、いったい何を探り出そうというんだね？」

「私はただひとつのことばを探しているだけです」とブラウン神父は言った。「そこにはないことばです」

「ふうん」とフランボーは言った。「で、そのことばについては何か話してもらえるのかな？」

「話すとしたら、話をふたつに分ける必要があります」と神父は言った。「まず誰でも知っていることがあります。次に私が知っていることがあります。誰でも知っていることはきわめて単純明快です。ただ、それは完璧なまちがいです」

「ほ、ほう」と大男は嬉しそうな声をあげた。「だったら、まちがってるほうから行きたいね。誰でも知っているけど、まちがってるというほうから」

「すべてがまちがっているというわけではありません。それでも、少なくともきわめて知識不足とは言えます」とブラウン神父は続けた。「というのも、事実に即すと、世間が知っているのはただ次のようなことにすぎないからです。アーサー・セントクレアは偉大なイギリス陸軍の大将で、輝かしい功績を残しました。インドとアフリカの両地で壮麗でありながら細心の作戦で、大いなる戦果を挙げたのち、偉大なるブラジルの愛国者オリヴィエが最後通牒を発すると、対ブラジル戦でも指揮を執りました。そのとき、セントクレアはごく少数の部隊だけでオリヴィエの大軍を攻撃し、英雄的な戦いの末、捕虜になりました。そして、これはのちに文明社会全体が嫌悪した蛮行ですが、手近な木に吊るされ、縛り首になりました。彼の遺体はブラジル軍が退却したあと、木にぶら下がっているのが発見され、その首には折れた剣が掛けられていました」

「でも、世間が知っているその話はほんとうじゃないのかね？」とフランボーはさきを促して言った。

「いや」と彼の友人はおだやかな声音で言った。「その話はほんとうです。そこまでのところは」

「まあ、おれはそこまでで充分だと思うけど」とフランボーは言った。「だけど、世間が知ってる話がまちがってないなら、どこに謎があるんだね？」

小柄な神父は幽霊のような灰色の木を何百本も通り過ぎてからようやく答えた。考え込むように爪を噛みながら。「そう、私の言う謎とは心理的な謎のことです。あるいは、ふたつの心理の謎と言うべきでしょうか。今言ったブラジルの戦争では、近代史上最も有名なふたりの男がそれぞれの性格とはまるで異なる行動を取るのです。いいですか、オリヴィエもセントクレアもともに英雄でした——フランボー、その点にまちがいはありません。いわばギリシア神話のヘクトルとアキレスの一騎打ちのようなものだったのです。なのに、アキレスが臆病者で、ヘクトルが卑劣な男だったとしたら、あなたはどう思います？」

「さきを続けて」と大男は相手がまた爪を噛みはじめたのでじれったそうに言った。

「アーサー・セントクレア卿は昔ながらの信心深い軍人——インド大反乱（十九世紀半ば、セポイの乱に始まる、イギリス植民地支配に対するインド人の反乱）のときにわれわれを救ったタイプの軍人でした」とブラウン神父は続けた。「つまり、常に突撃より義務を重んじた軍人でした。勇猛果敢な軍人でいながら、指揮官としてはきわめて慎重な人で、兵を無駄死にさせることについてはことさら憤るタイプでした。にもかかわらず、最後の戦闘では赤ん坊でも馬鹿げているとわかるようなことをやってしまうのです。実際、それが無謀な作戦だったことは戦略家でなくても誰でもわかります。戦略家ならずとも誰でもバスがやってくる前方に立たないようにするのと同じことです。そう、それがまず最初の謎です。イギリス陸軍のこの大将の頭はいったいどうなってしまっていたのか。ふたつ目の謎はいったいブラジルの将軍の心はどうなってしいし、厄介者であったかもしれません。しかし、騎士道的と言えるほどの度量を持ち合わせた人でした。それは敵でさえ認めていることです。実際、彼はなんらかの恩恵さえ与えて、とらえた捕虜の大半を解放しているのです。だから、彼をさんざんな目にあわせた者たちでさえみな彼の純情とやさしさに心打たれて帰ってきたのです。なのに、そんな男がいったいどうして生涯にたった一度だけあんな残虐な復讐をしなければならなかったのでしょう？　それも彼自身には危害の及ぶわけもない攻撃をしかけた者に対して。さて。私の話は以上です。世界で最も賢い人間のひとりがなんの理由もなく大馬鹿者の所業をしました。世界で最も善良な人間のひとりがなんの理由もなく悪魔の所業をしました。ひとことで言うとそういうことです。あとは、フランボー、あなたにお任せします」

「駄目だよ、それは」と相手は不満げに鼻を鳴らして言った。「あんたに任せるよ。全部話してくださいよ」

「まあ」とブラウン神父はまた始めた。「世間は今私が話したことだけしか知らない、というのはフェアではありませんね。そのあとに起きたふたつの出来事もつけ加えないと。なぜと言って、そのふたつの出来事がこのことに新たな光を投げかけたとは言えないのですが。なぜと言って、それは誰にも理解できないことだからです。むしろこれは新たな闇を投げかけるものです。新たな方向に新たな闇を投げかけたのです。そのひとつ目の出来事が、セントクレア家のかかりつけの医師が一家と不仲になったことです。その医師はいささか乱暴な記事を新聞に次々と発表しはじめ、亡くなった将軍が狂信的な信徒だったこともその記事の中で明かしました。ただ、詳しく内容を読むかぎり、医者のことばには、将軍がただただ信心家だったというぐらいの意味しかなさそうですが。

この医師の話は、どっちみち尻すぼみになってしまうのですが、とはいえ、セントクレアには清教徒的な信仰がもたらす奇癖があったというのはよく知られたことでした。それは言うまでもありません。ふたつ目の出来事はこれよりはるかに目を惹くことです。アマゾンのネグロ川でのあの無謀な孤立無援の作戦を敢行した部隊には、キースという大尉がいました。当時セントクレアの娘と婚約しており、のちに結婚した男です。彼もオリヴィエの捕虜になったものの、セントクレアを除く全員と同様、寛大な待遇を受け、すぐに解放されました。そのキースが二十年ほど経って――そのときにはキース中佐になっていました――『ビルマ、ブラジルの一英国士官』という自伝のようなものを出版しました。当然、読む者はセントクレアの悲劇の謎について何か書かれていないかと期待するものです。しかし、そこには次のようなことが書かれていただけでした。〝本書の中のほかのいかなる個所でも私は常に起きたままの事実を記した。イギリスの栄光には充分な歴史があり、よけいな配慮などすべきではないと考えるからである。ただ、ネグロ川での敗退の一件についてだけは除外したい。その理由は私的なものながら、正しくかつやむをえざるものだからだ。それでも、ふたりの卓越した人物の思い出に報いるために、次のことを付言しておきたい。セントクレア将軍はこの一件のために無能と非難されてきたが、少なくとも私には、正当に理解されればあのときの行動こそ、将軍の生涯の中で最も巧妙かつ賢明なものだったと証言できる。また、オリヴィエ大統領についても野蛮な不正義をおこなったと非難されてきたが、私はオリヴィエもまたあのとき普段にもまして、彼らしい善意に満ちた行動を取った、と明言しておくことが自分の責務と考える。わかりやすく言えば、セントクレアは世間で言われているような愚か者ではなく、一見どのように見えようと、オリヴィエもまた人非人ではなかったということだ。それだけはわが同胞に断言しておく。私が言うべきことはこれに尽きる。だから、いかなることがあろうと、このあとにはひとこともつけ加えるつもりはない〟」

輝く雪の玉のような凍れる大きな月がからみ合った小枝の隙間から、ふたりの前方に姿を現わしており、ブラウン神父は印刷した紙をその光で見ることで、キース大尉の手記の記憶を補った。彼がその紙をたたんでポケットにしまうと、フランボーがフランス人らしい仕種で片手を上げて言った。いささか興奮していた。

「ちょっとちょっと待って。おれには一発で当てられそうだ」

フランボーは競歩のレースに出て勝とうとする人のように息を弾ませ、黒い頭と太い首をまえに突き出して大股で歩きだした。それを見て、小柄な神父は面白くなり、興味も覚えたが、小走りになって大男の脇をついていくのは一苦労だった。前方の木々は徐々に左右に分かれて後退し、道は月明かりに照らされた谷をまっすぐにくだったあと、また別の森の中にウサギのようにもぐり込んでいた。その森の入口は小さくて丸くて、遠い鉄道のトンネルの黒い穴のようだった。それが数百ヤード先に迫り、洞穴のようにぽっかりと口を開けたところで、フランボーがようやく言った。

「わかった」と最後に大声をあげ、その大きな手で膝を叩いた。「たった四分考えただけだけど、それでもう全部説明できるね」

「そうですか」とブラウン神父はうなずいて言った。「だったら話してみてください」

フランボーは顔は起こしたものの、声を低めて言った。「アーサー・セントクレア将軍は狂気が遺伝する家系に生まれた。しかし、そのことを娘には隠していて、できれば将来の娘婿にも隠したいと思っていた。それが彼の企みのすべてだった。そして、自分の精神の崩壊が近いと思った時点で――その正否はともかく――自殺を決意した。しかし、普通に自殺したのでは、逆に彼が恐れていたことを白日のもとにさらすことになる。ブラジルでの作戦が近づくにつれ、彼の頭脳にはますます分厚い雲がかかり、ついに狂気の一瞬、彼は公的な責務を犠牲にして私的な義務に殉じた。無謀な戦闘に自ら突っ込んでいった。最初の敵の一弾に撃たれて倒れることを期待して。ところが、それで得られたのは虜囚の辱めと不名誉だけだった。そのことを知るなり、ずっと抑え込んでいた彼の頭脳の爆弾がついに炸裂した。自分の剣を折って、首を吊ったというのはそういうことだったんだよ」

そう言って、彼は前方にある森の灰色の前景を凝視した。そこには墓穴のような黒い隙間が口を開けていて、ふたりが歩いている道はその隙間の中に頭からもぐり込んでいた。いきなり穴に呑み込まれるような道のどこかしら恐ろしい様子が、悲劇のイメージをより鮮やかなものにしたのだろう、フランボーはぶるっとひとつ身震いをして言いさした。

「恐ろしい話だ」

「恐ろしい話です」と神父もうつむいたままおうむ返しに言った。「しかし、それは真実ではありません」

そう言ったあと、絶望したように頭をのけぞらせ、大きな声をあげた。「ああ、それが真実ならどんなによかったか」

背の高いフランボーは首をめぐらせ、まじまじと神父を見た。

「あなたの話はむしろ美しい話です」とブラウン神父は深く感じ入ったように言った。「やさしくて純粋で正直な物語です。あの月ほどにも開放的で真っ白です。なぜなら狂気や絶望というのは罪のないものだからです。フランボー、世の中にはそれよりもっとひどいものがあります」

フランボーは荒っぽい仕種で顔を起こし、神父が喩えに使った月を見上げた。彼が立っている場所から見ると、一本の黒々とした大枝がまるで悪魔の角のような弧を描き、月にかかっていた。

「神父——神父」とフランボーは例のフランス式の身振りを交えて叫び、さらに速い足取りで歩きながら言った。「真実はもっと悪い話だってことなのかい？」

「ええ、もっと悪い話です」と神父は不穏なこだまのように言った。ふたりは森の暗い回廊の中に飛び込んだ。夢の中の暗い廊下のように、木の幹がほの暗いタペストリーとなって左右に続いていた。

ほどなく森の一番秘めやかな内部まで進むと、眼には見えなくとも茂った木の葉がすぐそばにあるのが感じられた。神父がまた口を開いた。

「賢者が木の葉を隠すのはどこか。森の中です。しかし、その森がなかったら賢者はどうするでしょう？」

「それは——それは」とフランボーは苛立って言った。「どうするんだね？」

「隠すために森をつくるのです」と神父はあいまいな声音で言った。「なんとも恐ろしい罪です」

「いいかな」フランボーは暗い森と神父の暗いことばにいささか神経を逆撫でされたようで、さらに苛立って言った。「話してくれるのかい、それとも話してくれないのかい？まだほかにも何か証拠があるのかい？」

「証拠はちょっとしたものがあと三つあります」と神父は言った。「私自身があちこちの穴や隅から掘り起こしてきたものです。それを年代順ではなくて論理的に順序立てて話しましょう。まず第一に、あの戦闘の経緯と結果に関する一番の情報源は、言うまでもなくブラジルのオリヴィエ自身が書いた公文書で、これは実に明快です。オリヴィエはネグロ川を見下ろす高台に、二、三個連隊を率いて濠を構えていました。川の対岸はそこより土地が低くてぬかるんでいました。そのさらに向こうはまたなだらかに地面が盛り上がり、そこにイギリス軍の前哨部隊がいて、支援部隊もいました。が、支援部隊のほうは前哨部隊よりかなり後方に陣を張っていました。つまり、全体として数の上ではイギリス軍ははるかに勝《まさ》っていたのですが、前哨部隊は本陣から遠く離れていたわけです。それでオリヴィエは川を渡って、支援部隊の支援を断つことをまず考えました。しかし、日が暮れる頃には、考え直し、現地点を維持することに決めました。彼が陣を張った場所は特別有利な場所だったからです。ところが、夜が明けて彼はびっくり仰天しました。一握りのイギリス軍が後方からの支援をまったく受けることなく、半分は右手の橋を渡り、もう半分は上流の浅瀬を越えて、眼下のぬかるみに集結していたのです。

それだけの人員で不利な立場から攻撃をしかけるということだけでも信じがたいことですが、オリヴィエはさらなる異常に気づきます。この狂った連隊は無謀な突撃で一気に川を渡っただけで、そのあと何もしなかったのです。堅固な足場を求めることもなく、糖蜜にへばりついたハエのように、ぬかるみに張りついたままだったのです。言うまでもなく、ブラジル軍は砲撃を浴びせ、敵陣に大穴をあけました。イギリス軍としては意気だけは盛んな小銃射撃で応戦するのが精一杯で、その応戦もすぐに弱まりました。それでも敗走しようとは決してしませんでした。だから、オリヴィエの簡潔な報告はこの愚かな者たちの不可解な勇気に対する熱烈な賛辞で結ばれています。〝わが軍はついに前進を開始して〟と彼は書いています。〝敵を川に追い込み、セントクレア将軍その人と将校を数名捕虜にした。大佐と少佐はすでに戦闘中に死んでいた。この特別な連隊の最後の抗戦は史上稀に見るほどあっぱれなものであったことを私はここに書かずにはいられない。負傷した将校は死んだ兵士の小銃を取り上げ、将軍自身も無帽で馬にまたがり、折れた剣にてわれわれに立ち向かってきたのである〟。その将軍がその後どうなったかについてはオリヴィエもキース大尉同様、口を閉ざしています」

「ほう」とフランボーは不服そうになった。「だったら、次の証拠も教えてもらいたいね」

「次の証拠は」とブラウン神父は言った。「見つけるのには時間がかかりましたが、話せばすぐにすむことです。長いことかかりましたが、私はついにリンカーンシャーの沼沢地にある救貧院まで行って、ひとりの老兵を探し出しました。その老兵はネグロ川で負傷しただけでなく、連隊長の大佐が死ぬのをそばで看取った男でした。この大佐とはクランシーという名のアイルランド人の大男で、敵弾を受けて死んだのですが、まさに憤死だったようです。その馬鹿げた攻撃に関して、あらゆる点で大佐にはなんの責任もなかったのですから。将軍に強いられてしかたなくやったことにちがいありませんでした。私に話をしてくれた老兵によれば、大佐はなんとも示唆的なことばを最期に残しています。それはこういうことばです。〝あの大馬鹿野郎のクソ爺が切っ先の折れた剣を持って出ていくぞ。剣ではなくて、あいつの首が折れればよかったのに〟。このことばからあなたも気づくはずです。剣の切っ先が折れていたことには誰もが気づいていたのです。もっとも、その剣については、たいていの者が故クランシー大佐よりずっと悲しい気持ちを持つことでしょうが。さて、それでは三つ目の証拠です」

森を抜ける小径は上り坂に差しかかり、神父はさきを続けるのに少し休んでから、同じ事務的な口調でまた話しはじめた。「ついひと月かふた月まえのことです。あるブラジルの役人がイギリスでも客死しました。オリヴィエと仲たがいをして、祖国を離れた人物で、イギリスでも欧州大陸でもよく知られた、エスパドというもともとはスペイン人の男です。私も知っていましたが、黄色い顔にワシ鼻のお洒落な老人でした。あれやこれや私的な理由があって、私は彼が遺した書類を見ることが許されました。言うまでもありませんが、彼はカソリック信者で、私が最期を看取ったのです。彼の書類にも、セントクレア事件の暗い片隅に光をあてるようなものはなかったのですが、ただ、イギリス兵の練習帳に記した日記が五、六冊その中に交じっていました。おそらくブラジル兵が戦死者の所持品の中から見つけたものでしょう。だから、当然のことながら、その日記は戦闘の前夜で唐突に終わっています。

それでも、この可哀そうな男の人生最後の日の記述はまさに読む価値のあるものでした。私はそれを今ここに持っています。しかし、暗くて読むことはできないので、概略を聞かせてあげましょう。その日の最初のところには笑い話がふんだんに書かれています。仲間うちで言い合ったジョークでしょう。〝ハゲワシ〟と呼ばれていた男をネタにしたもので、どういう人物なのかはわかりませんが、仲間の兵隊でもなければ、イギリス人でさえありません。と言って、明らかに敵のようにも扱われていません。おそらく中立的な地元民で、非戦闘員で、案内人か、記者といったところだったのではないでしょうか。いずれにしろ、この男は例の大佐と密談をしたりもしているのですが、それより少佐と話しているところをよく目撃されていたようです。この少佐というのが、マリーという名の黒髪の痩せた男なのですが、アイルランド北部出身の清教徒で、兵士の日記の中ではいささか顕著な存在なのです。謹厳実直なアルスター人（アイルランド北部出身者のこと）なので、大酒呑みのクランシー大佐との対比を面白がるジョークが日記の随所に見られます。それと同時に、派手な服を着た〝ハゲワシ〟に関するジョークもいくつも出てくるわけです。

しかし、そんな浮かれた雰囲気も雲散霧消します、言うなれば喇叭《らっぱ》の号令ひとつで。イギリス軍の陣営の背後には、川とほぼ平行して、この地方にはそう何本もない広い道路が走っていました。その道路は西に向かうと川のほうに曲がり、さきに述べた橋を渡ることになります。一方、東へ行くと、荒れ地に戻り、そこから二マイルほど先にはイギリス軍の前哨部隊の第二陣がひかえていました。その夜、この第二陣がひかえている方向から、蹄鉄の派手な音をたてて軽騎兵隊がやってきました。その中に将校団を引き連れた将軍の姿がありました。そのことには一介の兵士である日記の書き手も気づいて、驚きました。将軍は絵入り新聞や王立美術院の絵に見られるような、立派な白馬にまたがっていましたが、そのとき兵士たちが将軍に向けた敬礼がただの儀式的なものでなかったことは、容易に察しがつきます。少なくとも、将軍のほうは時間を無駄にすることなく、馬から飛び降りると、第一陣の将校たちを相手に、内密に、しかし、断固たる口調で話しはじめました。そんな中、われらが日記の書き手の印象に最も強く残ったのが、将軍は誰よりマリー少佐と話をしたがったことです。しかし、実際のところ、そうした選り好みはことさらめだたなければ、特に不自然とも言えないことです。つまるところ、このふたりは馬が合ったのでしょう。ふたりとも〝自分なりに〟聖書を読む人間で、昔ながらの福音主義者タイプの将官でした。また馬にまたがったときにも将軍はマリー少佐と話をしており、さらに将軍が川のほうへゆっくりと馬を歩かせたときにも、長身のアルスター人が馬の手綱のすぐそばを歩いて、まだ熱心に将軍と話していたのも確かなことです。兵士たちはそんなふたりの姿が木立の向こうに消えるまで――道が川に向かってカーヴして木立の陰になるところまで——見送りました。そのあと大佐は自分のテントに引き上げ、ほかの兵隊は見張りに戻ったのですが、日記の書き手はその後四分ほどその場に残りました。そして、驚きの光景を眼にするのです。

行進のときにそれまで何度もしていたように道をゆっくりと歩いていった将軍の見事な白馬が、同じ道を日記の書き手のほうに向かって、必死に競走でもしているかのように疾走してきたのです。最初、兵士たちは馬が人を乗せたまま暴走しているのだと思いました。が、すぐに乗馬の名手である将軍が全速力で馬を駆っていることがわかりました。実際、人馬一体となって疾風のごとく走っていました。将軍は兵士たちのところまで来ると、手綱を引いて馬を止め、よろめく馬の背から烈火のような顔を兵士たちに振り向けました。そして、死人さえ目覚めさせるような喇叭のごとき大声で大佐を呼んだのです。

われらが日記の書き手のような者たちの心の眼には、あの破局に向かう地震のような出来事が材木さながら次々に倒れて重なったかのように見えたことでしょう。兵士たちはまるで夢でも見ているような呆然とした興奮状態で、気づいたときにはもう、各々の列に倒れ込むように——文字どおり倒れるように——並ばされており、ただちに川越えの攻撃をかけることを知らされたのです。なんでも将軍と少佐が橋で何かを発見し、もはや一刻の猶予もなく、決死の突撃をしなければならないということでした。少佐のほうは、援軍を呼ぶために後方の道を第二陣のほうにただちに向かったということでしたが、火急の要請をもっても援軍が間に合うかどうかはわからない。ただ、今はともかくにも夜のうちに川を渡って、朝には高地を奪取しなければならない。そうした状況の中、その冒険的な夜間行軍の動揺と興奮を記して、日記はぷっつりと途切れています」

ブラウン神父は先に立って坂道をのぼっていた。森の小径は次第に細く険しく曲がりくねってきており、ふたりはまるで螺旋階段をのぼっているような気分になっていた。ブラウン神父の声が上の闇から聞こえた。

「もうひとつ、小さくとも重要なことがあります。将軍は兵士たちに勇猛果敢な突撃を命じて、剣を鞘から抜きかけたのですが、そんな芝居がかったことをするのが急に恥ずかしくなったのか、途中で剣を鞘に戻します。ほら、剣はここにも出てきました」

ふたりの頭上の枝の網目越しに薄明かりが射して、ふたりの足元に網模様の影を落とした。ふたりがのぼっていく先ではまた夜空が現われ、かすかな光を放っていた。フランボーには真実が自分のまわりに空気のように漂っているのが感じられたが、それはまだはっきりとした形にはなっていなかった。当惑した頭で彼は言った。「でも、剣がどうしたんだね？　将校はたいてい剣を持ってるものだよ」

「近代戦で剣のことが言及されるというのは珍しいことです」と神父は抑揚のない調子で言った。「ところが、この一件ではいたるところで剣に出くわすのです」

「だからってそれがなんなんだね？」とフランボーはうなるように言った。「けばけばしく潤色されただけのつまらないことだよ。将軍最後の戦いで将軍の剣が折れた。誰にでもわかる、いかにも新聞が飛びつきそうなネタで、実際、そうなったわけだけど。それに墓と記念碑とかにも先の折れた剣が彫ってある。だからといって、絵を見る心得のある人間がふたりいたからというだけの理由で、おれをこんな北極探検に連れてきたんじゃないだろうね」

「いや」と神父はまるで銃弾が放たれたような鋭い声で言った。「そうではありません。しかし、それでは折れていない剣は誰が見たのでしょう？」

「どういうことだね？」とフランボーは大きな声をあげて、星空の下でいきなり棒立ちになった。ふたりはちょうど一気に森の灰色の門を出たところだった。

「折れていない剣は誰が見たのか。私はそう訊いているのです」とブラウン神父は頑固に繰り返した。「日記の書き手は見ていません。将軍は抜きかけた剣をすぐに鞘に戻したのですから」

フランボーは月明かりの中、陽射しを受けて急に眼がくらんだ者がするようにまわりを見まわした。彼の友人は初めて熱のこもった口調になって続けた。「墓をあれだけ見てまわっても、私の考えていることは証明できることではありません。それでも確信はあります。最後にもうひとつだけすべてを覆す事実をお教えしましょう。奇妙な偶然ながら、大佐は最初の銃弾に倒れたひとりでした。接近戦になるずっとまえにやられたのです。なのに彼はセントクレア将軍の剣が折れているのを見ているのです。なぜ剣は折れたのか。どうやって折れたのか。わが友よ、将軍の剣は戦いが始まるまえからすでに折れていたのです」

「ほほほう！」とブラウン神父の友人はもはやお手上げといったふうにおどけて言った。「それなら訊くけど、折れた刀の先はどこへ行ったんだね？」

「教えましょう」と神父は即座に答えた。「ベルファストにあるプロテスタント大聖堂の墓地の北東の隅です」

「ほんとうに？」とフランボーは訊き返した。「行って探したのかい？」

「それはできませんでした」とブラウン神父は率直に残念そうに言った。「大きな大理石の記念碑が墓の上にのっていたので。あの名高いネグロ川の戦いで、名誉の戦死を遂げた英雄マリー少佐の記念碑です」

フランボーは急に元気になったかのような大きなしゃがれ声をあげた。「つまりこういうことだね、セントクレア将軍はマリーを憎んでいた。それで戦場で殺害した。そのわけは——」

「あなたの心はまだまだ善良で純粋な考えでいっぱいですね。もっとひどいことでした」

「ふん」と大男は言った。「おれの邪悪な想像力はもうストック切れだよ」

神父はどこから話すべきかほんとうに迷っているようだったが、最後にはまた話しはじめた。「賢者が木の葉を隠すのはどこか。それは森です」

相手は何も答えなかった。

「森がなければ森をつくる。枯れ葉を隠したければ、枯れ葉の森をつくる」

相手からはやはり応答がなかった。神父はさらにおだやかな静かな口調で続けた。「もし死体を隠さなければならなくなったら、その人は死屍累々たる戦場をつくることでしょう」

フランボーは時間においても空間においても遅れを取ることに苛立ち、足を踏み鳴らしてまえに進んだ。それでもブラウン神父はさきを続けた。言いかけた最後の文を最後まで言いつづけるように。「まえにも言ったとおり、アーサー・セントクレア卿は自分なりに聖書を読む男でした。そこが彼の問題だったのです。人はいったいいつになったら理解するのでしょう？　ほかの誰もが読むようにも読めなければ、自分なりに聖書を読んでもなんの意味もないことを。印刷屋は誤植を探すために聖書を読みます。モルモン教徒は自分の聖書を読んで、一夫多妻制を発見します。クリスチャン・サイエンスの信奉者は自分の聖書を読んで、われわれには腕も脚もないことに気づきます。セントクレアはインド育ちのイギリス人で、プロテスタントの老軍人でした。さあ、それが何を意味するか。お願いですから、偽善者ぶった物言いはやめてくださいね。屈強な肉体を持った男が熱帯の太陽の下、東洋の社会で暮らしていたわけです。その男が良識も導きもなしに東洋の書物にのめ込んだとしても不思議ではありません。もちろん、彼は新約聖書より旧約聖書をよく読みました。もちろん、彼は旧約聖書の中に自分の欲しいものをなんでも見つけました――肉欲や暴虐や裏切りを。そう、彼はいわゆる正直者だったのでしょう。しかし、不正直な崇拝においても正直であってもそれがその人のどんな徳になるのでしょう？

将軍は自分が赴いた熱と謎に満ちた国ではどの国でも、ハーレムをつくり、証人を拷問し、うしろぐらい恥さらしの金銀を貯め込みました。それでもまずまちがいなく、視線を泳がせることもなく、言明したことでしょう、これはすべて主の栄光のためにしていることだと。私自身の神学の表明は、では、それはどの主のことなのか、と尋ねるだけで十二分に果たせますが、それはともかく、この手の邪悪さには地獄の扉を次々に開けて、常にまえより狭い部屋に人を追い込む傾向があります。これこそ犯罪を悪たらしめる真の理由です。つまり、人は犯罪を犯すことでますます凶暴になるから悪なのではなく、ただ単にどんどん卑小になっていくから悪なのです。セントクレアの場合も、やがて賄賂と強請《ゆす》りに払う金に困り、ますます現金が必要になりました。そして、ネグロ川の戦いの頃には、転落に転落を重ねて、ダンテが宇宙の最下層としたあの場所まで落ちてしまっていたのです」

「どういう意味だね？」とフランボーは尋ねた。

「あれですよ」と神父は答え、氷が張って月明かりを反射している水たまりをいきなり指差した。「ダンテが最後の氷の層にどんな人間を入れたか覚えていますか？」

「裏切り者か」とフランボーは言って身震いをし、木ばかりの無慈悲な景色を見まわした。それらの木々の人を愚弄するような、ほとんど猥褻なほどの輪郭を見ていると、自分がダンテで、小川のせせらぎのような声の神父が実は永遠の罪の国を案内するウェルギリウスのような気がしてきた。

　神父の声はまだ続いていた。「あなたも知っていると思いますが、オリヴィエは昔ながらの騎士道精神の持ち主で、諜報活動や秘密工作を許すことはありませんでした。だから、このことはほかの多くのこと同様、彼の知らないところでおこなわれました。そして、それをやってのけたのが私の古くからの知己、エスパドです。エスパドは派手な身なりの洒落者で、ワシ鼻だったことから〝ハゲワシ〟と呼ばれていました。が、表面的には博愛主義者を装い、イギリス陸軍の内部にはいり込むと、最後には堕落したひとりの男を捕まえました。しかもその男は――なんと！――軍の頂点に立つ男でした。そう、セントクレアです。セントクレアには山ほどのお金がなんとしても必要でした。出入り禁止になった例のかかりつけの医師に脅されていたからです。とんでもない暴露をするぞと。それはのちに実行されたものの、結局、尻すぼみになるのですが。いずれにしろ、その脅しの中身とは、パーク・レーン（ハイドパークの東側を走る通り。貴族や政治家の邸宅が建ち並んでいたことで知られる）では極悪非道のまるで有史以前の蛮行がおこなわれていたとか、あるイギリスの福音派の信徒が人身御供や奴隷の群れじみたことをおこなっていたとか、といったものです。さらに、セントクレアには娘の持参金にするお金も必要でした。彼にとって金持ちであるという評判自体が、実際に金持ちであることと同じくらい甘美なことだったのです。そのため、ついに最後の一線を越え、ブラジル側に情報を洩らしてしまいます。その結果、彼のもとにはイギリスの敵からの富が流れ込みます。しかし、ここにもうひとり、セントクレアと同じように〝ハゲワシ〟エスパドと話をした人間がいました。色浅黒いアルスター出のマリー少佐です。どうやったのかはわかりませんが、この厳格な若き少佐は、セントクレアとエスパドのあいだのおぞましい真相を見抜きました。それで橋への道を一緒にゆっくりと歩いていったときに、将軍にこう言ったのです――今すぐ辞職しないと、あなたは軍法会議にかけられ、銃殺刑に処されると。将軍はその場しのぎの受け答えをしながら、橋の近くの熱帯林のはずれまでやってくると、川が歌い、ヤシの木が陽の光を受けて輝くそばで（私には眼に浮かぶようです）サーベルを抜き、少佐の体に突き刺したのです」

冬の道は身を切る寒さを思わせる霜に覆われた峠の向こうへ延びており、茂みや雑木林の輪郭が見えた。が、フランボーにはさらにその向こうに輪光の一端がほのかに見えたような気がした。それは星影でも月影でもなく、人がともした火のようだった。彼はその火をじっと見ながら、話が終わりに近づくのを待った。

「セントクレアは地獄の犬でしたが、それでも血すじのいい犬でした。これは誓って言えることですが、哀れなマリーが死に、冷たくなって足下に横たわっていたときほど、彼の頭が冴え、強い力がみなぎっていたこともなかったでしょう。まさしくキース大尉が言ったとおり、この偉大な男は過去に幾多の勝利を収めていますが、世間から蔑まれたこの最後の敗戦におけるときほど偉大だったことはなかったでしょう。彼は血を拭おうとして、自分の剣を冷静に見ました。が、そこでマリーの肩に突き刺した剣の先が折れ、体の中に残ってしまっていることに気づきました。彼はこのさき起きるすべてをクラブのガラス窓から外を眺めるように冷静に見通しました。不可解な死体を見つけた部下は、不可解な切っ先を抜き出すと、将軍の剣の先が不可解にも折れていることに、あるいは不可解にもなくなっていることに気づくだろう、と。つまるところ、セントクレアはマリーを殺しはしても、彼を黙らせておくことはできなかったということです。しかし、この思わぬ難局に彼の傲慢な知性が奮い立ちます。打つ手はまだひとつ残っていました。死体がさほど不可解には見えないようにすればいいのです。たったひとつの死体など容易に覆い隠せるほどの死体の山を築けばいいのです。その二十分後には、八百人のイギリス兵士が死地に向かって、行軍をしていました」

黒い冬の森の向こうに見える暖かい光が次第に豊かに明るくなり、フランボーはその光をめざして大股で歩きつづけた。ブラウン神父も歩調を速めたが、まだどこまでも話に夢中になっているようだった。

「その千人近いイギリス兵の士気とその司令官の才覚からすれば、そこで一気に丘に攻め入っていれば、彼らの進軍にもいくらかのチャンスはあったかもしれません。しかし、兵士をチェスのポーンのように弄んでいた邪悪な心にはほかの目的と理由がありました。少なくともイギリス兵の死体がそこにあって当然のもののように見えるまで、彼らは橋の近くのぬかるみにとどまらなければならなかったのです。そして、そのあとには最後の荘重なシーンが待っていました。銀髪の軍人聖者が先の折れた剣を差し出して降伏し、それ以上の殺戮をやめさせるのです。そう、その場で思いついた策としては実によくできたすじがきでした。しかし、思うに（証明はできませんが）血みどろのぬかるみにとどまっているあいだに誰かが疑問を抱いたのでしょう――誰かが感づいたのでしょう」

ブラウン神父はいっときことばを切ってからまた続けた。「どこからともなく私には声が聞こえるのです。そして、その声が私にこう告げるのです、感づいたのは恋人だと。老人の娘の結婚相手だと」

「だけど、オリヴィエと吊るし首の件はどうなるんだね？」とフランボーは尋ねた。

「オリヴィエというのは、ひとつには騎士道精神から、ひとつには戦略から、捕虜をとらえて行軍することはめったにない人でした」とブラウン神父は説明した。「たいていの場合、彼は全員を解放しました。この場合も全員を解放しました」

「将軍以外は全員ということだね？」と背の高い男は質した。

「いえ、全員です」と神父は答えた。

　フランボーは黒い眉を寄せて言った。「どうもまだおれにはよくわかってないみたいだな」

「もうひとつ絵があるんですよ、フランボー」とブラウン神父は謎めかして話すときの抑えた声音で言った。「私には証明はできません。しかし、それ以上のことができます――この眼に見えるのです。朝、地面が剝き出しの灼熱の丘で陣が解かれようとしています。ブラジルの軍服を着た兵士たちは今、行軍に向けて隊列を組んでいます。オリヴィエの赤いシャツと長くて黒い顎ひげも見えます。つばの広い帽子を手に彼が立つと、そのひげがたなびくのも見えます。彼はこれから解放しようとしている偉大な敵に別れのことばを述べています――それに対して、雪のように白い頭の無骨なイギリスの老軍人が部下を代表して、謝辞を述べています。イギリス軍の残兵はその老軍人の背後に気をつけの姿勢で立っています。その傍らには退却のための物資と車両があります。太鼓が鳴り響き、ブラジル軍が行軍を始めます。イギリス軍は彫像のようにぴくりともせず、敵軍が去っていく音とその誇らしさが熱帯の地平線から消えるまでじっと立っています。そのあと、まるで死者が甦ったかのように一斉に姿勢を変えると、五十の顔を将軍に向けます――忘れられないその顔に」

　フランボーは驚いて飛び上がり、叫んだ。「ええ！　まさかひょっとして――」

「そのまさかなのです」とブラウン神父は胸を揺する深い声で言った。「セントクレアの首に縄をかけたのはイギリス人の手だったのです。彼の娘の指に指輪をはめたのと同じ手だったと私は思います。彼を恥辱の木に吊るし上げたのもイギリス人の手でした。セントクレアを崇拝し、勝利に向かって彼についてきた男たちの手でした。異国の陽射しの中、ヤシの木の緑の絞首台に揺れる彼を見ながら、地獄に堕ちろと念じたのもイギリス人の魂だったのです（神よ、われらみなを赦し、堪え給え！）」

峠をのぼりきると、宿屋の明かりが赤いカーテン越しに彼らに強烈な赤い光をあてた。その宿屋はまるで厚いもてなしから身を引いたかのように道に対して斜めに建っていた。それでも、開け放たれた三つのドアが人を誘い、ふたりが立っているところからでも一夜を愉しむ人たちのざわめきと笑い声が聞こえた。

「これ以上、話すことはもうありませんが」とブラウン神父は言った。「兵士たちは荒れ地でセントクレアを裁き、処刑すると、イギリスと彼の娘の名誉のために、裏切り者の財布と暗殺の秘密については、永遠に封印する誓いを立てました。おそらく――天よ、彼らを助け給え――彼らとしても忘れようと努力したことでしょう。だから、私たちも忘れましょう。さて、宿屋に着きました」

「喜んで忘れるよ」とフランボーは言ったものの、明るく騒がしい酒場に足を踏み入れようとしたところで踏みとどまり、うしろにさがり、その拍子に転びそうになった。

「いやはや、いやはや！　あれを見てください」そう言って、こわばった指で道の上に突き出ている四角い木の看板を指した。いくらかぼやけてはいるものの、その看板にはサーベルの柄と短くなった刃が描かれ、まちがった古い字体で〝〈折れた剣〉亭〟と書かれていた。

「これくらい予期していなかったのですか？」とブラウン神父はやさしく尋ねた。「将軍はこの地では神さまなのです。宿屋や公園や通りの半分に彼と彼の物語に因んだ名前がつけられているほどです」

「そんなクソ野郎とはおさらばできたと思っていたのに」とフランボーは大きな声で言い、地面に唾を吐いた。

「イギリスにいるかぎり彼とは縁を切れません」と神父はうつむいて言った。「真鍮が丈夫なままで、石が頑張るあいだは。将軍の大理石像は何世紀にもわたって、誇り高く無垢な少年の心を鼓舞しつづけることでしょう。また、郷里の村の墓石はユリのような忠誠の香りを放ちつづけることでしょう。本人を知らない何百万という人々が彼を父のように慕いもするでしょう。その最期を知っている数少ない者たちには汚物のように扱われた人物を。きっと彼は聖人になり、彼に関する真実は決して語られないでしょう。なぜと言って、私にもようやく決心がついたからです。秘密を暴露することには善い面も悪い面もたくさんあります。だから、私は自分の行動を試してみたのです。ああいう新聞報道はいずれ消え失せることでしょう。実際、反ブラジル感情はもう過ぎ去り、オリヴィエはすでにどこに行っても讃えられています。それでも、クランシー大佐にしろキース大尉にしろオリヴィエ大統領にしろ、そのほかの罪のない人にしろ、彼らが名指しにされ、不当な非難を受け、それがピラミッドのようにいつまでも残る金属や大理石に刻まれるようなことがあれば、そのときには声をあげよう、私はそう自分に言い聞かせたのです。セントクレアが不当に称賛されていてもただそれだけなら、黙っていようと。だからそうします」

ふたりは赤いカーテンを引いた酒場にはいった。店の中は居心地がいいだけでなく、思いのほか贅沢な造りだった。テーブルにはセントクレアの墓石の銀の模型――垂れた銀の頭と折れた銀の剣の模型――が置かれていた。壁にはこの同じ場面の着色写真と、観光客をそこまで運ぶ軽四輪馬車を撮った着色写真が飾られていた。ふたりは詰めもののある坐り心地のいい長椅子に坐った。

「さあさあ、この寒さです」とブラウン神父が言った。「ワインかビールを飲みましょう」

「さもなきゃブランデーだな」とフランボーは言った。

三つの凶器

The Three Tools of Death

ブラウン神父は、その職業と信念の両方から、人間というのはみな死んだときには威厳を帯びるものだということをわれわれの大半よりよく知っていた。そんな神父でさえ、明け方に叩き起こされ、エアロン・アームストロング卿が殺されたと知らされたときには、何かしっくりとこない嫌なものを感じた。あれほど人を愉しませ、あれほど人から好かれている人物をひそかな暴力と結びつけるのが、いかにも馬鹿げていて、不適切なことに思えたのである。エアロン・アームストロング卿は滑稽なほど愉快な人で、そういうことに関する彼の人気はほとんど伝説にまでなっていた。そんな彼が殺されたなどと聞くことは、サニー・ジム（アメリカのシリアル『フォース』のパッケージを飾るキャラクター）が首をくったとか、ミスター・ピックウィック（ディケンズの小説『ピックウィック・ペーパーズ』の主人公。単純で陽気な老人）がハンウェル（ロンドンの北西部にある地区名。精神病院があった）で死んだとかといった知らせを聞くようなものだった。エアロン卿は慈善家で、そのため社会の暗い面との関わりもなくはなかったが、そういうものには可能なかぎり明るいやり方で接することを自ら誇りとしていた。政治や社会に関するそんな彼の演説は、面白い逸話と〝爆笑〟の洪水を惹き起こすのが常だった。肉体的にはありあまるほど健康で、彼の道徳はとにもかくにも楽天主義、飲酒問題（彼のお気に入りのテーマ）に関しては、裕福な絶対禁酒主義者によく見られる特徴ながら、揺るぎがなく退屈なほどの快活さで対処していた。

清教徒色のより濃い演壇や説教壇では、自らの改宗話をよく語り、それは今や定番のようになっていた。まだほんの子供の頃、スコットランドの神学からスコットランドのウィスキーに心が移ったものの、やがてその双方と決別して、今日《こんにち》の自分がある（と謙虚に語った）という話だ。しかし、その幅のある白い顎ひげや、子供のようにぽっちゃりとした顔や、きらきら光る眼鏡を晩餐会や集会で何度となく見ていると、彼がかつては大酒飲みだったにしろ、カルヴァン派だったにしろ、そうした病的なものだったとはとても信じられなくなる。彼はすべての人の子の中で誰より底抜けに明るく、誰より陽気な男だと誰もが思っていた。

住んでいたのはハムステッドののどかな郊外にある堂々とした家だが、それは高さはあっても横幅はない当世風の散文的な塔のような建物だった。そんな家だからどの側面も幅が狭かった。狭い中でも一番狭い側面が鉄道線路の切り立った緑の土手に覆いかぶさるように迫り出していて、そのため、列車が通るたびに家のそちら側ががたがたと揺れるのだが、本人がよく陽気に騒がしく言っていたとおり、エアロン・アームストロング卿というのはそういうことが気にならない無神経な人だった。しかし、これまでは列車が家に衝撃を与えていたのかもしれないが、その日の朝は形勢が逆転し、家が列車に衝撃を与えたのだった。

機関車はスピードを落とすと、卿の家の一角が芝生の急斜面にのしかかっているところから少し先に行ったところで停車した。機械というのはたいていゆっくり停止させなければならないものだが、この機関車を停止させる原因となった生きものの動きは実にすばやかった。全身黒ずくめで黒い手袋まではめた（人はそのことを覚えていた）男が、機関車を見下ろす土手に上がり、まるで漆黒の風車みたいに黒い手を振りまわしたのだ。もちろんこれだけではのろのろ運転の列車さえ止められなかったかもしれない。が、男は叫びもしたのだ。のちに話題になり、どこまでも不自然で、まるで聞いたこともないと言われた声で。それはなんと言っているのか聞き取れなくとも、尋常でないことだけは伝わる声だった。そして、この場合、言われたことばは「人殺し！」だった。

もっとも、運転士は次のように断言しているが。あのおぞましいはっきりとした声を聞けば、ことばまで聞き取れなくても、急停止していただろうと。

列車がいったん停まると、ほんの表面だけを一瞥しただけでも、悲劇の様々な様相が見て取れた。緑の土手の黒ずくめの男はエアロン・アームストロング卿の従僕マグナスで、楽天家のアームストロング准男爵はこの陰気な男の黒い手袋をよく笑ったものだが、今、彼を笑おうとする者はひとりもいなかった。

すぐに様子を見ようとひとりかふたり、線路から離れて煤けた生け垣を越えた者がいたが、彼らが見たのは、鮮やかな緋色の裏地のついた黄色い部屋着を着た老人の死体だった。ほとんど土手の下まで転がり落ちていた。縄の切れ端が脚にからまっていたが、おそらくもがいているうちにそうなったのだろう。血痕もひとつふたつ見られたが、ごく小さなものだった。それでも、死体は曲げられたか折れたかして、生きた人間にはありえない恰好をしていた。エアロン・アームストロング卿だった。みなが慌てふためくいっときが過ぎ、金色の顎ひげを生やした大男がやってきた。その男が死んだ老人の秘書のパトリック・ロイスであることを乗客の何人かが知っていたらしく、挨拶をした。ロイスはかつてはいわゆるボヘミアンの世界ではよく知られた男で、自由奔放なボヘミアンの芸術においてさえ有名人だった。彼もまた従僕と同じような悲痛な叫び声をあげた。どこかしらあいまいなあげ方ながら、同時に従僕の声より説得力があった。アームストロング家の三人目の人物、故人の娘のアリス・アームストロングがおぼつかない足取りでふらふらと庭に出てきたときには、運転士はすでに機関車の停止装置を解除しており、列車は汽笛を響かせ、煙を吐きながら次の駅に助けを求めに走りだしていた。

そういうことがあって、ブラウン神父は元ボヘミアンの秘書パトリック・ロイスの要請で、急遽呼び出されたのである。ロイスは生粋のアイルランド人だったが、とことん窮地に陥らないかぎり、自分がカソリックであることを思い出さない、ゆるい信徒だった。しかし、公職にある刑事が公職に就いているわけではないフランボーの友人であり、フランボーの崇拝者でなければ、ロイスの要請もこれほど迅速には応じてもらえなかっただろう。フランボーの友人であるかぎり、当然のことながら、刑事はブラウン神父に関する話を数かぎりなく聞かされていた。その若い刑事（名をマートンといった）が小柄な神父を案内して線路に向かい、野原を横切ったときのふたりの会話が、まったく初対面の者同士が交わすやりとりよりはるかに腹蔵のないものであったのはそのためだった。

「見るかぎり」とミスター・マートンは率直に言った。「さっぱりわけがわからない事件なんです。疑わしい人物はひとりもいません。マグナスはまじめくさった馬鹿な老人で、馬鹿すぎてとても人殺しなんかできる男じゃありません。ロイスはもう何年も准男爵の一番親しい友人でした。ついでながら、令嬢は明らかに彼に心を寄せているようですが、そんなことよりなによりそもそも馬鹿げてますよ。アームストロングみたいな愉快な老人をいったい誰が殺すって言うんです？　食後にみんなを愉しませるスピーチの名人の血で自分の手を汚そうなんて考えるやつがどこにいます？　サンタクロースを殺すようなものですよ」

「確かに。あの人の家は愉快な家でした」とブラウン神父は相槌を打って言った。「あの人が生きているあいだは愉しい家でした。では、死んでしまった今も愉しい家だと思いますか？」

マートンはいささか驚いたような顔をして、生き生きとした眼で連れを見ながらおうむ返しに言った。「死んでしまった今？」

「そう」と神父はいささかの感情も交えずに言った。「あの人は陽気な人でした。しかし、彼の陽気さはまわりにも伝わりましたか？　率直なところ、あの家には彼以外に陽気な人がいましたか？」

心の窓越しにマートンの心の中に驚きの不思議な光が射し込んだ。人はその光によって以前から知っていたものを初めて見るのである。慈善家のアームストロングは警察関係のささやかな仕事もしており、マートンはアームストロング家をよく訪ねていた。しかし、今、改めて考えてみると、家自体は陰気だった。部屋はやけに天井が高く、寒々としていた。室内装飾もどことなく卑しく、垢抜けせず、隙間風の吹き込む廊下など月光よりわびしい電灯に照らされているだけだった。確かに、老人の赤い顔と銀色の顎ひげは、それぞれの部屋や廊下で燃え立ってはいたが、その温もりがあとに残ることはなかった。そう考えると、アームストロング家のうすら寒い居心地の悪さは、明らかに主《あるじ》の大変な元気さとあふれ出るエネルギーもその一因になっていたように思われる。実際、老アームストロングは、私にはストーヴもランプも要らない、私自身が暖かさを運ぶのだから、とよく言っていたものだ。が、ほかの住人のことを考えると、マートンとしても、彼らはみな主の影のようなものだったと言わざるをえなかった。不気味な黒い手袋をはめた気むずかしい従僕など、ほとんど悪夢のような存在だ。秘書のロイスはそこそこ丈夫そうな、牛のような大男で、ツイードの服を着て、短い顎ひげをたくわえているが、麦わら色のその顎ひげには、ツイードの生地のように灰色がめだち、広い額にはまだ若いのに何本も皺《しわ》が刻まれている。人間は悪くはなかったが、悲しい感じがする、どこか心を痛めているような善良さで、全体にどこか人生の落伍者のような雰囲気がロイスにはあった。アームストロングの娘はと言えば、あの老人の娘とは思えないほど顔色が悪く、線も細かった。優雅ではあるのだが、ポプラの木の輪郭を思わせる体をいつもどこかしら震わせていた。近くを通る列車の振動のせいであんなふうな震え方を会得してしまったのではないか。マートンは時々そんなことを思ったものだ。

「おわかりですね」とブラウン神父はひかえめに眼をぱちくりさせて言った。「アームストロングの陽気さが果たしてほかの人たちにとってそれほど陽気なものだったのかどうか。私にはいささか疑問です。あんな愉快な老人を殺すなど誰にもできるはずがないとあなたはおっしゃいますが、私にはそう言う自信がありません。〝我らを試みに引き給わざれ《ネ・ノス・インデュカス・イン・テンタティオネム》（「主の祈り」の一節）〟。私が誰かを殺すとなれば」と神父はさりげなく言いさした。「私が殺すのはおそらく楽天家でしょう」

「どうしてです?」とマートンは面白がって大きな声をあげた。「人は誰かが陽気であることを忌み嫌うとでもおっしゃるのですか?」

「人が好きなのは何度も笑うことです」とブラウン神父は言った。「しかし、のべつまくなしにこにこしていることが好きな人はたぶんいないでしょう。ユーモアに欠ける陽気さというのはむしろ耐えがたいものです」

ふたりはそのあとしばらく無言で線路沿いの緑の土手を歩いた。高さのあるアームストロングの家が長い影を落としているところまでちょうど来たところで、ブラウン神父がだしぬけに言った。真面目に話題を提供しようというより、厄介な考えを頭から放り出そうとする人のように。「言うまでもなく、飲酒はそれ自体いいものでも悪いものでもありません。それでもです。私は時々こんなふうに思わずにはいられなくなります、アームストロングのような人たちもたまには悲しくなるために、ワインの一杯でも飲めばいいのに、と」

マートンの上司で、ギルダーというゴマ塩頭の敏腕刑事が、緑の土手に立ってパトリック・ロイスとなにやら話をしながら、検死官が来るのを待っていた。ロイスの大きな肩とがった顎ひげと髪が刑事の頭の上にそそり立っていた。それがことさらめだったのは、ロイスは日頃、腰を力強く屈めるようにして歩くからだ。ちょっとした事務仕事や家の仕事をするのにも、重々しく、ひかえめな態度で臨むのである。まるで荷車を引く水牛のように。

神父の姿を見ると、彼はことのほか喜び、神父を二、三歩離れた脇に引っぱった。一方、マートンのほうは年長の刑事に礼儀正しく話しかけた。と言っても、子供っぽいせっかちなところは隠せなかったが。

「ミスター・ギルダー、謎はだいぶ解けてきましたでしょうか？」

「謎なんぞありゃしないよ」とギルダーは眠たそうな瞼をもたげてミヤマガラスを見ながら言った。

「そうかもしれませんが、私には謎です」とマートンは笑みを浮かべながら言った。

「いたって単純な話だよ、きみ」と先輩捜査官は灰色のとがった顎ひげを撫でながら言った。「きみがミスター・ロイスの神父を呼びにいったあと三分ですべてが明らかになった。あの黒い手袋をした青白い顔の使用人を知ってるか？　列車を止めたやつだ」

「あの男ならどこにいてもわかるでしょう。見てると鳥肌が立ってくるような男ですからね」

「そう」とギルダーはものうげに言った。「列車がまた走りだすと、あの男もいなくなった。なかなか冷静な犯罪者だよ、そうは思わんかね。警察を呼びにいった列車に乗って逃げるとは」

「マグナスが主人を殺したと確信しておられるんですね？」と若い刑事は言った。

「そうとも、きみ、私には確信がある」とギルダーはそっけなく言った。「主人の机にしまってあった二万ポンドの札束を持ち逃げしたなんぞという些細な理由があるんでね。ただ、唯一の難点はやつがどうやって殺したか、だ。あの頭蓋骨は何か大きな凶器でかち割られたようだが、その凶器がどこにも転がってない。まさかそれを持って逃げたとは考えにくい。持って逃げるには人目につかない小さなものでないとな」

「だったら、おそらく凶器は人目につかないほど大きなものだったのでしょう」と神父が奇妙な笑い声をあげながら言った。

ギルダーはこの突拍子もないことばに、それはどういう意味かといささか険しい口調でブラウン神父を問い質した。

「馬鹿げた言い方です。それはわかっています」とブラウン神父は謝った。「まるでおとぎ話のように聞こえます。それでも、哀れなアームストロング卿は巨人の棍棒で殺されたのです。大きすぎて見えない大いなる緑の棍棒、われわれが大地と呼んでいる棍棒で。彼は私たちが立っているこの緑の土手に激突したのです」

「どういうことです?」と刑事はとっさに訊き返した。

ブラウン神父は月のように丸い顔を家の狭い正面に向け、上にやった眼をしきりとしばたたかせた。その視線をたどると、何もないのっぺりとした家の裏側の一番上の屋根裏の窓が開け放たれていた。

「おわかりですね」と神父は子供のようにぎこちなく指を差して説明した。「あの窓から投げ落とされたのです」

ギルダーは怪訝な顔でその窓をしばらく眺めてから言った。「なるほど。確かにありうる話だ。しかし、どうしてそこまで自信を持って言えるんです？」

ブラウン神父は灰色の眼を大きく見開いて言った。「それは、そう、死んだ人間の脚に縄の切れ端がからみついているからです。ほら、見えませんか、縄の残りの切れ端が窓の隅に引っかかっているでしょう？」

かなり高いところにある窓なので、ほんの小さな埃か髪の毛かぐらいにしか見えなかったが、それでも老練で目ざとい捜査官は納得して、ブラウン神父に言った。「確かにおっしゃるとおりです。これは一本取られました」

ギルダーがそう言っているうちにも、一両だけの特別列車が彼らの左手の線路のカーヴを曲がってやってきた。列車は停車すると、警察の第二陣を吐き出した。そんな彼らに交じって、逃げた使用人の卑屈な顔があった。

「なんと！　もう捕まえたようだ」とギルダーは大きな声をあげると、新たな敏捷さを発揮してマグナスのほうに歩を進め、最初にやってきた警官に尋ねた。

「金は取り返したか？」

警官は妙な表情を顔に浮かべてギルダーを見て言った。「いいえ」そのあと言いさした。

「少なくともここにはありません」

「警部さんはどちらで？」とマグナスが尋ねた。

彼が口を利くなり、全員が即座にこの男がどうやって列車を止めたのか理解した。マグナスというのはぺったりとした平らな黒い髪に色つやのない顔、どこかしら東洋人を思わせる横に薄い眼と口をした、いかにも愚鈍そうな男だった。実際、その血すじにも名前にもあいまいなところがあり、ロンドンのレストランで給仕を（ある者たちが言うには）もっといかがわしいことをしていたところをエアロン卿に〝救出〟されたのだという。しかし、顔が死んでいるぶん、声だけは生き生きとしていた。外国語を正確に話そうとするためか、主人に対する配慮の名残りか（卿は耳が少し遠かった）マグナスの声はことさらよく響き、耳を刺すようなところもあり、彼が口を利くとその場にいる全員が飛び上がった。

「こうなることはまえからわかってたんです」とマグナスは図々しくも平然と言った。「お気の毒な旦那さまは私が黒を着ることをいつもからかっておいででしたが、私はそのたびに言ってたんです、これは旦那さまのお葬式に備えてるんだと」

そう言って、マグナスは黒い手袋をはめた両手で一瞬、ある仕種をした。

「巡査部長」とギルダー警部はその黒い両手を苛立たしげに見ながら言った。「この男に手錠をかけないのか？　相当危険そうな男に見えるが」

「それが、警部」と巡査部長は相変わらず怪訝そうな妙な表情を浮かべて言った。「手錠をかけていいものかどうか、判断がつきませんで」

「どういう意味だ？」と警部は強い語調で訊き返した。「逮捕したんじゃないのか？」

マグナスの薄い唇にかすかに浮かんでいた冷笑が広がった。その嘲りに呼応するかのように、近づいてきた列車の汽笛が鳴った。

「逮捕はしました」と巡査部長はむっつりと言った。「ロンドンのハイゲートの警察署から出てきたところを捕まえたんです。しかし、それはそいつがロビンソン警部に主人の金を預けたあとのことでした」

ギルダーはびっくり仰天して従僕を見て尋ねた。「いったいぜんたいどうしてそんなことをしたんだ？」

「そりゃ犯人から守るためですよ、もちろん」とマグナスは平然と答えた。

「しかし」とギルダーは言った。「エアロン卿の金はエアロン卿のご家族のもとに置いたままにしておいて、なんの不都合もないだろうが」

警部のことばの最後はがたごとと通り過ぎた列車の音に掻き消された。が、不幸なこの家を周期的に襲うこのすさまじい騒音の中でも、マグナスの返答は音節ごとに鐘の音のようにはっきりと聞こえた。「エアロン卿のご家族を信用する理由が私にはないもんで」

新たな人物が登場した不気味な気配に全員が動きを止めた。とはいえ、顔を起こして、ブラウン神父の肩越しにアームストロングの娘の青白い顔を見ても、マートンはことさら驚きはしなかった。彼女はまだ若く、冴えて澄み渡るように美しかったが、髪はひどくくすんだつやのない茶色で、日陰にはいると、まるで白髪になってしまったかのように見えた。

「ことばには気をつけろ」とロイスが声を荒らげて言った。「お嬢さまがびっくりされるだろうが」

「望むところです」と召使いははっきりとした声で言った。

ミス・アームストロングはたじろぎ、ほかの者はみな訝しむ中、マグナスは続けた。

「お嬢さまが震えるのにはもう慣れております。時折身震いなさるのをもう何年も見てきたもんで。寒いから震えるんだとか、怖くて震えるんだとか言う人たちもいますが、私にはわかってます。お嬢さまは憎しみと邪悪な怒りに震えなさるんです——悪魔どもは今朝ごちそうにありつきました。私がいなかったら、お嬢さまは金を持って恋人とどこか遠くへ行っちまってたでしょう。お気の毒な旦那さまがあの呑んだくれのならず者との結婚に反対なさってからというもの——」

「やめなさい」とギルダーが一喝した。「おまえごときがご家族のことをどう思おうとどう疑おうと、われわれの捜査にはなんの関係もないことだ。具体的な証拠があるなら話は別だが、おまえのただの考えなど——」

「いえいえ! 具体的な証拠ならお見せできます」とマグナスは独特の叩き切るような声

音で警部のことばをさえぎった。「そのためには、警部さん、私を法廷に呼んでもらわなきゃなりませんが。そうすりゃ、私は真実を話さないわけにはいかなくなりますからね。いずれにしろ、真実はこうです。血を流した旦那さまが窓から放り出されるや否や、私は屋根裏部屋に駆け込みました。すると、お嬢さまが真っ赤な短剣を手にして、気を失って床に倒れてたんです。これをそちらのしかるべき人に渡させてください」そう言って、マグナスはポケットから柄が角《つの》でできた赤く汚れた長いナイフを取り出し、丁重に巡査部長に渡した。渡すと、またうしろにさがった。遅鈍な中国人のような冷笑に埋もれて、その細い眼が顔から消えてしまいそうになった。

そんなマグナスを見て吐き気さえ覚えながら、マートンがギルダーに耳打ちした。「もちろん、ミス・アームストロングの言い分もお聞きになりますよね？」

ブラウン神父がそこでいきなり顔を起こした。その顔はばかばかしいほど清々しく、たった今洗ったかのようだった。「ええ」と彼はその無邪気さを存分に発散して言った。「ただ、ミス・アームストロングの言い分が彼の言い分とそれほどちがったものになるのでしょうか？」

そのことばにミス・アームストロングが奇妙な叫び声をひとつ小さくあげた。誰もが彼女を見た。まるで麻痺でもしたかのように、彼女は全身を強ばらせていた。ただ、薄茶色の髪に縁取られた顔だけは生き生きとしていて、そこに途方もない驚きの表情が浮かんでいた。彼女自身はいきなり投げ縄をかけられ、首でも絞められたかのように立ちすくんでいたが。

「この男は」とギルダーがむっつりと言った。「父君が殺されたあと、あなたがナイフを握ったまま気を失っておられたと言っていますが」

「それはほんとうです」とアリスは言った。

次に事実としてみんなに記憶されたのは次のようなことである。パトリック・ロイスがその大きな頭を垂れて、つかつかとみんなの中に割り込んできたかと思ったら、なんとも奇妙なことを言ったのだ。「さて、もう行かなければならないのなら、そのまえにまず少しは愉しまないと」

そう言うと、ロイスはその巨大な肩をそびやかし、すましたマグナスのモンゴル人のような顔に鉄拳を叩き込んだ。マグナスはヒトデのようにべったりと芝生にのびた。二、三人の警官がすぐさまロイスを取り押さえたものの、ほかの者たちは、すべての道理が打ち砕かれ、世界が愚かな道化芝居を繰り広げるのを目のあたりにした思いだった。

「やめなさい、ミスター・ロイス」とギルダーが高圧的な声音で言った。「暴行罪で逮捕しますよ」

「いや」と秘書は銅鑼を叩いたような声で言った。「私は殺人罪で逮捕されるんです」

ギルダーは驚いて、殴り倒された男に眼を向けたが、暴行を受けた男はすでに上体を起こしており、大した傷もできていない顔からわずかな血を拭っていた。ギルダーはそれを見て言った。「どういう意味です？」

「こいつが言ったとおり」とロイスは説明した。「ミス・アームストロングがナイフを手に気絶をしていたのはほんとうです。でも、それはお父さんを襲うためなんかではなくて、逆にお父さんを守るためにお父さんの手からもぎ取ったのです」

「守るため？」とギルダーはいかめしい口調で訊き返した。「誰から？」

「私から」と秘書は答えた。

アリスがなんとも言えない困惑した顔で、ロイスを見てから囁くように言った。「それでも、わたしはあなたが勇気のある人であることを嬉しく思っています」

「階上《うえ》に来てください」とパトリック・ロイスは重苦しい声で言った。「階上《うえ》に行けば、この呪われた事件の一部始終を説明できます」

屋根裏部屋は秘書の私室で（これほど大きな男がこもるには狭すぎる部屋だったが）そこにはこの過激なドラマの痕跡がすべて残っていた。床のほぼ真ん中に大型のリヴォルヴァーが一丁、放り出されたように落ちていた。その左のほうにはウィスキーの壜が転がっており、蓋が開いていたが、中身は空《から》ではなかった。小さな掛け布がテーブルからずり落ちて、誰かに踏みつけられていた。死体にからまっていたのと同じような縄が窓敷居の上に荒っぽくかかっていた。暖炉の炉棚の上で花瓶がふたつ、絨毯の上でひとつ割れていた。

「私は酔っぱらってたんです」とロイスは言った。そのことばには早枯れしてしまった男の率直さがあり、あまつさえ、その率直さには赤ん坊が初めて犯した罪のような悲哀がにじんでいた。

「みなさんは私のことをよく知っておられるはずです」と彼はしゃがれた声で続けた。「私の人生がどんなふうに始まったのか。だから、その始まりと同じように終わればいいんです。これでも昔は賢い男と呼ばれていました。だから、ひょっとしたら幸せな男にもなれていたかもしれない。アームストロングは身も心もぼろぼろだった私を酒場から救って、彼なりにずっと親切にしてくれました。ああ、可哀そうなアームストロング！ ただ、ここにいるアリスとの結婚だけはどうしても認めてくれなかった。でも、これからはずっと、その彼の判断は正しかったと言われつづけることでしょう。まあ、そういうことについては各自ご判断ください。今ここでその詳細を語る必要はないでしょう。あそこの隅にあるのは私が半分空けたウィスキーのボトルです。それから絨毯の上に落ちているのは弾丸《ま》が空《から》になっている私のリヴォルヴァー。死体にからまっていた縄は私の箱にはいっていたもので、死体は私のこの部屋の窓から投げ落とされたんです。刑事さんたちの手を煩《わずら》わせて、私の悲劇をほじくり起こす必要はありません。世間には腐るほどある悲劇ですから。私は進んで絞首台に上がります。だからもう、これで終わりにしてください！」

阿吽の呼吸のような微妙な合図に促されて、警官たちが大男を連れ去ろうとそのまわりを取り囲んだ。が、彼らのそのひかえめな行動はブラウン神父の異様な出現に出鼻をくじかれる恰好になった。そのブラウン神父は威厳のかけらもない祈りをするかのように、戸口のそばの絨毯の上で四つん這いになっていた。他人の眼を少しも意識しないブラウン神父はその姿勢のまま、明るく丸い顔を起こしてみんなに向けた。なんとも滑稽な人間の顔がくっついた四足歩行動物そのものだった。

「私に言わせれば」と彼はにこやかに言った。「本件はまるで辻褄が合いません。最初、あなた方は凶器が何も見つからないと言われた。ところが、今は多すぎるほど見つかっています。刺し殺すためのナイフに、首を絞めるための縄に、撃ち殺すための拳銃。しかし、あの人は窓から落ちて首の骨を折ったのです！　だからちがいます。無駄なものが多すぎます」そう言って、彼はまるで馬が草を食むようにうつむいて首を振った。

まずギルダー警部が真面目な顔で口を開きかけた。しかし、彼が何か言うまえに、床の上の珍妙なご仁がべらべらとまたしゃべりはじめた。

「おまけにありえないことが三つもあります。第一に絨毯の穴です。弾丸《たま》が六発も撃ち込まれています。いったいどうして絨毯を撃たなければならないのです？　酔っぱらいなら相手の顔を狙って撃つはずです――人を馬鹿にしたようににやにやしている相手の顔を狙って。相手の顔を狙って喧嘩を吹っかける人はいません。相手のスリッパに攻撃するような人も。次は縄です」――ブラウン神父は絨毯を見おえて、両手はポケットに入れたもの、膝はまだ床についていた——「人の首に縄をかけようとして、挙句に脚を縛ってしまうなどというのは、いったいどれほど酔っぱらった人間のすることでしょう？　それはともかく、ミスター・ロイスはそこまで酔ってはいませんでした。そこまで酔っていたなら、今頃は丸太ん棒のように眠りこけていることでしょう。そして、最後になにより明らかなのは、あのウィスキーの壜です。アル中の人間がウィスキーの壜欲しさに人と争い、やっと手に入れたら、あとは部屋の隅に転がしておく。それも中身は半分こぼれてしまい、壜の中には半分しか残っていない。アル中の人間なら絶対にしそうにないことです」

ブラウン神父はぎこちなく立ち上がると、懺悔をする人のような澄んだ声で自称殺人犯に言った。「まことに遺憾ながら、ミスター・ロイス、あなたの話はでたらめもいいところです」

「神父さま」とアリス・アームストロングが低い声で神父を呼んだ。「ちょっとふたりだけでお話しできませんでしょうか？」

これには能弁な神父としても廊下に出なければならなかった。隣りの部屋にはいると、彼が何か言うまえにミス・アームストロングのほうがさきに口を開いた。妙にとげとげしい口調になっていた。

「あなたは頭のいい方です。あなたがパトリックを救おうとしてくださっているのはよくわかります。でも、そんなことをしても無駄です。このことの中心にあるものは真っ黒です。だから、あなたが何かを見つければ見つけるほど、わたしの愛する人はますます不利になってしまいます」

「どうしてです？」とブラウン神父はしかとアリスを見すえて言った。

「なぜなら」とアリスのほうもしかと答えた。「あの人が罪を犯すところをわたしはこの眼で見たからです」

「ほう」とブラウン神父は動じた様子もなく言った。「彼は何をしたのです？」

「わたしは隣りのこの部屋にいました」と彼女は説明を始めた。「どちらの部屋のドアも閉まっていました。でも、いきなり声がしたんです。今までに聞いたこともないような声でした。〝地獄だ、地獄だ、地獄だ〟とその声は何度も何度も何度もわめいていました。そのあと拳銃が撃たれ、両方の部屋のドアが揺れました。銃声はそのあと三回もして、わたしが両方の部屋のドアを開けたときには、向こうの部屋には煙がもうもうと立ち込めていて、気がおかしくなってしまったわたしの可哀そうなパトリックが拳銃を握っていました。その拳銃からはまだ煙が出ていました。わたしは彼がそのあとも何発か撃つところをこの眼で見ました。さらに彼は、怯えて窓枠にしがみついていた父に飛びかかりました。取っ組み合いになり、彼は父の首に縄をかけて絞め殺そうとしました。でも、縄はもがいている父の肩から足までずり落ちてしまい、片脚にきつくからみつきました。すると、パトリックはまるで狂人のようになって、父を引きずりまわしました。わたしは敷物の上に落ちていたナイフをすばやくつかむと、ふたりのあいだにはいって、どうにか縄を切りました。でも、そのあとすぐに気絶してしまったのです」

「なるほど」と神父はそれまでと変わらないうつろな丁重さを示して言った。「ありがとう」

アリスは話をして甦った記憶に気圧《けお》されてぐったりとしていた。ブラウン神父は強ばった足取りで隣りの部屋に戻った。ギルダーとマートンだけがロイスに付き添っていた。ロイスは手錠をかけられて椅子に坐っていた。神父はへりくだるようにして警部に言った。

「おふたりが同席されているところで、容疑者とひとこと話をさせてもらえませんでしょうか？　それとそのおかしな手錠をしばらくはずしてはもらえませんでしょうか？」

「すごく力の強い男ですよ、こいつは」とマートンが小声で言った。「どうしてはずさなきゃいけないんです？」

「それは、思いますに」と神父はさらにへりくだって言った。「この人と握手をするという大変な光栄に与かるためです」

ふたりの刑事は眼を丸くした。ブラウン神父はロイスに言った。「あなたからこのおふたりに話していただけませんか？」

椅子に坐っている男は髪の乱れた頭を横に振った。神父は警察官のほうを振り返って言った。

「それなら私が話しましょう。人の命は世間の評判より大切ですから。私は生きた人間を救い、死者を葬ることは死者に任せることにします（新約聖書。マタイによる福音書とルカによる福音書に見られるイエスのことば）」

そう言って、ブラウン神父は死者が落ちた窓のほうへ歩いていくと、眼をしばたたいて外を見ながら続けた。

「この事件には凶器がありすぎ、死はひとつしかないとさきほど私は言いました。これから申し上げることは、それらは凶器ではなかったということです。つまり、死をもたらすためにそれらが用いられることはありませんでした。それらおぞましい道具は――首吊りの縄も血のついたナイフも火を噴く拳銃も――どれも一風変わった慈悲のための道具だったのです。それらはエアロン卿を殺すためではなく、救うために使われたのです」

「救うため！」とギルダーがおうむ返しに言った。「いったい何から？」

「彼自身からです」とブラウン神父は言った。「そう、エアロン卿は自殺狂だったのです」

「なんですって？」とマートンが信じられないといった声で叫んだ。「あの〝喜びの宗教〟は――」

「あれは残酷な宗教です」と神父はなおも窓の外を見ながら言った。「どうしてみんな彼を少しは泣かせてあげなかったんでしょう？　彼の先祖はみんなそうしていたのに。そのため、彼の考えはますます頑なものになり、彼のものの見方はいよいよ冷ややかなものになっていったのです。あの陽気な仮面の下には無神論者の空虚な心が隠されていたのです。その結果、ついには人前での陽気な顔を維持するために、彼は大昔にやめた酒をまた飲むようになってしまったのです。しかし、生真面目な禁酒主義者がアルコール依存になることにはこんな恐ろしさがあります。つまり、彼は自分が人に警告してきた心理的な地獄を自ら思い描き、予想するようになったのです。哀れなミスター・アームストロングの地獄は猶予を与えることなく、彼に襲いかかりました。特に今朝はひどいありさまで、彼はここに坐って、自分は地獄にいるのだと泣き叫びました。それは娘さんにも聞き分けられないほどの狂った声でした。狂った彼は自らの死を求めました。そして、狂人のいたずら心から、さまざまな死の形を集めてまわりにばら撒きました——輪縄と友人のリヴォルヴァーとナイフです。ミスター・ロイスはそのときたまたま部屋にはいってきたのですが、とっさに行動しました。ナイフをうしろの敷物の上に放り、拳銃をひったくると、弾丸《たま》を抜いている余裕がなかったので、床のそこいらじゅうに続けて撃って、中身を空《から》にしたのです。自殺志願者は四番目の死の形を見つけると、窓に向かって走りました。救助者はそこで自分にできるただひとつのことをしました。縄を持って追いかけ、卿の手足を縛ろうとしたのです。そこへ折り悪く娘が駆け込んできました。彼女は取っ組み合いの理由を誤解し、縄を切って父親を自由にしようとしました。最初は誤って哀れなミスター・ロイスの手を切ることしかできませんでしたが、今度の事件で流されたのはそのときのささやかな血だけです。そう、おふたりももちろん気づかれたことでしょう、マグナスの顔にも血がついていました。でも、これといった傷はありませんでした。それはミスター・ロイスの手の血だったからです。哀れな娘は気絶する寸前、父親の縄を切って父親を自由にしました。その結果、彼女の父親はあの窓から永遠の世界へ飛び立っていってしまったのです」

長い静寂ができ、警部がパトリック・ロイスの手錠をはずす金属音でその静寂がゆっくりと破られた。ギルダーがロイスに言った。「最初から真実を話してくれればよかったのに。あなたと若いご婦人の人生はアームストロング卿の死亡記事より値打ちのあるものなんだから」

「死亡記事なんかどうでもいいんだ」とロイスは語気を荒らげて言った。「彼女にはわからないようにしたのがわからないのか？」

「わからないって何を？」とマートンが訊いた。

「もちろん、彼女が自分の父親を殺してしまったことだろうが、このまぬけ」ロイスはまだまだ収まらなかった。「彼女がいなければ、アームストロング卿はまだ生きていた。そんなことを知ったら、彼女は気が狂ってしまうかもしれない」

「いいえ。私はそうは思いません」とブラウン神父が帽子を取り上げながら言った。「娘さんには私のほうから話しましょう。どれほどおぞましい失敗も罪のように人生を蝕むことはありません。あなた方おふたりはこれから幸せになれそうな気が私はします。さて。これから聾学校にいかなくてはなりません」

神父が風の吹きつける芝生に出ていくと、ハイゲートから来た顔見知りが彼を呼び止めて言った。「検死官が到着しました。これから検死が始まりますが」

「聾学校に戻らなくてはなりませんでね」とブラウン神父は言った。「検死につき合ってはいられません」

解　説

ミステリ評論家
新保博久

　いま本書で初めてブラウン神父に出会う人が羨ましい、これからたっぷりお楽しみが待っているのだから——とか、月並みなことは言わずにおこう。むしろ一、二度でも読んだという人にこそ手に取ってもらいたい。そのつど楽しみながらも、一度や二度で味わい尽くせない奥深さのあるシリーズなのだから。

　現に私、シリーズ第一短篇集である本書の既訳を、創元推理文庫版『ブラウン神父の童心』で二、三度、新潮文庫版『ブラウン神父の純智』、ちくま文庫版『ブラウン神父の無心』と機会があるたび読んで、本書で少なくとも五度目に読むのだが、いつもながらに興味は尽きず、また新たな発見があった。と私などが力説しても説得力がないから、エラリイ・クイーンの威を借りよう。

　世界最初の推理小説「モルグ街の殺人」（一八四一年）はじめ三篇で活躍するエドガー

・アラン・ポーのデュパン、そしてシャーロック・ホームズに、このブラウン神父を加えて〈これまでに創造された探偵三巨人〉と定めたのがエラリイ・クイーンにほかならない。そしてまたクイーンは、デュパンの三篇を収めた小説集、『シャーロック・ホームズの冒険』（一八九二年）、『ブラウン神父の無垢なる事件簿』（一九一一年）にメルヴィル・デイヴィスン・ポースト『アンクル・アブナーの叡知』（一九一八年）を加えた四冊について、「将来の探偵作家たちが目標とすべき途方もない標的なのだ――だが、それは、ピラミッドに小石を投げつけるようなものだろう」（名和立行訳「クイーンの定員」第五回、《EQ》二十三号、一九八一年九月）と述べたものだ。

ホームズには長篇も四作あるものの主体は短篇で五冊五十六篇、総計六十篇と覚えやすく、ブラウン神父も五冊の短篇シリーズなのだが、こちらは全何篇といちがいに言えない。第一集と第二集が各十二篇、第三集と第五集が各八篇というのはいいとして、第四集『ブラウン神父の秘密』（一九二七年）は目次では十篇だが、冒頭の「ブラウン神父の秘密」と巻末の「フランボウの秘密」とは一つの短篇を真ん中で切って短篇集の初めと終りに配したとも（江戸川乱歩は合せて一篇と数えている）、短篇集のプロローグとエピローグであって事件簿には含まれないとも考えられる。さらにそれらの原著に含まれない短篇として、第六集の開幕となるはずだった「村の吸血鬼《ヴァンプ》」（邦訳版では第五集に付載）および遺稿から発見された「ミダスの仮面」（論創社『法螺吹き友の会』に付載）、また古く第二集のあと編集者が書いた問題篇をブラウン神父に解かせる趣向の「ドニントン事件」（集英社文庫『世界の名探偵コレクション10③ブラウン神父』所収）があるから、五十余篇と曖昧に言っておくしかない。本文庫で第二集以降も訳出されるなら、従来の五冊本に入れられなかった「村の吸血鬼」以外の二篇も収録して、真正のブラウン神父全集にしてもらいたいところだ。

たとえ凡作であっても漏らさず収録をファンが願うほど、ブラウン神父シリーズにはホームズに優るとも劣らぬ魅力がある。ブラウン神父を初めて読む者がまず魅せられるのは、絢爛たるトリックの饗宴だろう。江戸川乱歩は評論集『続・幻影城』（一九五四年）において、古今東西の推理小説のトリックの分類網羅を志して、手始めにコナン・ドイルのホームズ短篇集五冊と、ブラウン神父の四冊（までしか当時は所持していなかった）を読み返したところ、「ドイルには今日の意味でのトリックのある作品が案外にも極めて少なく、これに反してチェスタートンには悉《ことごと》くトリックがあり、そのあらゆる型を案出していると云ってもよい」ことに気づいた。

ホームズ譚の魅力がトリックなどよりも、主人公とワトスン博士のキャラクター小説、冒険活劇、またヴィクトリア朝の風俗小説といった面に主にあることは今や論を俟たないが、ブラウン神父は主にトリック小説として重んじられるといった江戸川乱歩流の評価は、日本では現在に至るまで読者を呪縛し続けているかも知れない。そのトリックが面白すぎ、またチェスタートンの小説世界の背景をなしているカトリック的言説に日本人の理解がじゅうぶん及ばないせいだろう。

いかにも第一集はトリック小説集としても抜きん出ており、それに比べれば第二集は水準は越えていても物足りなくなるだろう（その間に著者自身、ローマン・カトリックに帰依する十二年間の中断を挟んだ第三集では、トリック的にもだいぶ復調しているが）。最後のほうになると名探偵の手柄話というより、通常の推理小説の域に収まらない独自の境地に達するのだが、トリック小説という尺度で測る限り点数は低くなる。初期作品では彩りとして読み過ごすことも出来た「神学的逆説」や「形而上学的蘊蓄」が、裏地から表地に出てきたなどと弁護しても、未読の人にむしろ「なんか面倒くさそう」と敬遠されかねない。

最初の四集を通じてその大半が一人二役、人間入れ替わりの原理に基づくことは江戸川乱歩も認めている。だがそれは物語の表層にのみ気を取られた弊があり、ブラウン神父物（だけでなく、チェスタートンの推理小説ほぼ全部に当てはまることだが）のトリックの要諦は、「先入観は裏切られる」ということだ。それを現象面に表そうとすると、AとBという二人がいて実はAとBは入れ替わっている、あるいは別人と見せかけて同一人がAとBとの二役を演じている形をとることが多いというにすぎない。作中人物にというより読者の先入観に対して仕掛けられるトリックであるのは、まずブラウン神父が一見バカ、実は天才としてお目見えするのをはじめ、第二話「秘密の庭園」まで読み進んだだけでもおのずと感得されるだろう。だからこの短篇集はあちこち拾い読みせず、冒頭から順番に味わってもらいたい。作品の配列は雑誌の発表順とはかなり異なっており、こういう順に読んでもらいたいという配慮が働いているようなのだから。

著者のギルバート・ケース・チェスタートンがロンドンで不動産業を営む中流家庭の長男に生れたのは一八七四年である。つまり明治七年、たとえば夏目漱石より七歳年下ということになる。ダーウィンの『種の起源』が出版された一八五九年からいくらも経っておらず、「動物も植物も、そして人間も、はじめから今あるような形で神が作った、という「創世説」が十九世紀前半までの欧米社会での公的な共通認識だった」（長山靖生『鷗外のオカルト、漱石の科学』新潮社）。「西洋ぎらい、キリスト教ぎらい」（上田和夫『小泉八雲集』解説、新潮文庫）のラフカディオ・ハーンは一九〇三年、足掛け八年勤めた東大英文科講師の座を夏目漱石の就任に逐われて翌年に急死したが、講義中にしばしば学生相手に嘆いていたという。「ヨーロッパにおける思想の大転換は、この二、三十年の間に起こった、いわばつい最近の出来事である。（中略）それはキリスト教的世界観から、進化論的世界観への転換期であった。人の一生にも足りない短い時間のうちに、われわれの思想が根底から変わったのだ……」（池田美紀子『夏目漱石　眼は識る東西の字』国書刊行会）。コナン・ドイルが合理精神の権化のようなホームズを創造し、書き続ける一方で心霊学に深く傾倒していった背景には、そうした時代そのものに揺らぎがあったことを視野に入れなければ理解できるものではなく、チェスタートンが育ったのもその時代の延長にほかならない(一九三六年に死去)。

チェスタートンはスレイド美術学校に学ぶ画学生から文筆家に転じ、詩集や評伝を刊行して次第に文名を高め、一九〇四年『新ナポレオン奇譚』から小説にも進出、一九〇八年には最初の推理長篇『木曜日の男』を刊行、セント・ポール学院の学友E・C・ベントリーに捧げた(その返礼にベントリーは一九一三年に『トレント最後の事件』をチェスタートンに捧げた)。ブラウン神父の最初の六篇を《ストーリーテラー》誌に順次掲載した一九一〇年といえば、コナン・ドイルがホームズ後期の『最後の挨拶』に収録される作品を散発的に発表していたころで、ブラウン神父は隅の老人、思考機械、ソーンダイク博士らにやや遅れ、ホームズに対抗した雑誌ヒーローのライヴァルとしては最後衛に当るが、ホームズに比肩する存在となったためライヴァルたちの一人とは扱われない。九月号から翌十一年二月号まで半年間、連載された第一シリーズは「青い十字架」「秘密の庭園」「奇妙な足音」「神の鉄槌」「まちがった形」「折れた剣の看板」という順序だった。探偵役に神父という職業を与えたのは、価値観の揺らぐ時代にあっても動じない人物、いや神父だからなおさら揺らぐ立場でもなお動じない人物にしたかったからかも知れない。

たちまち好評を博したのか、《ストーリーテラー》が契約更新しないうちにと高額で引き抜いたかのように、《カッセルズ・マガジン》になお半年、連続掲載された。後年、妻が財政的窮迫を訴えると、よしブラウン神父物でも一つ書くかと言っていたエピソードは有名である。第一集後半戦は「透明人間」を皮切りに「アポロの眼」「イズレイル・ガウの誉れ」「サラディン公爵の罪」「飛ぶ星」「三つの凶器」と一九一一年七月まで続き、終了間際に「飛ぶ星」を書いたのは、カッセル社からそろそろ単行本に纏める目途が立って、フランボーを改悛させるのに「奇妙な足音」だけでは心許なく思えたのかも知れない。

それにしても「透明人間」と「折れた剣の看板」という傑作二篇が一九一一年二月に同時発表というのには驚かされる。H・G・ウエルズの題名も同じ『透明人間』（一八九七年）が科学的であるのに対して心理的透明人間で揶揄したらしくもあるが、このアイデアには自信があって、第一シリーズの有終の美を飾るつもりだったのが新シリーズ開始の目玉作品に流用されたのではないだろうか。シャーロック・ホームズが現代に活躍させられようが女性に替えられようが、ホームズらしさは滅びない強烈な個性をもっているのに比べて、ブラウン神父は著者が一九〇四年以来つきあっているローマン・カトリックのジョン・オコナー神父を内面のモデルにしているとはいえ、ブラウン神父の「第一の特色は特色がないということだった」（吉田健一訳『自叙伝』春秋社）というように、神父自身が一種の透明人間なのである。だから「透明人間」は、透明人間が透明人間を追う話だと言ってもいい。

その欠を埋める「折れた剣の看板」はブラウン神父としては異色作で、単発短篇として構想していたのを無理にブラウン神父物に仕立て直したかのかも知れない。各務三郎編『安楽椅子探偵傑作選《アームチェア・ディテクティブ》』（一九七九年、講談社文庫）にこの「折れた剣」が選ばれているが、神父は謎めいた戦闘の生き残りの老兵を探し出して話を聞くという、安楽椅子探偵としては明らかなルール違反を犯している。何よりも、フランボーが歴史上の事件を話して神父が謎を解くなら安楽椅子物だが、これは事件から真相まで神父が一気に喋りまくる、隅の老人と同じパターンだ。バロネス・オルツィの『隅の老人』は先年、全作品が一巻本で完訳された（作品社）が、古典的安楽椅子探偵とされてきた割には隅の老人は検死審問に欠かさず出席し、時に現場に足を運んでいる。翻訳アンソロジーの種本として重宝されてきたクイーン編の ***101 Years' Entertainment*** (1941) 所収の「ダブリン事件」では、隅の老人がダブリンまで出張したという記述が編者によって削除されたものだ。だが隅の老人は自分から事件関係者に質問はせず、与えられた情報だけから推理するので、変則的ながら安楽椅子探偵と呼んでいいと思う。安楽椅子物であろうがあるまいが、「折れた剣の看板」が特異な傑作であることに変わりはないのだが。

ブラウン神父は日本では創元版の全五冊が息長く版を重ねたせいもあって、第一集は『ブラウン神父の童心』という邦題で最も親しまれてきたが、少なくとも表題に関しては必ずしも適訳とは思われない。今回、ハヤカワ・ミステリ版の『ブラウン神父の無知』を踏襲するのも躊躇され、ブラウン神父がホテルのクローク係のふりをしたりするのに鑑み「稚気」を提案してみたが採用されなかった。まあ看板は「折れた剣」だろうが何だろうが、酒場はうまい酒食と居心地よさを提供できればいい。初めての読者も、再読三読という人にも（ただし「秘密の庭園」「神の鉄槌」には犯人の視点に入る描写があり、後者はともかく前者では地の文で作者が虚偽を書いていてアンフェアになっているのが、再読時にはいかにも気になるので翻訳では少し手ごころが加えられている）。「神の鉄槌」では犯罪成功の確率の低さも、つとに指摘されているが、成功しなければ事件にならず、神父が出馬することもなかったはずだ。私はそれより、今回「奇妙な足音」で給仕が一人急死するのを犯人が予見できたのを不思議に思った。根掘り葉掘りもミステリを読む楽しみのうち、寛いでページを開いていただきたい。

収録作品の初出情報は、マーティン・ガードナー編 *The Annotated Innocence of Father Brown* (Oxford University Press, 1987) に依拠した。

二〇一六年二月

本書は、一九五五年七月にハヤカワ・ミステリとして刊行された『ブラウン神父の無知』の新訳版です。

海外ミステリ・ハンドブック

早川書房編集部・編

10カテゴリーで100冊のミステリを紹介。「キャラ立ちミステリ」「クラシック・ミステリ」「ヒーロー or アンチ・ヒーロー・ミステリ」「〈楽しい殺人〉のミステリ」「相棒物ミステリ」「北欧ミステリ」「イヤミス好きに薦めるミステリ」「新世代ミステリ」などなど。あなたにぴったりの〝最初の一冊〟をお薦めします！

ハヤカワ文庫

訳者略歴　1950年生，早稲田大学文学部卒，英米文学翻訳家　訳書『八百万の死にざま』ブロック，『卵をめぐる祖父の戦争』ベニオフ，『刑事の誇り』リューイン，『あなたに似た人〔新訳版〕』ダール（以上早川書房刊）他多数

HM=Hayakawa Mystery
SF=Science Fiction
JA=Japanese Author
NV=Novel
NF=Nonfiction
FT=Fantasy

ブラウン神父《しんぷ》の無垢《むく》なる事件簿《じけんぼ》

〈HM㊸-1〉

二〇一六年三月二十五日　発行
二〇一八年十二月二十五日　二刷

（定価はカバーに表示してあります）

著者　G・K・チェスタートン
訳者　田《た》口《ぐち》俊《とし》樹《き》
発行者　早川浩
発行所　株式会社早川書房

郵便番号　一〇一 - 〇〇四六
東京都千代田区神田多町二ノ二
電話　〇三 - 三二五二 - 三一一一（大代表）
振替　〇〇一六〇 - 三 - 四七七九九
http://www.hayakawa-online.co.jp

乱丁・落丁本は小社制作部宛お送り下さい。
送料小社負担にてお取りかえいたします。

印刷・信毎書籍印刷株式会社　製本・株式会社明光社
Printed and bound in Japan
ISBN978-4-15-181701-4 C0197

本書は活字が大きく読みやすい〈トールサイズ〉です。